魔法使いのウエディング・ベル

シャンナ・スウェンドソン

この二年ほどの間、魔法の戦い《マジカルバトル》を戦い、陰謀の黒幕と対決し、魔法界のマフィアに潜入し、さまざまな任務を全うしてきた。だが、このミッションほど緊張したことはない。愛するオーウェンとの結婚式のために、ウエディングドレスのセールで最高の一着を手に入れるのだ。友人たちの協力を得て作戦開始。ところが、会場で魔法を使ったいざこざが発生。大勢の人々が魔法を目撃してしまう。誰かがわざと魔法を人目にさらそうとしている？　ケイティはオーウェンの反対を押し切り、調査を始めるが……。大人気シリーズ、ついにグランドフィナーレ！

登場人物

ケイティ（キャスリーン）・チャンドラー……㈱ＭＳＩの警備部の社員
オーウェン・パーマー……㈱ＭＳＩの研究開発部理論魔術課の責任者。ケイティの婚約者《フィアンセ》
マーリン（アンブローズ・マーヴィン）……㈱ＭＳＩの最高経営責任者《ＣＥＯ》
ロッド（ロドニー）・グワルトニー……㈱ＭＳＩの人事部の部長。マルシアのボーイフレンド
サム……㈱ＭＳＩの警備部の部長。ガーゴイル
ミネルヴァ・フェルプス……㈱ＭＳＩのプロフェット＆ロスト《予言&失せ物捜査》部の責任者
ジェイク……㈱ＭＳＩの研究開発部理論魔術課の社員。オーウェンのアシスタント
イザベル……㈱ＭＳＩの社員。魔法使い
トリックス……㈱ＭＳＩの社員。社長室受付。妖精
トリッシュ……㈱ＭＳＩの社員。警備部勤務。免疫者《イミューン》
ニタ・パテル……ケイティの幼なじみ。ルームメイト
マルシア……ケイティのルームメイト

ジェンマ・スチュワート……………………ケイティのルームメイト
フィリップ・ヴァンダミア…………………ヴァンダミア&カンパニーのCEO。ジェンマのボーイフレンド
ジェイベズ・ジョーンズ……………………評議会《カウンシル》魔法行為部の調査員
マック………………………………………評議会の法執行官
パワーズ……………………………………㈱MSIの社員。新聞部勤務
マティルダ（マッティ）・メイフェア……オーウェンの大学時代のクラスメイト
アビゲイル・ウイリアムズ…………………魔法関連の出来事を追うブログの運営人
カルメン・ヘルナンデス……………………テレビリポーター
ミミ…………………………………………ケイティの元上司
グレゴール…………………………………ケイティの元上司

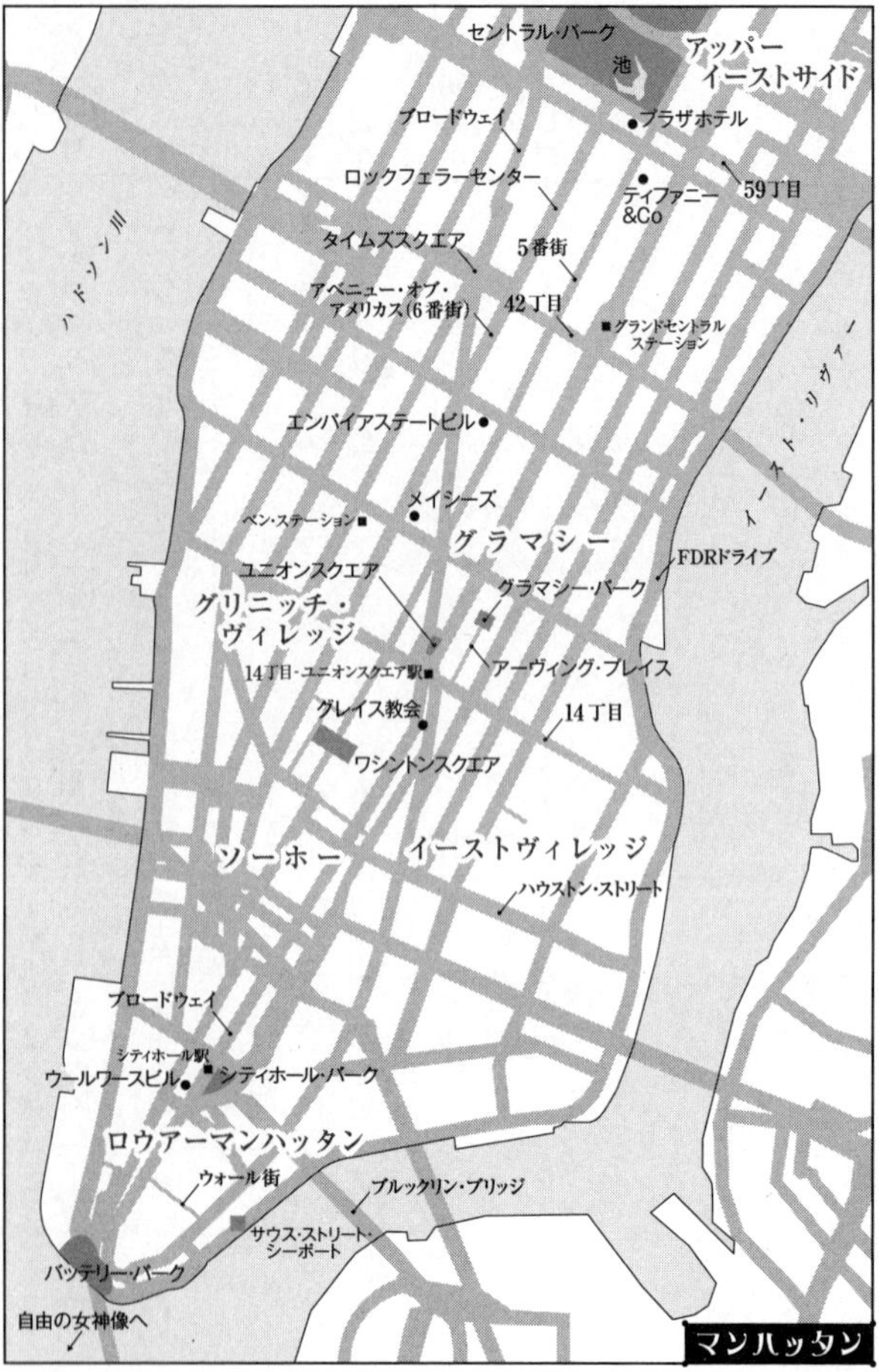
セントラル・パーク
池
アッパー
イーストサイド
ブロードウェイ
プラザホテル
ロックフェラーセンター
ティファニー
&Co
59丁目
ハドソン川
タイムズスクエア
5番街
アベニュー・オブ・
アメリカス(6番街)
42丁目
グランドセントラル
ステーション
イースト・リヴァー
エンパイアステートビル
メイシーズ
ペン・ステーション
グラマシー
FDRドライブ
ユニオンスクエア
グラマシー・パーク
グリニッチ・
ヴィレッジ
アーヴィング・プレイス
14丁目-ユニオンスクエア駅
グレイス教会
14丁目
ワシントンスクエア
ソーホー
イーストヴィレッジ
ハウストン・ストリート
ブロードウェイ
シティホール駅
ウールワースビル
シティホール・パーク
ロウアーマンハッタン
ウォール街
ブルックリン・ブリッジ
サウス・ストリート・
シーポート
バッテリー・パーク
自由の女神像へ
マンハッタン

㈱魔法製作所

魔法使いのウエディング・ベル

シャンナ・スウェンドソン

今　泉　敦　子　訳

創元推理文庫

ENCHANTED EVER AFTER

by

Shanna Swendson

はじめに

魔法製作所シリーズの一作目がはじめて世に出たのは二〇〇五年です。シリーズのなかに具体的な日付は記されていませんが、物語はこの年を想定して書かれています。実際に執筆していたのは二〇〇三年ですが、最終的に本が出版されるのは二〇〇五年ごろになると考え、物語のタイムラインをその年に設定し、続く巻もそれを基準に書きました。

したがって、作品のなかでは現実世界よりもゆっくり時間が流れています。あれからすでに十年以上たちますが、彼らの世界では二年も経過していません。本書の登場人物たちはいま、二〇〇七年の春を迎えたところです。物語のなかで言及されるテクノロジーやポップカルチャー、社会的な出来事なども、当時のものです。そのため、だれもスマートフォン（iPhone が発売されるのは二〇〇七年の六月、この物語の終了直後です）やタブレットをもっていませんし、カメラ機能つき携帯電話もいまほど普及していません。ソーシャルメディアはまだ始まったばかりで、ブログが依然として個人の主要な発信手段です。大した違いには思えないかもしれませんが、物語には大いに影響を与えます。

魔法使いのウエディング・ベル

1

この二年ほどの間、さまざまな任務を全うしてきた。魔法の戦い《マジカルバトル》に挑み、スパイを捜し、陰謀の黒幕と対決し、魔法界のマフィアに潜入した。しかし、そのいずれにおいても、このミッションほど緊張したことはない。

わたしはいま、ウエディングドレスを買いにきている。着用する機会の著しく限られた一着のドレスに、おそらくわたしの二年分のワードローブ代に相当するであろう金額を費やすのは、性格上、ものすごく抵抗がある。「やっぱり買わなきゃだめ?」コーヒーをすすりながらぼやく。「ママのドレスがあるのに」

友人のジェンマがわたしの肩に手を置いた。「あれを着させるなんて、友達として絶対にできないわ。あれはあなたのママの時代でさえ流行遅れのデザインよ。大丈夫、必ず気に入るのがあるから。値段の方も心配いらないわ。このサンプル売り尽くしセールは、ほぼすべてのドレスが定価の七十五パーセントオフだもの」

「もとの値段を考えたら大してお買い得とはいえないわ」

確かに、母のドレスを着るのは気が進まない。でも、家賃一年分に相当する額をたったひとつしか用途のないドレスに支払うのはさらに気が進まない。とはいえ、いまからドレスをオーダーする時間はない。となると、スカーレット・オハラすら断固拒否しそうなドレスを着ないためには、購入後すぐにもち帰ることのできるこのてのセールが残された最後のチャンスとなる。

ファッション業界で働くジェンマがこのセールのことを教えてくれた。業界に知り合いがいなければ実施されることすら知らずに終わる秘密のセールだと言っていたけれど、どうやら業界に知り合いのいる人はかなりたくさんいて、彼らには皆、デザイナーブランドのウエディングドレスを激安価格で買いたがっている友達が何人もいるということらしい。そんなわけでわたしは、土曜の朝、夜明け前から、少なくとも五百人の女性たちとともに、このガーメント・ディストリクト（マンハッタンのアパレル産業が集まる地区）の歩道に並んでいる。

もっとも、友達がいっしょなので、それなりに楽しくはある。ジェンマのほかに、同じくルームメイトのマルシアとニタ、大学時代の友人コニー、会社の同僚で友達のイザベルとトリックスも来ている。フラスクにコーヒーを入れ、ドーナツもひと箱用意した。なんだかちょっとパジャマパーティーのような気分でもある。夜更かしのかわりに、ものすごく早起きをしたわけだけれど。

今日の指揮官はジェンマだ。会場となっている倉庫の開く時間が近づいてくると、ジェンマは戦略を発表した。「わたしたちはまずまずのポジションにいるわ。列の先頭でこそないけど、この位置なら十分いいドレスをゲットするチャンスはある。みんながみんなここで買いたいものを見つけられるわけじゃないし、全員がケイティと同じものを欲しがるわけでもないわ。ドアが開いたら人がいっせいに押し寄せるから、いっきに行くわよ。くれぐれも後ろの人に追い越されないように。イザベル、流れをブロックして道を確保してくれる？」

イザベルは腕を伸ばし、指の関節を鳴らした。「任せといて」そう言って、不敵な笑みを浮かべる。イザベルには巨人の血が流れているとわたしは思っている。彼女ならきっとわたしたち全員をフットボールのように小脇に抱えて運べるだろう。彼女に弾き飛ばされる側には絶対になりたくない。

ジェンマは続ける。「同時に広範囲をカバーするために、なかに入ったら四方に分かれるわ」そう言って、皆に倉庫の見取り図を配る。「レイアウトについて内部情報を得てあるの。これがそれぞれの担当エリア。ケイティとわたしは移動しながら、みんなが見つけたものをチェックしていくわ」

ジェンマはウエディングドレスの写真がぎっしりプリントされた紙を配る。「これが本日のターゲット。ここにあるドレスに近いものがあったら、すぐに確保して合図して。それ以外のドレスは全部無視していいわ」

「レースやフリルが多すぎるのもだめだけど、タイトすぎるのもだめ」わたしは言った。「みんなわたしのことをよく知ってるから、好みはわかってると思うけど」

「迷ったときは、シンプルでエレガントかどうかで判断して」ジェンマがつけ足す。「幸い、ケイティは標準サイズだから、サンプル品でもさほど手直しせずに着られるはず。まずはその場でぱっと着てみて、試着室には最後まで候補に残ったものだけもっていくわ」今日はジェンマの指示で、試着室に行かずにその場で服の上からドレスを着られるよう、コートの下にレギンスとタンクトップを着てきた。これで本当にうまくいくのか、正直、半信半疑だけれど、洋服とショッピングに関してはジェンマがエキスパートなので、信じて任せるしかない。

　ジェンマは腕時計を見る。「準備はいい？　ドアはもういつ開いてもおかしくないわ。みんな、自分の役割はわかったわね？　じゃあ、集まって」

　わたしたちは円陣を組んで拳《こぶし》を重ねる。「ウエディング！」そう叫ぶと、円陣を解き、全員イザベルの後ろに回って出陣に備えた。

　やれやれ、ドレス一着買うのにすごい騒ぎだ。駆け落ちを提案したら、オーウェンはなんて言うだろう。彼も結婚式自体はやりたいと思っているのだ。大勢の人たちの前に立つ必要さえなければ、喜んで式に臨むだろう。実際、ふたりだけであげてはどうかという話も出たのだけれど、そんなことをしたら傷つく人がたくさんいるという結論に至り、その案は見送られた。

　いろいろ考えた結果、わたしたちは結婚式を二回やることにした。まず、ここニューヨークの株式会社マジック・スペル&イリュージョン《魔法・呪文&めくらまし》本社で正式な結婚式をあげる。魔法界のことを知らない友人たちには、市役所で婚姻手続きだけすると言ってある。そして、数週間後に故郷のテキサスで私的な祝福の儀式を行う。うちの家族には、魔法に免疫をもちながら魔法が存在することを知らない人たちがいる。彼らをこちらの式に呼ぶのはリスクが高すぎる。魔法の結婚式と、それとは別に普通の結婚式をあげることで、どちらの世界の人たちにも満足してもらえるというわけだ。準備は大変だけれど、ドレスを二回着られるのは悪くない。

列の前方がざわついた。徒競走のピストルの合図を待つような気分で息をのむ。後ろから押され、イザベルの背中にくっついて踏ん張っていると、突然、堰を切ったように列が動き出した。わたしたちは全速力で歩道を走り、まだ開ききらないドアに向かって突っ込んでいく。

なかに入るなり、ウエディングドレスを選ぶ場所としてこれほど非ロマンチックなところはないだろうという光景が目に飛び込んだ。高い天井から鎖で吊された工業用の蛍光灯が照らす古いレンガづくりの倉庫のフロアに、白い雲のようなドレスの列が大量に並んでいる。このなかから欲しいものを見つけ出せる人など本当にいるのだろうか。

もっとも、そのための偵察チームだ。友人たちはさっそくドレスを探しに四方に散った。わたしの任務は、彼女たちが何か見つけ次第、それを見にいって候補に残すか否かを判定すること。人混みのなかではぐれないようジェンマの腕をしっかりとつかむ。

それにしても、すごい人だ。皆、恐ろしく気合いが入っているように見える。何百人もの女性たちが邪魔はいっさい許さないという形相でラックにかかったドレスに突進していく。この様子では、そのうち殴り合いが始まっても驚きはしない。ドレスは何千着もありそうだから数としては十分だけれど、問題は、欲しいと思うものを見つけたとき、そう思った人がすでに何人もいる可能性があることだ。

「ケイティ、こっち！」ニタが叫んだ。ジェンマとわたしは急いで彼女の方へ向かう。

ニタはドレスを二着、手にもっていた。ジェンマは一方のドレスにちらりと目をやり、「違うわね」と言うと、もう一方のドレスを見て、「着てみて」と言った。

わたしはコートを脱いで、少々気後れしながらタンクトップとレギンスだけになると、ジェンマとニタの手を借りてドレスを着た。若干大きい。ジェンマがすかさずバッグからクリップを出して余っている箇所を詰める。近くに鏡がないので、ジェンマの判断を信頼するしかない。ジェンマはしばしわたしを眺めると、首を横に振った。「違うわね」

わたしはドレスを見おろす。「悪くないと思うけど」

「一着目は選ばない、が鉄則よ」

近くのラックからコニーが呼んだ。ふたりに手伝ってもらって急いでドレスを脱ぎ、彼女が見つけたものをチェックしにいく。そんなふうにして、次から次へとドレスを見ていくうち、いつしか、何着試着したのかも、どのくらいここにいるのかも、わからなくなっていった。時間の感覚はなくなり、白とアイボリーとクリーム色の果てしない海のなかに永遠に漂っているような錯覚に陥る。ドレスはもはやすべて同じように見えた。これまでのところジェンマが最終選考の候補として認めたのは三着。まだ物色は続いている。自分の意見を言うのはもうあきらめた。指示されるままに動きながら、ただ流れに身を任せる。自分がどう思うかは最終選考のときに言えばいい。

ジェンマといっしょにイザベルのところへ向かっていたとき――彼女が高々と掲げたドレスに別の女性が懸命に手を伸ばしている――近くで言い争う声が聞こえた。見ると、女性たちが一着のドレスを奪い合っている。

「わたしが先に見つけたのよ」ひとりが言った。

「何言ってるの？　わたしの方が先につかんでたわ」別の声が言った。

ジェンマがわたしの腕に手を置く。「ああなるのだけはやめましょ」

ジェンマはイザベルが選んだドレスを最終候補に加えた。確保したドレスがかなり重くなってきたので、ジェンマはイザベルを荷物係に任命する。彼女ならこのくらい軽々ともち運べるし、だれかに奪われる心配もない。

ニタから合図があったので彼女の方へ急いでいると、また近くで口論が勃発した。ドレスの引っ張り合いが始まるかと思ったら、片方の女性の手から突然ドレスが消え、もう一方の女性の腕のなかに現れた。「悪いわね。先に見つけたのはわたしなの」ドレスを手にした女性はにやりとして言った。

こういう場で魔法を使うのはずるいんじゃない？　わたしの魔法界の友人たちはパワーを行使していないといいのだけれど。ここには魔法のことを知らないニタとコニーもいる。彼女たちにトリックスは妖精でイザベルは魔法使いであることを説明せざるを得ない状況になるのはご免こうむりたい。そういえば、魔力をもつ人たちはここにどのくらいいるのだろう。彼女たちがウエディングドレスを巡って喧嘩を始めたりしたら、それこそ収拾がつかなくなるような気がする。

そう思っているうちに、また別の女性の手からドレスが消えた。ただし、その女性は消えた理由がわかっているようだった。「ちょっと！」彼女はそう叫ぶと、ふたたびドレスを自分の手もとに出現させた。

「さあてと、今度はどんなドレスかしら⁉」魔法の応酬からニタの注意をそらすために、少々大きすぎたかもしれない声で言う。ニタとジェンマはわたしにドレスを着せると、ふたりそろって満面の笑みを見せた。

「これ、いいわね」ジェンマが言う。

「うん、すごくケイティらしい」ニタも同意した。

そのとき、シュッという音とともに頭上を何か光るものが通過した。わたしはとっさにしゃがみ込み、ドレスの裾をたくしあげる。びりっとしびれるようなこの感覚は、近くで魔法が使われていることを意味する。見あげると、火の玉が飛び交っていた。ただし、その光景はぼんやりと霞《かす》んでいる。イザベルがわたしたちを守るために保護幕《シールド》を張ったのだろう。

「銃？」頭の上を飛んでいく火の玉に首をすくめてニタが訊いた。

「わからない」わたしは言った。「発砲音とは違う感じだけど。だれかのカメラのフラッシュがおかしくなったんじゃないかしら」かなりお粗末な言いわけだが、ニタは反論しなかった。彼女の頭にどんな理由が浮かぶにしても、そこに魔法の戦い《マジカルバトル》が含まれる可能性は低い。

「これだけあれば十分ね」ジェンマが言った。「イザベル、わたしたちを試着室まで先導してくれる？」

このイカレた状況から離れられることに、とりあえずほっとする。幸い、ニタはまだ何が起こっているのかわかっていない。わたしといることで、ニタもいずれ魔法の存在に気づくかもしれない。魔法界には外部の人間に教えていいことといけないことについて厳格なルールがある。もし、どうしてもニタが魔法の存在を知ることになるのなら、もう少しましな形で知ってほしい。ジェンマとマルシアが秘密を知ったのは、マルシアが邪悪な魔法使いに誘拐されたときだった。

　試着室として使われるカーテンで仕切られたアルコーブの前には長い列ができていた。それでも、ここは魔法の飛び交う場所から離れている。倉庫の中央付近では依然として閃光が瞬いているが、頭のすぐ上を火の玉が飛んでいく状況よりはニタの気をそらしやすい。

「これ、そんなにいい？」着たままのドレスを指さしてニタに訊く。大きな襟にさえぎられて自分ではよく見えない。

「うん、すごくケイティらしい。フリルやリボンは控えめで、それでいてロマンチックで。フェアリーテイル的っていうのかな。オーロラ姫が袖のない白いドレスを着たらこんな感じかも。とにかく、あなたのママが送ってきたあれよりずっといいわ」

　セール会場の真ん中で勃発したバトルはみるみる拡大していき、ニタの注意を引きつけておくのはすぐに難しくなった。ニタの視線が最高潮に達しつつある魔術の応酬の方へ流れる。

「あれ、いったい何？　この街ではウエディングドレスを買うのも命がけなのね」

「サンプルセールがすごいっていう話は聞いたことがあるけど、ここまでとは思わなかったわ」わたしは言った。もはや、妙なことなど何も起こっていないふりをして、すべてニタの妄想だと思わせることが可能なレベルではなくなっている。こうなったら、とりあえず異常な事態を認めて、彼女と同じくらい驚いているふりをしながら、それらしい理由を探すしかない。

　人々がわらわらと逃げはじめている。ドレスをつかんだまま、あるいは着たままの人たちもいて、販売員たちは慌てふためいている。出入口にいた警備員は皆、喧嘩を止めにいってしまったので、未払いのドレスをもち出す客を止める人はいない。

　残りのメンバーたちがこちらにやってくるのが見えた。トリックスがぴんときてくれるのを期待しつつ、やや大きめの声で言う。「だれか警察は呼んだかしら。そのうち怪我人が出るわ」

　トリックスは顔をしかめ、バトルの方を見ると、うなずいて隅の方へ移動し、電話を手に取った。魔法を公然と使うことは魔法界の法律に抵触する。それはある意味、株式会社マ《M》ジック・ス《S》ペル&イ《I》リュージョンの警備部に所属するわたしの仕事にも関わることだ。厳密には評《カウ》議会《ンシル》の役目だけれど、彼らは状況が政治的な色を帯びないかぎり関わろうとしないため、この手の問題には通常MSIが独自に対処している。騒ぎを起こした不届き者がわが社の魔術を使っていた場合、非魔法界の人たちの面前でおおっぴらに使用することは使用許諾書に違反するというのが、一応の口実だ。

　ラック間での騒ぎをよそに、試着室前の列は何ごとも起きていないかのように進んでいく。有名デザイナーのウエディングドレスが破格の値段で手に入るなら、多少の非常識は許容するということだろうか。「サンプルセールにちょっとした混乱はつきものよ」ジェンマが言った。「これが靴だったらこんなものじゃすまないわ。救急車三台に対暴徒用の装備をした警察が来たこともあったんだから」

ようやく試着室のなかに入ることができた。試着室といってもカーテンで仕切った広いスペースに鏡を並べただけのものだけれど。すでにドレスを着ているので、そのまま鏡の前に立ってみる。なるほど、みんなの言うとおりだ。とてもいい。「これでいいわ」

ジェンマの眉が額から飛び出さんばかりに勢いよくあがった。「これでいい？　ウエディングドレスをこれでいいで決めるの？　だめだめ、少なくともここにもってきたドレスは全部着てみなきゃ。結婚式に着るのは、これでいいじゃなくて、これじゃなきゃだめっていうドレスよ」

ジェンマの視線が出口の方に移る。ああ、なるほど。どうやら、だれかが公共の場での魔法行為に対処するまでニタとコニーを試着室にとどめておく口実をつくろうとしてくれているらしい。秘密を守るためならしかたない。ジェンマにクリップを外してもらってドレスを脱ぎ、もってきたほかの候補を順番に着ていく。

ウエディングドレス姿の自分を見ているうちに、本当に結婚するんだという実感がじわじわとわいてきた。不安はない。オーウェンと結婚することにいっさい迷いはないから。ただ、結婚式そのものは何か遠いファンタジーの世界のことのように感じられていた。白いドレスから白いドレスに着がえながら、一着ごとに、身廊を歩くわたしを見つめるオーウェンの顔を想像してみる。あんなにハンサムでパワフルな魔法使いがこんなにフツウなわたしの夫になるのだと思うと、いまだに信じられない気持ちになる。いつか目が覚めて、この一年半のことはすべて夢だった、なんてことになるような気さえしてくるのだ。

「どう?」わたしがドレスを脱いで、ハンガーに戻してもらうためにマルシアに渡すと、ジェンマが訊いた。

「やっぱりいちばん最初のかな」

そのとき、試着室の外から悲鳴が聞こえた。皆、しばし動きを止めて耳を澄ましてから、ドレスの試着を再開する。その後、外は急に静かになった。本物の警察の到着を示唆するような声、たとえば〝動くな〟とか〝手をあげろ〟といった類いの言葉は聞こえなかった。喧嘩そのものが突如収束したような感じだ。

ドレスについては、全員がわたしの選択を支持した。友人たちがほかのドレスをラックに戻しにいってくれたので、自分の服に着がえて試着室から出ると、セール会場はすっかり落ち着いていた。大声をあげる人はいないし、火の玉も飛んでいない。梁に一頭のガーゴイルがとまっているのが見えた。かすかに魔力の存在を感じるから、おそらくなんらかの魔術で事態の沈静化がはかられたのだろう。皆が突然理性的になったわけではなさそうだ。

レジの列に並んでいると、後ろの女性が言った。「さっきの、あなたも見たわよね?」

「あの喧嘩騒ぎ?」女性が〝違うわ、騒ぎを静めたガーゴイルのことよ〟と言わないことを祈りながら答える。もっとも、わたしたちは常に免疫者《イミューン》を探しているわけだから、もし彼女がすべてを目撃したうえでこれだけ落ち着いているのだとしたら、有望なスカウト候補を見つけたことになる。

「そう。このてのセールで喧嘩が起こるのは見たことがあるけど、ここまですごいのははじめてだわ」

「ウエディングドレスは高価なものだから、みんな、気に入ったものはなにがなんでもつかみ取ろうとするのね」

「でも、あの人たち、つかみ取るのに手を使ってなかったわ。ドレスが勝手に人と人の間を飛んでいくの。あと、手もとからふいに消えて、また現れたり。まるで魔法みたいに」

「魔法？」信じられないという響きを精いっぱい込めて言う。わたしにとって魔法はもはや日常の一部なので簡単ではない。ほんの短い間ではあったけれど、魔力をもったことさえある。一方で、女性に勘違いだと思わせることに後ろめたさも感じる。彼女が魔法を目撃したのは事実なのだから。

「ほかにどう言えばいいかわからないわ。このてのことを目にするのははじめてじゃないし」

え？　そういうことなら話は違ってくる。「そうなの？」

女性は体を寄せてささやいた。「ええ、この街ではこういうことがしょっちゅう起こってるわ。でも、だれも話題にしない。ニューヨーカーは自分のことに忙しくて周囲に注意を払ってる暇がないのよ。それで妙なことがまったく目に入らないの。あるいは、旅行者だと思われたくなくて気づかないふりをしているのね。でも、それだけじゃなくて、証拠を残さないよう後始末をしている人たちがいるみたい」

彼女の言っていることがすべて事実であることを知らなかったら、頭のイカレた陰謀論者だと思っただろう。「後始末?」何に気づいたのか気になる。

「これよ」女性はセール会場の方に手を伸ばす。その腕にドレスはかかっていない。「一瞬前まで魔法の戦争《マジカルウォー》が繰り広げられていたかと思ったら、突然、何ごともなかったかのように収まってる。おそらく喧嘩に直接関わっていない人たちのほとんどは、サンプルセールによくあるただのヒステリックな喧嘩騒ぎだったと思ってるでしょうね」

彼女はガーゴイルが頭上から魔法の粉をまいて一瞬にして当事者たちに喧嘩を忘れさせたとは言わなかった。少しほっとする。「きっとみんなわれに返ったのよ」わたしは肩をすくめて言った。「ウエディングドレス一着にあれだけむきになるなんて、ちょっとばかげてるもの」

「だけどあなた、値段見たでしょう?」

そのときはじめて、自分が値札を見もせずにドレスを選んだことに気がついた。それだけ気もそぞろだったということだろうか。勇気を振り絞って値札を見てみる。希望小売価格は心臓発作を起こしそうな数字だった。実家の店を手伝っていたときの年収とさほどかわらない。その値段には線が引かれ、その下にある複数の値段にも線が引かれ、最後に赤で書いてある最終価格もわたしの感覚ではドレス一着に払う金額としては高すぎるけれど、ジェンマに渡された大量のウエディング雑誌を読んだあとでは、まずまずだと思うべき数字だった。それに、このドレスは当初着る予定だったものよりはるかに素敵だ。「そうね、確かにこれだけ値引きされていれば、だれかにパンチを食らわしてでも手に入れたいと思うかも。ほかにこのドレスに目をつけた人がいなくて、わたしはラッキーだったわ」

「何より魔力をもつ人と取り合いにならなくてラッキーだったわね」彼女は深刻な口調でそう言うと、ハンドバッグの外ポケットから名刺を出す。「はい、これ。このてのことに興味があるなら、このブログをチェックしてみて。わたしたち、魔法が存在することを証明するためにさまざまな証拠を集めてるの。そのうち必ず注目されるようになるわ」

「でも、魔法ってそんなに危険なもの？」歴史の授業で学んだ魔女裁判のイメージが脳裏をかすめて、胃がきゅっと縮む。万が一、本当に魔女狩りが始まったりしたら、標的にされる可能性のある友人たちがたくさんいる。いまのわたしにとっては人ごとではない。

「さっきのだって、大怪我をする人が出てもおかしくない騒ぎだったわ。それに、魔力は人に不当なアドバンテージを与える。物理法則に逆らえるわけだから、もはや人より頭がいいとか運動能力が優れているとかいうレベルの話じゃなくなるわ。そうでしょう？」

なんと答えていいかわからない。魔法など存在しないとは言いたくない。嘘をつくことになる。でも、魔法を弁護すれば、存在することを認めることになり、それは魔法界のルールで厳しく禁じられている。そのとき、ドレスを戻しにいっていた友人たちが合流して、答える必要がなくなった。彼女たちのおしゃべりの勢いがすごくて、それどころではなくなったのだ。

まもなく、レジの順番が回ってきた。驚いたことに、最終的な値段は値札に書かれたいちばん低い価格からさらに三割引いたものだった。「すごい！」おかげでクレジットカードを出すとき手が震えなくてすんだ。

「言ったでしょ？　お買い得だって」ジェンマが言った。「でも、ウエディングドレスにいくら払ったかはくれぐれもオーウェンには言わないようにね。そこは謎めかしておかないと」

「ママには言っていい？」こんな買い物をしてだれにも自慢できないのはいかにも残念だ。

「そうね、ママには言いなさい。自分のドレスを着てもらえなくてがっかりしたとしても、割引率を聞いたらそんなこと一瞬で忘れちゃうわ」

大幅値引きに興奮して、後ろの女性のことはすっかり頭から消えていた。もらった名刺はクレジットカードを出したときにハンドバッグに入れ、それきり考えることはなかった。

大きなガーメントバッグを抱えて地下鉄に乗り、アパートに戻ると、ストラップレスのブラをつけて——本番はこれではなく式用に新調したものをつけるべきだとジェンマは言っている——あらためてドレスを着てみた。ドレスはレギンスとタンクトップの上に着たときより、さらに素敵に見えた。「ね、わたしの言うことを聞いて正解だったでしょ？」ジェンマが言う。「そうね」わたしは素直に認めた。母のドレスよりずっとわたしらしい。ちくちくするレースもなくて、着心地も各段に上だ。

正面玄関のブザーが鳴って、インターフォンから雑音混じりの声が聞こえた。「こんにちは、オーウェンだけど」

わたしたちはいっせいに悲鳴をあげた。わたしは寝室に駆け込み、ジェンマとニタもあとに続く。マルシアがインターフォンに向かって「そのままちょっと下で待ってて」と言うのが聞こえた。

ジェンマとニタに手伝ってもらってドレスを脱ぎ、彼女たちがそれをガーメントバッグに戻してクロゼットのなかにかけている間に、大急ぎでジーンズとセーターに着がえる。マルシアが正面玄関の扉を解錠し、オーウェンが階段をのぼって部屋に到着するまでに、ウエディングドレスの購入をにおわせるものはすっかり片づけられ、わたしもまずまず見られる格好になっていた。

部屋のドアを開け、キスでオーウェンを迎える。「ぼくを下で待たせるということは、成果があったってことかな？」オーウェンは言った。

「ノーコメントよ」ジェンマがきっぱりと言う。

「隠すものがなければ、ぼくを待たせたりしないだろう？」オーウェンはにやりとする。

「ええ、成果はあったわ。でも、それ以外についてはノーコメント」わたしは言った。

「買い物はなかなかスリリングだったけどね」ニタが続く。

オーウェンの顔がかすかにゆがむ。「本当？」なるほど、彼がなぜこのタイミングでやってきたのかわかった。ドレスについて知りたかったわけではない。わたしたちが無事かどうか確かめにきたのだ。羽をもつわたしの同僚のだれかが彼の耳に入れたのだろう。

「そりゃあ、ニューヨークのサンプルセールだもの」ジェンマが肩をすくめて言った。「コーヒー飲みたい人。四時前に起きるとさすがにこたえるわね。ポットでいれるわ」

「それってだれのアイデアだっけ」わたしはからかう。「わたしも一杯もらうわ」

「じゃあ、ぼくももらおうかな」オーウェンが言った。

ニタがあくびをする。「わたしも」

「わたしは家に帰って昼寝する」コニーが言った。「今夜、夫と出かけることになってるから」

トリックスとイザベルとマルシアもコーヒーに賛同し、ジェンマはキッチンへ行った。ニタがテレビのリモコンを手に取り、チャンネルをかえはじめる。「わたしも昼寝したいところだけど、コーヒーでしのぐわ。今日は早番なの。暇だったら、かなりきつい一日になりそう」

テレビの方に注意を払わずにいたら、突然ニタが叫んだ。「ちょっとこれ、今日わたしたちが行ったところじゃない⁉」

見ると、ニュース速報がウエディングドレスのサンプルセールで起こった〝暴動〟について伝えていた。「ずいぶん大げさね」わたしは言った。「せいぜい小競り合いよ」

「わたしはあんなすごいのはじめて見たわ」ニタはそう言って音量をあげる。

テレビ画面では、リポーターが倉庫の前に立ち、目撃者の話を伝えている。リポーターはやがて、横にいる女性にインタビューを始めた。レジの列でわたしの後ろにいたあの女性だ。

「彼女たちは間違いなく魔法を使っていました」女性は言った。

2

オーウェンと目が合う。オーウェンはまずいなというように顔をしかめた。ニュースではリポーターが「魔法?」と聞き返している。彼女のことを頭のおかしい人だと思っているのは明らかだ。

「ええ、魔法です」女性はきっぱりと言った。「いろんな可能性を考えましたが、それ以外に説明のしようがありません。手もとからドレスが消えて、別の人の手に現れるんです。コインでならそういう芸当もできるかもしれませんが、ウエディングドレスですよ? 袖のなかに隠すにはさすがに大きすぎるでしょう。それに、ドレスが宙に浮くのも見ました。それだけじゃありません。ドレスの奪い合いに続いて、火の玉や魔術みたいなものの投げ合いも始まったんです」

「なるほど」リポーターはうなずいたが、その顔は〝この狂人をなんとかして〟という表情だ。

「ええ。そして、突然、何ごともなかったように騒ぎが収まったんです」

「あ〜、お薬サボっちゃってるのね」ニタが言った。「わたしの知るかぎり、そんな妙なことは起きなかったわ。ドレスの奪い合いがあっただけよ。まあ、確かにかなり激しかったけど、魔法だなんて、この人、かなりやばくない?」

マルシアが咳き込んだ。トリックスは唇を噛んでいる。顔が赤くなっているから、笑いを堪《こら》えているのだろう。「ま、これがニューヨークよ」イザベルが肩をすくめる。「いろんな人がいるってこと。これだって、今日このリポーターが耳にするいちばん妙な話ではないはずよ」

「どうかしら。もしかしたらほんとに魔法が絡んでいたのかもしれない」わたしは言った。

「でなきゃ、あんな値段で買えるわけないもの」

「ケイティ！」ジェンマが言った。「約束したでしょ？」

「いいじゃない。あんなお買い得品をゲットして黙ってなんかいられないわ。オーウェンだってきっと感心するわよ」

「そんなにいい買い物だったの？」オーウェンが訊く。

「ほとんど向こうに支払ってもらったような感じ」

「しかも、すっごく素敵なの」ニタが続く。ねらいどおり食いついてくれたようだ。「詳しいことは言えないけど、あなたも絶対気に入るわ」

「これで、式までにやることはあとたったの百五十万個ね」わたしは言った。

ニタは小学校時代からの親友で、去年の夏、ニューヨークへやってきた。いまはマンハッタンのホテルで働いている。ニタのことは大好きだけれど、いまは一刻も早く今朝の事件についてオーウェンたちと話したいので、彼女がコーヒーを飲み終えて職場に向かってくれるのが待ち遠しい。真実を打ち明けられれば楽なのだけれど、わたしのリクエストは秘密の漏洩《ろうえい》を恐れる会社の上層部からきっぱりと却下された。

ニタが出かけると、わたしはさっそく言った。「インタビューされてた女性について調べた方がいいわね」

「さっき名前は言ってた?」トリックスが言う。「まあ、三十分もすればまた同じニュースを流すだろうから、そのとき確認できるけど」

「その必要はないわ。名刺をもらったの。まだもってるはず」わたしはハンドバッグを取りにいく。

「へえ、警備部に移ってわずか一カ月で、もうそこまで周到になってるの?」オーウェンが茶化すように言った。

「彼女、レジでわたしの後ろにいたの。リポーターに話したのとほぼ同じことを言ってたわ」バッグのなかをかき回し、名刺を取り出す。「あった。魔法関連の出来事に関するブログを運営しているって言ってた」わたしはオーウェンに名刺を渡す。「この名前、知ってる?」

オーウェンは名刺を見ると、肩をすくめてすぐに返した。「聞いたことないな。でも、ぼくはそもそもこのてのことに詳しくないから。この女性、免疫者《イミューン》なのかな」

「違うと思う。騒ぎが突然収まったとは言ってたけど、ガーゴイルたちが飛んできたことには触れなかった。つまり、彼らの覆い《ヴェール》の魔術が効いていたってことだわ。彼女はおそらく観察眼が鋭くて、既成概念にとらわれずにものを見るタイプなのよ。だからこのての現象に気づきやすくて、しかも自分の目が見たものをそのまま信じようとするんだわ」

「それって、わたしたちにとっては危険な組み合わせね」イザベルが言う。

「それに、一度気づくと、今度はそれを意識して探そうとする。彼女はこれからますます魔法を目撃するようになるわ」わたしは言った。

「彼女がそういうことについて語りはじめたら、ほかの人たちも気づくようになるかも」トリックスが言う。「そうなったら大変よ。人々が魔法の存在を信じはじめたら、それこそあちこちで魔法を目撃するようになるわ。いま彼らが気づかないのは、そんなことは不可能だと思い込んでるからだもの」

「それってそんなに悪いこと？」マルシアが言った。「もしそうなったら、あなたたちは正体を隠す必要もなくなるじゃない」

「そんなに簡単な話じゃないわ」トリックスは身震いする。「わたしたちの種族は、まず羽を切断されるわね」

「あの女性は魔法に好意的な感じではなかったわ」わたしは言った。「物理の法則に逆らえるのは不公平なアドバンテージだと言ってた。魔力をもつ人たちに制約を課すよう求めるタイプね」

「じゃあ、早急にこの動きを止めた方がいいんじゃない？」ジェンマが言う。「人々が魔法使いを火あぶりにしはじめる前に」

「火あぶりにされたのは異教徒たちだよ」オーウェンが言った。「魔法使いはたいてい絞首刑か窒息死だね。魔法使いで、かつ異教徒でもある場合は別だけど。いずれにせよ、今日の件はそんなに騒ぎ立てるようなことではないよ」

「体の一部を切断される心配がない人はいいわ」トリックスが言う。

「実際のところ、このてのことはしょっちゅう起こってるんだ」オーウェンは続ける。「ぼくたちは魔法を秘密にするよう努めてはいるけど、完全に隠すことはやはりできない。それでも、魔法は依然として存在しないことになっている。魔法について語る人がなんらかの牽引力をもつには、相当数の人たちが魔法が存在する可能性を信じる必要がある。でも、そういう人たちは今日ますます少なくなっている」

「本当にそうかしら」わたしは名刺を見ながら言った。「彼女、ブログにはけっこうフォロワーがいて、目撃情報が寄せられるようなことを言ってたわ。念のために、それらの情報が事実かどうか調べてみる。ブログに関わっているのがどういう人たちかについても」

「警備の仕事、かなり楽しんでる感じだね」オーウェンはわたしの肩に腕を回して自分の方に引き寄せた。

「意外？」

「全然」オーウェンはそう言うと、わたしのこめかみにキスをする。「ところで、ランチを調査したい店があるんだけど、どうかな。なんならついでに違法な魔法行為がないか観察してもいいよ」

「いいアイデアね。行きましょう。そのあと昼寝するわ」

ジェンマが小走りでリビングルームから出ていき、バインダーを手に戻ってきた。「ランチしながら予定表とチェックリストに目を通しておいて。いまのところスケジュールどおりだけど、この先の要処理事項を確認しておいてね」

階段をおりながらわたしは言った。「駆け落ちするならまだ間に合うわよ」

「もし、魔法の存在を暴こうというこの動きが本格的な脅威になったら、ものすごく忙しくなって、結婚式の準備ができないという言いわけになるかもしれないよ」

「そう都合よくいけばいいけど……」ぶ厚いバインダーをもち直して、わたしは言った。

その後、週末の間はウエディングドレス売り場での乱闘騒ぎについてあまり考えることはなかった。結婚式の準備をしていると――それもふたつとなると――ほかのことなど考えていられなくなる。ニューヨークをピンポイントでねらう核攻撃でもないかぎり、要処理事項の長いリストが念頭から消えることはないのだ。例のブログを調べることを思い出したのは、週明けの月曜の朝、出社して自分のデスクに着いたときだった。さっそくハンドバッグから名刺を取り出し、ブラウザにアドレスを入力する。

ブログは独自のドメインではなく、ブログサービスを利用したものだった。しかも、明らかに既存のテンプレートを使ってつくられている。だれが背後にいるのか知らないが、この反魔法運動にお金をかける気はないらしい。画面をスクロールし、過去一週間ほどの投稿を見ていく。もしわたしが魔法の存在を知らなければ、ここに報告されている出来事をまともに取り合うことはないだろう。人やものが突然虚空に消えたとか、ふだんなら絶対しないようなことをする衝動に駆られたとか、正体不明の光を見たとかいったことが書かれている。どんなにネタに困っているタブロイド紙の記者でも、こういうことを訴えてくる人の電話はすぐに切るに違いない。でも、これらはすべて実際に起こり得ることだ。

投稿のなかには証拠写真が添付されているものもあるが、およそ説得力があるとはいえない代物だ。ちまたに出回る雪男やネス湖の怪獣の写真の方がずっと鮮明だ。これらが証明するのは、このブロガーが写真を加工しないだけの誠実さはもち合わせているということぐらいだろう。

週一回のスタッフミーティングの時間がきたので、ブログのチェックを中断する。月曜の定例会議はいつも憂鬱《ゆううつ》だったけれど、警備部に移ってからはむしろ楽しみになった。進行中の事案についてのブリーフィングは刑事ドラマの一場面のようで、これまで所属したほとんどの部署に共通の、自分がいかに忙しく働いているかをアピールすべく皆が緊急案件について延々としゃべり続ける会議とはずいぶん違う。

この会議室のなかで椅子にちゃんと座っているのはたったふたりで、それ以外は全員、椅子の背やひじかけにとまっているという図には、正直、若干の戸惑いを感じることもなくはない。警備部のメンバーのほとんどはガーゴイルだ。教会を守るという中世以来の使命が会社と魔法界を守ることに変わったと考えれば、それもうなずける。今日のミーティングの出席者のなかで人間なのはわたしとトリッシュだけ。彼女はわたし同様、免疫者《イミューン》で、最近行った潜入調査の任務で知り合い、スカウトした。元軍人の彼女はおそらくわたし以上にこの仕事に向いているかもしれない。でも、魔法界のことはまだ知ったばかりだ。

議長を務めるのは警備部部長のサムだ。ミーティングは懸案事項のブリーフィングから始まった。土曜の朝、警備部のチームが収めた騒ぎもそのひとつだ。「われわれが事態を収拾したあと評議会《カウンシル》の法執行官たちが到着した。騒ぎに関わった連中の取り調べは彼らがやっている」サムは言った。「うちの社員もひとりいた。彼女の処分はいま検討中だ」

「現場の状況について、少しつけ足したいことがあります」わたしは言った。

「おお、なんだ、お嬢、言ってみな」

「あのとき、免疫者《イミューン》ではないにもかかわらず魔法に気づいた人がいます」レジに並んでいた女性との会話を報告する。「彼女はニュースのインタビューでも同じことを言っていました。リポーターは頭のおかしい人だと思ったようですけど。この女性、魔法がからむ出来事について書くブログを運営していて、わたしの見るかぎり、投稿されている話はいずれも事実である可能性があります。まあ、いまのところ信じる人は多くないでしょうけど。必要なら、もう少し調べてみますけど」

「その必要はねえな」サムは羽をすくめる。「そのてのことはときどきある。人々の目を完全にごまかすのは不可能だ。幸い、一般社会はそういう連中の話を信じねえ。信じるのはスーパーで売ってるタブロイド紙の記事を真に受けるようなやつらだけだ。仲間うち以外を納得させられる証拠を用意できたやつは、これまでひとりもいねえよ。お嬢はそんなことよりコレジウムとつながってた可能性のある社員の分析の方に集中してくれ」わたしたちは最近、魔法界の隅々にまで触手を伸ばしていたマフィアの解体に成功した。確かに、そちらの方がブロガーひとりを追いかけるより重要かもしれない。

ミーティングが終わり、オフィスに戻ろうとしていると、トリッシュが寄ってきた。「ねえ、ほんとに大丈夫なの？　だって、魔法が存在することをみんなが知ったら世の中どうなる？」

「まあ、これまでずっと知られずにきてるわけだからね」わたしはオーウェンの言葉を繰り返す。「確かにいまは、カメラつきの携帯電話が増えて、ポケットに入れてもち歩けるビデオカメラもあるから、証拠をつかむのは以前より簡単になったかもしれない。でも、魔法はどうやら写真写りが悪いようだし、魔法が存在することを知っている立場から見ても、そうした証拠写真はあまり説得力があるとはいえないわ」

とは言ったものの、やはり気になって、警備部の記録とブログの投稿を照らし合わせてみた。すると、多くの出来事が記録と一致した。つまり、この人たちは本当に起こったことを報告しているのだ。ブログのアクセス数を見ると、せいぜい数百件といったところだ。実際はもっと少数の人たちが繰り返しアクセスしているだけかもしれない。やはり、サムの言うとおり、ごく一部のもの好きたちがやっていることで、取り立てて騒ぐ必要はないのだろうか。それでも、用心するに越したことはない。念のため、ブログを運営している女性についてもう少し調べてみよう。

名刺にはアビゲイル・ウイリアムズと書いてある。どこかで聞いたことがあるような気がするが、思い出せない。

「何かわかった？」

顔をあげると、トリッシュがコーヒーカップを片手にドア枠に寄りかかっていた。「何かって?」一応、とぼけてみる。

「しらばっくれてもだめよ。知り合ったのは最近だけど、あなたの性格はそこそこ把握してるわ。調べなくちゃいられないはず。で、何かわかった?」

「投稿されているのは実際に起こったことだったわ。このブログ、今後アクセス数がどうなるかも含めて、しばらく注意して見ていく必要があるかも。もらった名刺にはアビゲイル・ウィリアムズって書いてあるんだけど、これ本名かしら」

トリッシュは笑った。「アビゲイル・ウィリアムズ? ほんとに? そりゃわかりやすいわ」

わたしがきょとんとしていると、トリッシュは続けた。「それ、セイラム魔女裁判の告発者のひとりよ」そう言うと、照れくさそうにほほえむ。「高校のとき、『セイラムの魔女』に出たの。演劇オタクだったことは、封印したい過去の汚点よ」

「じゃあ、きっと本名じゃないわね」

「彼女の両親が単にアビゲイルという名前が好きで、なおかつ歴史や演劇に詳しくなくて、なおかつ彼女がたまたま魔法の存在を暴く活動家になったというんじゃなければね。もちろん、名前はあえてつけられたもので、厳格な清教徒《ピューリタン》的家庭で育ったために今日の彼女ができあがった、という可能性もなくはないけど。でも、まあ、ペンネームと考えるのが妥当でしょうね。名刺にはほかに何か書いてある?」

「Eメールのアドレスだけ。メールしてみるべきかしら」

「関わらない方がいいんじゃない？　あなたの日常、こんなに魔法漬けで、そのうえ魔法使いとの結婚を控えてるのよ。彼女が魔法がらみの出来事に目を光らせてるなら、いまは絶対注意を引きたくないときだと思うけど」

「それは言えるわね」思わずぞっとする。魔法を目撃しようと神経をとがらせている人なら、わたしのことを五分も見ていれば十分だろう。わたしは魔法のまったく効かない免疫者《イミューン》だけれど、どういうわけかやたらと魔法関連のトラブルを引き寄せてしまう。ただそこに立っているだけで、魔法がらみのとんでもない事件が向こうからやってくるのだ。

確かに仕事柄という面もあるだろう。正式に警備部の一員になる前から、魔法関連の違法行為の調査にはかなり首を突っ込んできたし、何より、つき合っているのが――いまは婚約者《フィアンセ》になったわけだけれど――オーウェン・パーマーという当代きってのパワフルな魔法使いだ。彼はその魔力の大きさゆえ、両親がかつて魔法界を乗っ取ろうとした前世代の悪党だったことが公《おおやけ》になる前から、何かと標的にされてきた。両親は彼が生まれてすぐに亡くなったので、息子に何か重大な影響を与えたわけではないのだけれど、魔法界には彼の遺伝子を心配する人たちが少なからずいる。

そう考えると、このアビゲイル・ウイリアムズなる人物の注意を引くことは、やはり賢明ではない。とりあえず、彼女のブログをブックマークに登録し、定期的にチェックするもののリストに加えた。以前、インターネット上で魔法が話題になったときに使われそうなキーワードでアラートを作成したことがあるのだが、あまり意味はなかった。ファンタジー小説やプロバスケットボールのチーム、ディズニー映画やテーマパーク、さらには、さまざまなウィッカ（欧州古代の多神教、魔女術を復興する思想・宗教運動）関連の儀式の情報が洪水のように流れてきて、収拾がつかなくなったのだ。大量の検索結果のなかに魔法ウォッチャーのサイトが紛れていた可能性はあるけれど、少なくともそのときは気づかなかった。

念のため、アビゲイルのブログに頻繁に情報を寄せている投稿者たちのなかにほかのサイトでも活動している人はいないか調べてみる。リンクをクリックしていくと、そのうちのふたりがそれぞれ自分のブログをもっていることがわかったが、猫の写真や日常生活についての日記的な記述ばかりで、魔法への言及はなかった。さらに、投稿者たちが魔法関連の出来事について書く際に使う言葉や言い回しで検索をかけてみると、別の魔法ウォッチングブログがいくつか見つかった。一応、それらもブックマークに登録しておく。

そろそろ本来の仕事に取りかからなければ。調査対象となっている社員のリストを確認し、彼らのオフィスへ行く。何か疑わしい点が見つかれば、より綿密な調査をすることになる。コレジウムがいかに悪質かをこの目で見ていなければ、そして、ＭＳＩにあの古《いにしえ》の組織とのつながりゆえに採用された社員が少なからずいることが発覚していなければ、こんなふうに同僚を監視するのはかなり気分の悪いことだっただろう。もっとも、その人たちの全員がコレジウムのために動いていたわけではない。採用に際してコレジウム関連の有力なだれかから推薦があっただけというケースもある。背信行為を働いていたことが判明した社員たちはすでに処分されている。目下の課題はグレーゾーンにいる社員たちの関与の度合いを見極めることだ。

調査対象者のオフィスへ行き、他愛のないおしゃべりをしつつ、魔法で隠されているものはないかさりげなく周囲を見回す。その間も、ついサムとオーウェンが言っていたことについて考えてしまう。魔法の存在がずっと知られずにきたという事実について。いまでこそ魔法が存在する可能性について真剣に考える人は少ないだろうけれど、昔はどうだったのだろう。魔法界の歴史について知りたいなら、頼るべきはやはりあの人――オーウェンだ。

彼は歴史学者ではないけれど、その仕事は歴史と少なからず関連がある。理論魔術課の責任者であるオーウェンは、魔法がどのように機能し、どのように利用できるかを研究している。また、古い魔術を発掘して、現代のニーズに応用する方法を模索するのも重要な仕事だ。魔術を巡る歴史上の出来事にはさほど興味はないようだけれど、仕事柄、彼のオフィスやラボには魔法に関する古い書物がたくさんあって、わたしはこれまでしばしばそこで疑問の答を見つけてきた。

それに、職場でフィアンセのもとを訪れる正当な理由があるなら利用しない手はない。

セキュリティーパスを使って研究開発部に入る。オーウェンは廊下の突き当たりにあるラボで、助手のジェイクと魔術のテストをしていた。より正確には、オーウェンがジェイクを実験台に魔術を試していたと言うべきかもしれない。ジェイクは、ルックスはジミー・オルセンで、音楽の趣味はジョニー・ロッテンという若い魔法使いだ。わたしがラボに入るのと同時に、ジェイクはわっと声をあげて床から一メートルほど上昇し、空中で激しく体をねじった。そのまま落下して床に激突するかと思ったら、あと数センチというところでぴたりと止まり、そこから静かに着地した。

「こういう使い方をする魔術ではないような気がします」ジェイクは床に横たわったまま言った。ろれつが若干怪しくなっている。

オーウェンは顔をしかめてホワイトボードを見る。「ああ、書き写した人が誤ってこの部分にインクを垂らしてしまったのかもしれないな」そう言うと、ボードに書かれたルーン文字の一部を消し、別の文字を書く。「これでやってみよう」

床の上からジェイクが言った。「ちょっとひと休みしませんか、ボス」

「その意見に賛成」わたしは言った。

オーウェンは振り向いてわたしに気づくと、にっこりして、なんとも可愛らしく赤面した。

「ケイティ！　どうしたんだい？」

「あなたの本棚に用があって来たの。過去に魔法の存在が非魔法界に知られそうになったことはなかったか調べたいんだけど」

「なんだか不吉な響きですね」ジェイクはそう言うと、体を起こして実験台の脚に寄りかかる。

「何かあったんですか？」

わたしはお尻をもちあげて実験台の端に腰かけ、脚を揺らす。「大したことじゃないの。マニアックなブログをいくつか見つけただけ。ただ、それがどれも恐ろしいほど正確なのよ。まだそれほどフォロワーはいないようだけど、こういうことがあったとき魔法界ではこれまでどんなふうに対処してきたのか一応知っておこうと思って」

「サムも気にしてるのかい？」オーウェンが訊いた。

「ううん、わたしが勝手に興味をもってるだけ。魔法はこれまでずっと知られずにきたってみんな言うけど、どうしてそれが可能だったのか知りたいの」

オーウェンはオフィスに入っていくと、巨大な本を一冊もって戻ってきた。「たぶんこれで十分だと思う。本に何を探しているか言えば、そのページが開くよ」オーウェンはわたしに本を手渡す。受け取るなり、あまりの重さに実験台から落ちそうになった。

「これはここで読んだ方がよさそうね。わたしのオフィスにもっていくには台車と運搬作業員のチームが必要だわ」体をひねって本を台の上に置くと、どすんという音がした。実験台からおりて、本に触れてみる。「わたしにも有効なの？」

「魔術は本自体にかけてあるからね」

「なるほど」半信半疑のまま、ひとつ深呼吸して言ってみる。「魔法の存在が知られそうになった出来事について教えて」検索ワードの解釈がインターネットより的確であることを願う。

本が開いて、ページがぱらぱらとめくれていき、やがて止まった。開いたページをざっと読んでみる。一六〇〇年代に起こった魔女を巡る疑心暗鬼について書いてある。「次」コンピュータで検索しているようなつもりで言ってみる。ページがふたたびめくれはじめる。止まったのはヴィクトリア時代のある箇所だった。「ふうん、不気味な三文小説《ペニードレッドフル》のすべてがフィクションだったわけじゃないのね」なかにはかなりショッキングな話もあるが、心霊現象や降霊術好きで知られるヴィクトリア時代の人たちは、わりとすんなり信じたようだ。皮肉なことに、それがかえって本物の魔法を隠すことになったらしい。偽霊媒師があまりに多かったため、いかさまのなかに紛れた本物の魔法に気づく人はほとんどいなかったのだ。

「ああ、それ」オーウェンがわたしの肩越しに本をのぞき込んだ。彼の温かい息が首をかすめ、あやうくジェイクがすぐそばにいることを忘れそうになる。「降霊術師や霊媒師の多くは死者と交信なんかしていなかったよ。彼らは魔法使いか魔法使いに使われていた者たちだからね」

「次」本に向かって言う。ページがぱらぱらとめくれる。「へえ、七〇年代にも大きな危機があったのね。バミューダトライアングル、雪男、UFO……」開いたページを読んでいく。「なるほど、バミューダトライアングルも雪男もUFOも魔法に関する証言から目をそらさせるためのものだったのね。なんとなくわかってきたわ」

八〇年代のダンジョンズ・アンド・ドラゴンズを巡る騒動についても書いてある。だれかが本物の魔法を目撃したものの、それをゲームの一部と解釈したようだ。そしてこれが一連の騒ぎのきっかけになった。「つまりこういうことかしら。パニックや過剰反応はいつの時代でも起こり得る。でも、それは魔法に限ったことではなく、あらゆることについて言える。それが魔法を隠すことを可能にしている」わたしはそう言って、オーウェンの方を見る。

「ということで、今回のことも心配する必要はないって納得してくれたかな?」

「そうね」わたしはため息をつく。「それに、わたしにはいまもっと大事なことがあるし。たとえば、結婚式の準備とか」

「その言葉が聞けてよかった。放っておくと、きみはすぐにリスクを冒す方向に行きがちだから」

わたしは思わず笑った。「あなたがそれを言う？　わたしの記憶が正しければ、カエルにされたのはわたしじゃなかったわ」そして、真面目な口調で続ける。「でも、あなたは本当に気をつけた方がいいわ。魔法界にはあなたの足をすくうチャンスを虎視《こし》眈々《たんたん》とねらっている連中がいるのよ。何か非魔法界の人たちに気づかれるようなことをしたら、ここぞとばかりにスケープゴートにされるわ」

「ぼくが職場以外で魔法を使うことがどれだけある？」

「確かに、あまりないわね。でも、いざ使うときにはかなり大規模に使う傾向があるわ」

オーウェンは胸の前で十字を切る。「誓うよ、行儀よくしてる。ところで、今日は仕事のあと何か予定はある？」

「特にないけど、どうして？」

「花屋を二軒ほどはしごしてショーウインドウをチェックするのはどうかと思って。そうすれば、ジェンマのやることリストの項目をひとつ減らせる」

「魔法の会社でやる魔法の結婚式なんだから、だれかが手をひと振りして一瞬ですべて準備してくれるんじゃないの？」

「でも、手をひと振りして何を出してもらうかは決めておかないと。だから、ウインドウを眺めてイメージを具体的にしておくんだ」

「楽しそう。でも、仕事に没頭していつも時間を忘れるのはわたしじゃないからね」

オーウェンはふたたび十字を切る。「今日は五時きっかりにあがる。約束するよ」

驚いたことに、オーウェンは約束を守った。いつもなら、時間になっても現れないオーウェンを迎えにラボへ行くと、彼はわたしの姿を見てはじめて時間に気づき、あと三十分でこの実験を終わらせると誓い、わたしは一時間ほど待った末にあきらめて家に帰る、というパターンだ。オーウェンが結婚式の準備にこんなに意欲的だというのはちょっと意外だが、とりあえず、よい兆候だと解釈しておこう。

会社を出ると、オーウェンはリストを見ながら言った。「今日はまずジェンマが勧めてくれた花屋を回ってみよう。週末、植物園に行ってみるのもいいかもしれないね」

地下鉄の駅に向かうため、横断歩道の信号が青に変わるのを待つ。ここはオーウェンが無意識に魔法を使いがちな場所のひとつだ。彼は車の往来の激しい道路を赤信号でも轢《ひ》かれることなく渡ったり、歩行者用の信号を青に変えたりできる。でも、両親の秘密が明らかになってからは、公共の場で魔法を使うことには以前より慎重になっている。あのとき経験したことを考えれば、当然だろう。

もっとも、信号を守らないのは魔法を使える人たちだけではない。歩行者の信号無視は、ある意味この街の名物ともいえる。交差点では渋滞で動かない車の間を縫って道路を横断する人たちが常にいる。人々がどんどん道を渡っていくなか律儀に信号を守っているわたしたちは、むしろ変わり者に見えるかもしれない。

通りの向こう側から男性がひとりこちらに向かって走りはじめたとき、市バスが猛スピードで近づいてきた。男性は気づいていないようだ。バスは急ブレーキをかけたが、とうてい間に合うタイミングではない。タイヤがこすれる甲高い音が響き、わたしは衝突を覚悟して身をすくめた。

衝突は……なかった。バスが宙に浮き、男性の頭の上を越えていく。そして、静かに着地すると、そのまま徐々に速度を落とし、やがて信号待ちしている車の列の最後尾についた。

指をさして叫んでいる歩行者の数から察するに、いまの魔法は一般の人たちにも見えていたようだ。

3

わたしは周囲の人たちと同じように息をのんだ。ただし、バスが飛んだことに驚いたのではない。わたしはそういうことが可能であることを知っている。それが一般の人たちの面前で、隠されることなく起こったことに衝撃を受けたのだ。すぐさま横を見ると、オーウェンは肩をすくめた。「ぼくじゃないよ」

確かに、すぐ隣にいる彼が魔法を使ったのなら魔力の高まりを強烈に感じたはずだ。「じゃあ、だれが?」近くにMSIの本社があるので、この辺りには魔法界の人たちがそれなりにいるだろう。少なくとも、MSIの社員のなかには、あんな無謀なことを公衆の面前で覆い《ヴェール》もかけずにやるような人がいないことを祈る。もちろん、歩行者を救いたい一心であとさき考えずにやってしまった、という可能性も考えられないわけではない。でも、意図的に問題を起こそうとする場合以外に、魔力をもつ者が目撃されるリスクを忘れるという話はこれまで聞いたことがない。彼らは幼いころから魔法の使用に伴う危険を徹底的に教え込まれて育つ。魔法を使うところを目撃されるとどんな恐ろしいことが起こるかについて書いた児童書まであるくらいだ。オーウェンの養父母の家にはそのての本が本棚ひとつ分ある。

信号が変わり、わたしたちは安全に——かつ合法的に——道路を横断した。市庁舎《シティホール》前の広場に人が集まっていて、たったいま起こったことについて口々に話している。「あのバス、完全に浮いてたわ」だれかが言った。

人だかりのそばを通り過ぎるとき、ひとりの男性が話しかけてきた。「おれの頭がおかしくなったわけじゃないよな。おたくも見たかい？」

ふいに良心が頭をもたげる。嘘をつくことはできない。彼が宙に浮くバスを見たのは本当なのにそれを否定するのは、やはり間違っている。「あっという間のことだったから、よくわからなかったわ」わたしは言った。

「とにかく、歩行者の男性はラッキーだったね」オーウェンが続く。

「だれか写真撮らなかった？」別のだれかが言った。

「どこかに監視カメラがあるんじゃないか？」また別のだれかが言う。

この場から逃げ出すような印象を与えないよう、さりげなく歩き出し、地下鉄の駅へ向かう。この状況にどんな問題があるかは口に出して確認し合うまでもなかった。並外れた魔法使いであるオーウェンがこのような魔法が使われた現場に居合わせることは、あらぬ疑いを招きかねない。それこそ監視カメラの映像が彼が何もしていないことを証明してくれればいいのだけれど。

ただ、少なくとも、いまのは悪事を働くための魔法ではなかった。値引きされたウエディングドレスを人の手から奪い取るような――。それどころか、魔法のおかげで男性の命は救われたのだ。魔法の存在を知られるリスクを冒したわけだから、魔法界にとっては問題だけれど、魔法を目撃しようと目を光らせている人たちも、この一件については非難する理由を見つけられないはず。

翌朝、昨日の出来事について書かれていないか魔法ウォッチャーたちのブログをチェックしてみた。アビゲイルのブログにはふたつほど報告が寄せられていた。そのうちのひとつには写真も一点ついていたが、幸い、バスのタイヤが見えない角度から撮られているうえ、着地直前にシャッターが切られたらしく、バスは特に通常より高い位置にあるようには見えない。この目で現場を見ていなければ、この投稿を真に受けることはないだろう——魔法の存在を知っているいないにかかわらず。

ブログは昨日現場付近にいた人やバスの乗客に対して目撃談や体験談を寄せるよう呼びかけている。もしわたしがこの件を調査するなら、翌日の同時刻に同じ路線のバスに乗り、前日そのバスに乗っていた可能性のある通勤客を探すだろう。

実際にわたしがそれをやるのはリスクがあるかどうか考えていると、トリックスから電話が入った。「ボスがすぐに会いたいそうよ」

なんだろう。必要ないと言われたことについて調べているときだったので、少々落ち着かなくなる。ボスにはそういうことを感知する不思議な能力があるのだ。わたしは以前、最高経営責任者《CEO》直属で仕事をしていたことがあり、ボスとの関係は良好だけれど、いまは警備部に所属している。警備の問題について話をしたければ、ボスはわたしではなくサムを呼ぶはず。オフィスから廊下に出ると、ほかにもミーティングに向かう人がいないか周囲を見回した。同僚たちの多くが羽をもつことを思い出し、頭上も確認する。皆がいっせいにオフィスから出てくるような気配はない。どうやらこの呼び出しは、警備部の仕事とは関係ないようだ。

社屋の小塔にあるオフィスへ向かう。受付デスクへ行くと、トリックスが言った。「どうぞ、そのまま入って」

社長室の重いドアを押し開けると、ボスは会議用のテーブルに座っていた。オーウェンと、それから、サムもいる。なんだか嫌な予感がする。

マーリンが——そう、アーサー王の物語に登場するあのマーリンだ——口を開く。「ああ、ケイティ、来ましたね。さあ、お座りなさい」特に怒っているような口調ではないので、少しほっとする。わたしはオーウェンの隣に座り、彼の方をちらりと見た。オーウェンはかすかに肩をすくめる。彼もミーティングの趣旨は知らないらしい。

「もうひとり加わる予定です」マーリンが言った。「しかし、彼が到着する前に少し話をしておいた方がよいでしょう。昨日、この近所で起こった出来事についてはご存じですね？」

「空飛ぶ市バスのことですか？」わたしは訊いた。

「そういう表現も可能でしょうな」

「わたしたちは無関係です」わたしは言った。

「だれがやったのかも知りません」オーウェンが言う。そして、ため息をついて続けた。「でも、監視カメラの映像にぼくが映っている。それで、嫌疑がかかっているんですね？」

和やかだったマーリンの表情が曇る。「残念ながらそのようです。形式的なことだと思いますが、当局は調査をするようです」

「たとえやったのが彼だったとしても、命を救ったんですから、悪事を働いたわけではありません」わたしは言った。

「それが論点でないことはここにいる全員がわかっているはずです」マーリンは言った。

「そのとき勤務中だったうちの連中によると――」サムが口を開く。「魔力は道路の反対側からきていたようで、そっち側に怪しいやつがいねえか、いま映像を解析しているところです」

「そこ、バスが飛んだことについて人々が騒いでいた場所だわ。あそこからがいちばんよく見えたはずだから、当然騒ぐとは思うけど、でも、そう聞くと、なんだか魔法を使った人はあえて目撃させたかったんじゃないかって思えてくるわね」

「でも、どうして魔法使いがわざわざ魔法を目撃させようとするのかな」オーウェンが訊く。

「非常事態でわれを忘れるというのはわかる。でも、あれはいくらなんでもやりすぎです。あの状況をなんとかしようとするなら、もっと簡単で目立たない方法がいくらでもありますよ。ぼく自身、あのときまさにそのひとつを使おうとしていましたから」

「で、それはどのような方法ですか、ミスター・パーマー」ドアの方から声が聞こえた。

オーウェンとわたしはドアを背に座っているので、体をひねって後ろを向く。すると、ビジネススーツを着たこれといった特徴のない男性が社長室に入ってきた。わたしもかなり平均的で特徴のない方だけれど、彼に比べたら個性の塊といってもいいくらいだ。髪の色はブロンドでもなく、グレーでもなく、ブラウンでもなく、その三つの中間くらいで、顔立ちにも特徴といえるようなものは何もない。彼に目を向けると、どこにも引っかかるところがなくて視線がするりと滑ってしまうような錯覚を覚える。わたしには魔法が効かないので、彼が自分に気づかせないような魔術を使っているわけではない。無個性な中堅官僚を製造するラボがあったら、きっとこんな感じの人がつくられるんじゃないだろうか。

「評議会《カウンシル》魔法行為部のジェイベズ・ジョーンズです」彼は自己紹介しながらテーブルまでやってくると、マーリンの隣に座った。「わたしが来た理由はもうご存じのようですね」

「わたしたちは、昨日、公共の場で魔法が使用された件の目撃者です」オーウェンは言った。口調は落ち着いているけれど、頬に浮かぶ赤みが感情を代弁している。

「ふうむ、目撃者ですか。少なくとも、そこにいらっしゃるミス・チャンドラーは目撃者でしょうね。現時点では、ああいったことをする能力をもっていないようですから」ジョーンズは縁のない眼鏡の上からこちらを見あげる。彼が眼鏡をかけていることにいま気がついた。「それとも、もっているのですか？　常に最新の状況を把握しているのはなかなか大変でして」

「完全に免疫者《イミューン》です。魔力はまったくありませんし、魔力の影響もいっさい受けません」わたしは言った。「でも、魔法が使われれば、それを感じることはできます。昨日、オーウェンが何もしていないことは間違いありません」

「ふうむ。しかし、先ほど、あなた自身、何かするつもりだったと言っていましたよね」ジョーンズはオーウェンの方を向く。

「考えてはいました。助ける能力があるのに、だれかが死ぬのをただ見ていることはできませんから。でも、バスを宙に浮かせるなどというのはエネルギーの無駄で、思いつきさえしませんでしたよ。あの場合、歩行者の脚をほんの少しはやく動かすだけで、もっと簡単かつ目立たずに衝突を回避することはできました。おそらく歩行者本人でさえ歩く速度があがったことに気づかなかったでしょう。バスをタイムバブルに入れて速度を落とすという方法もありましたが、それはもう少し複雑で、あのときは時間が十分ではありませんでした」

「魔術をかけた者を見ましたか?」

オーウェンが答える前にサムが言った。「魔力は道路の反対側からきていた。ケイティ嬢が感じなかったのも道理だ。彼女は魔法にかからねえが、魔法に対する嗅覚は並みじゃねえ。いま、向こう側で怪しい動きをしていたやつはいねえか調べてるところだ」

「ふうむ」ジョーンズのこの〝ふうむ〟は妙に癇にさわる。彼がそれを言うたびに足首を蹴ってやりたくなる。「ところで、ミス・チャンドラーは、この週末にも公共の場における魔法行為の現場に居合わせたようですね」

「近くにはいました。でも、だれが関わっていたかがわかるほど近くではありません。自分のことで忙しかったですし。ウエディングドレスを買わなければならなかったので」マーリンがどこまで話してほしいと思っているかはわからないが、上司のいずれかに促されないかぎり、これ以上しゃべらないことにした。このジェイベズ・ジョーンズなる男はわたしの神経を逆なでする。もともと評議会《カウンシル》に対してはよい印象をもっていない。彼らはなぜかいつもMSIが問題に対処したあとに現れて、あらたによけいな問題をつくりたがるのだ。

「ふうむ、しかし、なかなか興味深い偶然ではありますね」

テーブルの下で拳《こぶし》を握り、椅子の脚につま先を引っかけて、彼の足首を蹴りつけたい衝動に耐える。

「ふたつの件はまったく無関係だ」サムが言った。「一方は客たちが感情的になって起こったこと、もう一方はだれかがとっさに取った行動だ。自分がもってるパワーの使い方がわからねえと、こういうことが起こる」

ジョーンズは片方の眉をあげる。一瞬、その顔にやや表情らしい表情が加わる。「これは訓練を受けていない無自覚の魔法使いによるものだと思っているのですか?」

サムは羽をあげて肩をすくめる。「ひとつの可能性として考慮に入れてるだけだ。前にもあったことなんでね。自分にどえらいことができることに気づいたやつが、スーパーヒーロー映画のまねごとをして、バスを宙に浮かすなんてことをやらかすんだ。もしそうだとしたら、はやいとこそいつを突き止めてこっちの世界に引き入れなきゃならねえ」

「ウエディングドレス売り場での一件には、おたくの社員のひとりが関わっていましたが」

「ああ、だが、騒ぎの発端となったのはうちの社員じゃねえ。とにかく、パーマーはバスの件の方にしか居合わせていねえんだから、セール会場の件をやっこさんのせいにすることはできねえよ。ケイティ嬢の方は魔法がまったく使えねえわけだから、裏で糸を引いていたとかいうのでもないかぎり、できることは何もねえ」

「ふうむ、なるほど。ご友人たちを弁護したいお気持ちはよくわかります。しかし、あなたの意見はおよそ客観的とはいえませんね」

「論理的ではあるぜ」サムの声はその石の肌よりさらに硬く冷ややかだった。

魔法ウォッチングブログに関わっている人が、わたしが目撃したふたつの件のいずれにも居合わせた事実は興味深い。魔法の存在を信じて魔法を目撃しようとアンテナを張っている人はこの街にそうはいないはずだから、これはただの偶然ではないだろう。やはり、だれかが目撃されるために魔法を使っているような気がする。だとしたら、魔法ウォッチャーたちを利用して魔法の存在を公《おおやけ》にしようと、あえて彼らがいる場所を選んで魔法を使っているということだろうか。それとも、魔法ウォッチャーたち自身が魔法使いで、自ら事件を起こしてそれをブログに書き込んでいるのだろうか。どうも前者のような気がする。自作自演なら、証拠として投稿される写真はもう少し質がよくていいはずだ。

いや、そう思わせることがねらいなのかもしれない。完璧な動画や画像では、かえってやらせに見える。もしわたしが魔法の存在を世に知らしめるためになんらかのキャンペーンを実施するとしたら、まずはピンぼけの写真と粒子の粗い動画で人々の興味を引いて、十分に注目が集まったところで満を持して絶対的な証拠を提示するだろう。

なんだか相変わらずマーケティング的な考え方をしている気もするけれど、スキルを有効活用するのは悪いことではないはず。

サムが首をかしげて耳を澄ますような仕草をしてから言った。「うちの連中が手がかりになりそうな監視カメラの映像を入手した」

マーリンが片手を翻《ひるがえ》すと、壁にはめ込まれたキャビネットの扉が開き、薄型テレビが現れた。ふたたび手を翻すと、画面に粒子の粗い映像が映った。ちょうどオーウェンとわたしがいた場所の後ろ辺りから撮られたものだ。よく見ると、右下の端にわたしたちも映っている。

歩行者の男性が道路に出た。バスが近づいてくる。バスが宙に浮いた瞬間、映像が止まった。サムがテレビの前まで飛んでいき、かぎ爪でスクリーンを軽くたたく。「この男を見てくれ」画像は不鮮明だが、歩道にいるひとりの人物が片手を前に伸ばしている。あたかも魔術を放っているかのように。「こいつがホシかもしれねえな」

「ふうむ、しかし、彼が魔法を使っていることを示すものは何もありませんね」ジョーンズは言った。「魔法を使っているのか、ただ目の前で起こっていることを指さしているだけなのか、これではわかりません」

「だが、ここにいるオーウェンが何もしてねえことは明白だ」サムは画像の右下を指す。

「映像を何コマか戻せるかい?」オーウェンが訊いた。

サムは片方の羽をさっと揺らす。画像が少しずつさかのぼっていき、バスがまだ路面を走っている時点まで戻った。「ああ、ここだ」オーウェンが言った。

「彼はバスが浮きあがる前から手を前に伸ばしている。歩行者の男性が危ないことを示そうとしているとも見れますが、彼が魔術をかけた魔法使いだと考えるのが妥当でしょう。この映像のなかにはほかに目を引くようなことをしている人はいません。映っていないところに、たとえばバスの車内とかに、別のだれかがいたのでないかぎり、この人物に注目すべきだと思います。サム、映像の質をあげて人物を特定することはできないのかな」

「残念ながらこれ以上は無理だ」サムは言った。「しっかし、このカメラはひでえな。なんのために設置してるんだか。映ってる人物を特定できねえんじゃ、監視カメラの意味がねえだろうに。うちのやつらがほかにも映像がないか探してるから、もう少しましなのが手に入るといいんだが。もしこの男がたまたま居合わせて行動を起こしただけのやつなら、毎日この時間にこの辺りを通っている可能性があるから、これから数日、広場に張り込んでみる。場合によっちゃ、何か事故を演出することになるだろう。スーパーヒーロー気取りのやつなら反応するかもしれねえ。だが、もし意図的に魔法を暴露しようとしているやつだとしたら、そう簡単には見つからねえだろうな」

「ありがとう、サム」マーリンはそう言うと、ジョーンズの方を向く。「ほかに何か必要なことはありましたかな？　ご覧のように、皆ことの深刻さを十分に理解して、鋭意調査に当たっています」

「目撃者たちから正式な証言を取る必要があります」ジョーンズは書類をぱらぱらめくりながら言った。「おふたり別々に。まずはミスター・パーマーからよろしいですか」

わたしは社長室を出て、トリックスのところへ行った。「あれ、評議会《カウンシル》の人？」トリックスは声を低めて訊く。

「そう」

「オーウェン、また何かまずいことになってるの?」

「まだなんとも言えないけど、彼をまずいことにしたいように見えてしかたないわ」トリックスは頭を振る。「いい加減放っておいてほしいわよね。結婚したら、いっしょにあなたの故郷に帰ったらどう?　その方がきっと幸せよ。向こうじゃオーウェンがだれかなんてだれも気にしないわ」

わたしは笑った。「あなたはうちの母に会ったことがないものね。それに、向こうにはほとんど使える魔力がないから、オーウェンにとっては厳しい土地だわ」もっとも、大らかなオーウェンなら、どこにいてもそれなりにハッピーにやれると思う。むしろ問題はわたしの方だ。去年、実家で数カ月過ごしてあらためて思ったけれど、あそこではもう暮らしたくない。たとえオーウェンといっしょでも。

社長室のドアが開いて、オーウェンが出てきた。表情を読み取ることはできない。でも、わたしに向かってほほえんだとき、目が笑っていないことに気づいた。「そんなにひどかったんだ」わたしは言った。

「え?　いや、そんなことないよ。さあ、きみの番だ」

いまひとつ説得力がなくて、胃がきゅっと縮むのを感じながら社長室に入る。難癖をつけられるのが恐いのではない。自分がジョーンズに飛びかからずにいられるかが心配なのだ。

「ふうむ、ミス・チャンドラー」わたしが部屋に入ってドアを閉めると、ジョーンズは言った。

「どうぞ、お座りください」

マーリンとサムがいるのを見て少し安心する。もっとも、わたしがジョーンズの〝ふうむ〟にキレて彼に飛びかかった場合、彼らが証人になってしまうのだけれど。

ジョーンズは書類をぱらぱらめくり、用紙を一枚取り出すと、目撃者の欄にわたしの名前を丁寧に書いた。タイプライターで打ったような完璧なセリフ体だ。書き終えたので、いよいよ質問だと思って身構えると、ジョーンズは続いて事件のタイトルと番号を書きはじめた。それも書き終えたので、あらためて質問に備えると、今度は証人の欄にサムとマーリンの名前を書き、さらに質問者である自分の名前と今日の日付を書いた。

いい加減集中力が切れてきたところで、彼が突然言葉を発したので、びくりとしてしまった。

「ふうむ、ミス・チャンドラー、それでは問題となっている出来事について話していただけますか？」

「それはバスが宙に浮いた件ですね？　ウエディングドレス売り場の方ではなく」

「セール会場の件についてはまた別の用紙になるので、このあとうかがいます」

「まあ、楽しみ……」わたしは小声でつぶやく。「では、バスの件について。わたしたち、つまり、オーウェン・パーマーとわたしは、昨日、五時を少し回ったところでいっしょに会社を出て、結婚式用の花について話しながら歩いていました。信号が赤だったので立ち止まりましたが、訪ねる花屋のリストを見ていたので、道路の方にはさほど注意を向けていませんでした。ふと目をあげると、男性が横断歩道のないところで道路を渡りはじめました。市バスが接近してきて、ぶつかるかと思ったとき、突然、バスが宙に浮き、そのまま男性の上を越えて着地したんです。だれがやったのかはわかりません。少なくともわたしの近くで魔法が使われたような感覚はありませんでした。覆い《ヴェール》の魔術はわたしには効きませんが、あのときは明らかにほかの人たちにも見えていたようです。お話しできるのはだいたいこんなところです」

「ふうううううむ」ジョーンズの〝ふうむ〟はいつもより長く、証言を書き終えるまで続いた。その間ずっと音程は一定で、最後だけ少し不安定になった。息が続かなくなったのだろう。きっと無意識にやっているのだと思う。指摘しても感謝はされない気がする。ジョーンズはようやく顔をあげた。「オーウェン・パーマーが関わっていないことは確かですか？」

「はい、彼が魔法を使えば、わたしはすぐにわかります。あのとき、彼から魔力の刺激は感じませんでした。彼もほかの人たちと同じように驚いていましたし」

用紙の残りの部分を埋めるジョーンズの口がかすかにへの字になり、額に小さなしわが寄る。まるでがっかりしているかのように。別々に話を聞けば、わたしがオーウェンを裏切るとでも思っていたのだろうか。「ほかに何か覚えていることはありませんか？　たとえば、映像に映っていた片手を伸ばして立つ人物に見覚えは？」

「画質が悪すぎます。あれではだれだかまったくわかりません。歩行者の男性の顔だって全然……」そこまで言ったとき、ふとブログに投稿された写真のことを思い出した。似たようなポーズをした男が映っていたような気がする。あのときは驚くべき状況を目にして指をさしているのかと思ったけれど、そうではなかったのかもしれない。でも、いまそれは言わない方がいい。魔法ウォッチャーたちについて話さなければならなくなる。評議会《カウンシル》には何かわかった時点で最新情報として報告すれば問題ないだろう。情報を隠していることを悟られないようできるだけぽかんとした表情をしてみたが、ジョーンズはこちらの顔などろくに見もせず、用紙を埋めるのに忙しい。彼は調査員というより事務方タイプのようだ。

「では、ウエディングドレスのセール会場の件に移りましょう」ジョーンズは書類をめくり、別の用紙を取り出すと、またしても必要事項の記入を始めた。なぜいまわざわざそれをするのだろう。あとで書けば時間の大幅な節約になるのに——。それにしても、彼の書く字は本当に素晴らしい。結婚式の招待状の宛名書きをお願いしたいくらいだ。

ジョーンズが記入を終えて質問を開始するのを待たずに、わたしは言った。「何も見ていないので、お話しできることは大してありません。騒ぎがあったことは知っていますが、関わった人たちのことは見ていないんです。魔法がからんでいたことも最初はわからなかったくらいですから。とにかく自分の買い物に必死だったので。ウエディングドレス選びって全身全霊で取り組む必要のある作業なんです」トリックスに火の粉をかけるようで申しわけなく思いながらつけ足す。「社長室受付のトリックスもいっしょだったので、彼女が何か見ているかもしれません」

ジョーンズはいくつかメモを取ると、「ふうむ、それは必要ないでしょう」と言った。派手さではバスの一件の方が勝るけれど、セール会場での騒ぎはテレビのニュースに取りあげられている。やはりこれはオーウェンに対する魔女狩りのようだ。彼が邪悪化していないか徹底して確認するつもりなのだろう。「お時間をいただきありがとうございました、ミス・チャンドラー。またあらたに質問ができたら連絡します」

ようやく自分のオフィスに戻ると、ブログにアクセスして例の写真をクリックした。やはり、片手を前に伸ばした人物が写っている。正確には彼の手が写っていた。顔は別の人の頭で隠れている。そして、その手は指さしはしておらず、かわりに何か奇妙な形をつくっていた。これはどう見ても、驚いて指をさしているときに偶然こんなふうになったというものではない。わたしは写真をプリントアウトし、オーウェンのラボへ行った。

「これ、どう思う?」写真をオーウェンのデスクに置く。

「バスの件の映像に写ってた男かい?」オーウェンは腰をかがめて写真を見る。

「手を見て。顔が写ってる画像を探す必要があるけど、その手、指をさしてはいないわ」

「ああ、確かに。この手の形は浮上の魔術だ。ぼくなら選ばないけど、膨大なエネルギー消費を気にしなければ、有効ではある。これは正式な魔術だから、訓練を受けていない魔法使いがスーパーヒーローになろうとしたという説は消えたね」

「つまり、ちゃんとした魔法使いが確信犯的にやったということね?」

オーウェンは椅子の背に寄りかかる。「そんな物騒な話ではないと思う。結果的に、彼は人の命を救ったわけだし。もし魔法の存在を暴露するのが目的だったら、もっと自分が目立つようにわかりやすくやるんじゃないかな。手柄を主張できるような形で。今回のはおそらく、歩行者の男性を救うために反射的に魔法を使ったあと、しくじったことに気づいたというケースだと思うよ。一般の魔法使いはこういう大がかりな魔術を使うことに必ずしも慣れていない。

ほとんどの人にとって、浮上の魔術でバスを浮かせながら同時に覆《ヴエール》いをかけるというのは至難の業だ。ぼくだって両方を同時にやるエネルギーがあるかどうかわからない」

オーウェンは頭を振りながらため息をつく。「そうだよ、あのときぼくは覆《ヴエール》いをかけるべきだったんだ。バスが浮くのを見た瞬間に。それをとっさに思いつかなかったのはぼくのミスだ」

「それ、あの異端審問官に言ってないわよね？　彼、なんとかしてあなたに言いがかりをつけようとしてるわ。公共の場での魔法行為のことなんか実はどうでもいいのよ」

「そうまでしなきゃ文句がつけられないなら、ぼくは相当品行方正ってことだね」オーウェンはそう言って、やや苦笑い気味の笑みを見せた。「とにかく、ぼくはどちらにも関わっていないんだから、何も心配することはないよ」

わたしもそのくらい楽観的になれたらいいのだけれど……。

オフィスに戻るや否や、また別のミーティングに招集された。呼び出されたのは社長室でも警備部の会議室でもなく、まだ行ったことのない場所だった。この社屋のことはかなり知っているつもりだったのだけれど。目的の場所は比較的簡単に見つけられたが、ドアの前まで来て急に不安になる。いったいなんのミーティングだろう。また評議会《カウンシル》のだれかが来ているのだろうか。もしかして、コレジウムの件？

ひとつ深呼吸し、ドアを開けてなかに入ると、そこは古い映画に出てくる新聞社の編集室のような場所だった――デスクの上にあるのがタイプライターではなくコンピュータなのを別にすれば。無精ひげの男性がわたしに気づき、椅子の背にもたれたまま大きな声で言った。「いちばん好きな架空の動物と、この街でいちばん好きな場所は？」

「はい？」

「質問に答えて」

「ええと、ドラゴンと、セントラル・パーク」

男性は体を起こしてコンピュータに向かい、一分ほど何か打ち込むと、ふたたび椅子の背にもたれた。「よーし、これでいい。で、何か用？」

「ここへ来るよう言われたんですけど。わたし、ケイティ・チャンドラーです」

「空飛ぶバスの目撃者？」

「はい」

男性はもう一度体を起こすと、椅子を横に滑らせて手を伸ばし、別の椅子の上から積み重なっていた本を落として、その椅子を自分のデスクの方に引き寄せた。「ここ、座って」そう言うと、椅子をくるりと回し、声を張りあげる。「ラリー、彼女が来たぞ！」

近くのデスクでキーボードの上に突っ伏していた男性が顔をあげ、瞬きする。「彼女？」

「ああ、バスガールだ」

「わたし、本当にあの件とは無関係なんですけど」わたしは指示された椅子に腰をおろす。

「かまわないよ」無精ひげの男性が言った。ラリーと呼ばれた人は、立ちあがって眠たそうに伸びをすると、こちらにやってきて男性のデスクの端に腰かける。「きみの見解を聞いておきたいんだ。その方が記事の真実味が増す」

「新聞ですか？」混乱してきた。

「〝新聞〟をどう定義するかによるね」無精ひげの男性は眉を上下させてにやりとした。「パワーズ」

「魔力《パワー》はありません。わたし、免疫者《イミューン》ですから」

「違うよ、パ、ワ、ーズがおれの名前」

「魔法使いで名前がパワーズなんて、ちょっと鼻につきません？」

彼は目玉をぐるりと回す。「まったくさ。ちなみにミドルネームはもっとひどいよ。教えないけどね。とにかく、事実関係を正確にしておきたい。何かが違っていたせいで、記事自体が疑われては困るからね」

「あの、まだちょっと意図がよくわからないんですけど」わたしは頭を振る。

「魔法がからむ出来事を目立たなくさせる、と言えばいいかな」ラリーが言った。「魔法関連の記事をたとえばエルヴィス・プレスリーの目撃談とかセントラル・パークに生息するドラゴンの話なんかといっしょに掲載する。そうすれば、ほかのだれかが今回のバスやセール会場の件を報じても、怪しげに見えるってわけさ」

「魔法界が長い間そういうことをしてきたのは知ってるけど、独自にタブロイド紙を発行しているとは思わなかったわ。どの新聞ですか？」

「それは秘密だよ」パワーズがにやりとして言った。そして、椅子をくるりと回してデスクに向かうと、コンピュータのキーボードに手を置く。「じゃ、見たことを話して」

わたしは評議会《カウンシル》の調査員に話したことをそのまま繰り返した。「ごめんなさい、大して面白い話じゃなくて」最後にそう言って肩をすくめる。「ほんの二、三秒のことで、そこまで劇的なものでもなかったんです。空飛ぶバスでスタテン島まで行ったとかいうなら、目玉記事にもなるだろうけど」

「それはすでにやったよ、五年くらい前に」ラリーが言った。

「人々を欺して気はとがめないんですか?」

「だれが欺してるって?」パワーズは肩をすくめる。「本物の記事は百パーセント本物だ。だからあんたにインタビューした。おれたちはただ、そうした本物の記事を若干正確性に欠けるほかの記事で囲むだけだ。どの記事を信じるかは読者が決めること。ほかのタブロイド紙と同じようにね」

「うちはむしろ、たいていのタブロイド紙より事実に根ざした記事が多いよ」ラリーが言う。

「事実に根ざした記事ほど信じがたい内容なんだけどな」パワーズがつけ足す。

自分のオフィスに戻りながら、魔法界が何世紀にもわたって秘密を守ってきた事実について考える。なるほどそれなりの仕組みがあってのことなのだ。この世界に入って一年以上たつのに、いまだに新しく知ることがある。それにしても、会社が新聞を出しているなら、マーケティング部にいるときに教えてほしかった。まあ、非魔法界の人々に魔法は存在しないと思わせるためのタブロイド紙では、魔法界の人たちに魔法の会社を宣伝する媒体としてはあまり使えなかったかもしれないけれど。

確かに、魔法界は状況をコントロールできているように見える。でもやはり、不安は消えない。何かとてもよからぬことが進行中で、それは彼らが思うよりずっと深刻なものであるような気がしてならないのだ。魔法ウォッチャーたちについて調べること自体は特に危険ではないはず。彼らがどんな人たちで何をしようとしているのかがわかれば、もう少し全体像が見えてきて、心配すべきかどうかの判断もつきやすくなるだろう。それくらいなら通常の仕事をしながらでもできる。

こちらからアビゲイル・ウイリアムズに接触する必要すらない。彼らは目撃証言が欲しいわけだから、きっとあのルートを使う通勤者のなかから宙に浮いたバスに乗っていた人を探そうとするだろう。わたしは同じ時間のバスに乗って彼らが声をかけてくるのを待てばいいだけ。覆面捜査としては、ごくごく簡単なものだ。

4

この作戦に関してひとつ心配なのは、オーウェンが今日、もう少し結婚式の準備を進めておこうとか食事に行こうとか言い出さないかということだ。魔法に目を光らせている人たちを探すのに魔法使いを連れていくのは賢明ではない。結局、心配は杞憂に終わった。オーウェンは昼間の尋問で潰れた時間を取り戻すために遅くまで仕事をすることになったのだ。わたしはバスの路線を調べ、数ブロック離れたバス停から乗るために少し早めに会社を出た。ＭＳＩと関連づけられるリスクはできるだけ抑えたい。

ラッシュアワーにはよくあることだが、バスが来る間隔が大きく開いて、バス停には人の群れができはじめていた。そこへ二台続けて到着した。さて、どちらに乗ろう。一台目はものすごく混んでいて、運転手は乗客が数人降りると、待っている人たちに次のバスに乗るよう合図した。これで悩む必要はなくなった。わたしは二台目のバスに乗り、なかほどに座った。ここなら前方後方、両方の会話に聞き耳を立てられる。かばんから本を取り出し、顔の前に掲げてこっそり周囲をうかがう。ときどきページをめくりながら。

ふたつ目のバス停でバスが浮いたブロックに入った。数人が乗り込んでくる。知っている顔はいない。特に怪しげな人も。皆、ごく普通の会社員といった感じだ。もっとも、二十一世紀の魔女狩り人の風貌について特に具体的なイメージがあるわけではないのだけれど。

携帯電話で話している人がふたりほどいるが、車内はおおむね静かだ。若い男性がわたしの前の席に座った。ワイシャツにネクタイを締めているが、背広のかわりにフードのついたスウェットシャツを着ている。おそらく何かの事務職だろう。男性は車内の乗客たちを見回す。だれかを探しているのか、ただ物見高いだけなのかはわからない。

一ブロックほど走ったところで、彼は通路をはさんで向かい側に座っている人に話しかけた。「昨日、このバスに乗ってました？」

エンジン音と後ろで電話をしている人の声が邪魔だけれど、本から目をあげないようにして耳を澄ます。

「毎日乗ってるよ」話しかけられたアフリカ系アメリカ人の年配の男性はいかにも世の中にうんざりしているような口調で言った。

たいていの人は〝ほっといてくれ〟のサインとして受け取るところだけれど、若い男はテンションの高すぎる子犬のように話し続ける。「昨日、バス停でバスを待ってたんですけど、絶対見間違いじゃないですよ。あのバス、絶対宙に浮いてました」

年配の男性は小さく鼻を鳴らすと、話は終わりだというように窓の方を向いた。子犬くんはまったくひるむことなく、今度は前に座っている人に話しかける。「あなたは何か気づきませんでした？　普通じゃないこと」

ビジネススーツを着た中年の女性は眉を片方くいとあげると、素っ気なく言った。「普通じゃないこと？　市バスのなかで？　勘弁して」

　彼は依然としてハイテンションを維持したままわたしの方を向く。「きみは？」思いすごしかもしれないが、わたしの顔をやけにまじまじと見ているような気がする。わたしがだれか知っているのだろうか。

「このバスにはいつも乗ってるわけじゃないの」肩をすくめてみせる。「今日はちょっと人に会う用事があって」

　妙に長い間があったあと、彼はようやくにっこりすると言った。「そっか、残念。いやほんとすごかったんだ。バスに乗ってた人にどんな感じだったかぜひ訊いてみたいんだけど」

　次のバス停に到着すると、彼は席を移動して、後方に座っている人たちを相手に同じ質問をしはじめた。彼がいなくなって肩の力が抜けるのを感じ、自分がかなり緊張していたことに気がついた。彼がほかの人と話しはじめると、呼吸がずっと楽になった。そのかわり、振り向くわけにいかないので、話を聞きづらくなった。彼がだれと会話しているのかも、さっき車内を見回したときの記憶と聞こえる声の感じを頼りに想像しなければならない。

　ほとんどの人は、話しかけられたほかの乗客同様、面倒くさそうに対応していたが、やがて彼はついに、昨日件《くだん》のバスに乗っていて奇妙な現象を体験したという男性を見つけた。「ああ、急ブレーキをかけたんで、とっさに身構えたんだ。前にも乗っていたバスが事故に遭ったことがあったからね。でも、バスは止まるかわりに、なんか跳ねあがるような感じになって、そのあと着地した。で、何もなかったようにそのまま走り続けたよ」

「何が起こったんだと思う?」子犬くんは訊く。わたしは組んでいた脚をほどき、座ったまま重心を移動させて姿勢を楽にするふりをしながら、さりげなく後ろを見た。子犬くんは同年代とおぼしきスーツ姿の男性と話をしていた。

「さあね」男性は言った。「道路の段差か何かにぶつかったのかとも思ったけど、それにしてはやけにスムーズだったな。着地の衝撃もほとんどなかったし。もしかしたら、そもそも地面を離れていなかったのかもしれない。そんな感じがしただけで」

「いや、間違いなく地面を離れたよ」子犬くんは男性ににじり寄ると、やけに大きなささやき声で言った。「信じられないような話だけど、ぼくが立っていた位置から見えたのは、もはや魔法としか言いようのないものだった。歩行者が轢《ひ》かれると思った瞬間、バスは宙に浮いて彼の頭の上を越えたんだ。すごかったよ。ほかにも見た人はたくさんいる。ネットで調べてみたら、この件に関する報告がたくさん寄せられてるブログがあった。きみもバスの乗客の視点からリポートするべきだよ。彼ら、何が起こったのか調べてるらしい」

「魔法?」スーツの男性は聞き返す。「ハリー・ポッターみたいな?」

「魔法の杖《ワンド》は見なかったけど、まあ、そうだね。三作目に出てくるあの変なバスみたいな感じかな。昨日のは縮むかわりに飛んだんだけど」

「ああ、なるほど……」男性はそう言うと、新聞をもちあげて顔を隠した。

「ブログのタイトルはたしか〝魔法ウォッチ〟だったと思う。興味があったら見てみなよ」男性は返事をしない。子犬くんは次のバス停で降りていった。映画でよくスパイが使う口紅形のカメラがあれば写真が撮れたのに——。子犬くんはジェイベズ・ジョーンズほど無個性ではないけれど、ニューヨークにいるごく一般的な二十代の白人男性という感じだった。人混みのなかからもう一度彼を見つけられるかと問われたら、ちょっと自信がない。彼はＭＳＩの近くから乗車した。広場を見張っている警備部のガーゴイルたちは彼に気づいていないだろうか。

　バスはわたしのアパートの方角に向かっているので、地下鉄より時間はかかるけれど、そのまま乗っていることにした。彼が降りたあとすぐに降りない方が怪しく見えないだろうし、もしだれかに見られていても、帰宅するなら特に不審な行動ではない。前回の任務以降、監視の目というものに対してとても神経質になっている。

　自宅のあるブロックが近づいてきて、本をかばんにしまい荷物をまとめていると、バスの床に何か落ちているのに気がついた。名刺だ。アビゲイルがくれたものに似ている。おそらく子犬くんがあえて落としていったのだろう。昨日何かを目撃して興味はあるけれど彼とは話したくないという乗客がこっそり拾えるように。名刺にはアビゲイル・ウイリアムズと書いてあった。彼がアビゲイルということはないだろう。もしかすると、これはセール会場で会ったあの女性の名前ではなく、ブログを運営している人たちが使う共通のペンネームなのかもしれない。

　この問題、どのように対応すべきだろう。少し前まで、わたしも自分だけが奇妙な現象に気づくことに気持ちの悪さを感じていて、それらがすべて実際に存在するものだとわかったときは心からほっとした。妄想でも幻覚でもなかったのだと。ただ、わたしの場合、ほかに見える人はいなかった。わたしには非魔法界の人々から魔法を隠すために使われる魔法が効かないため、実際に起こっていることがすべて見えてしまう。わたし以外に反応する人がいなかったのは、わたしが大都会の住人たちが見向きもしないことにいちいち驚く田舎者だということだけが理由ではなく、わたしが目にする現象のなかには、彼らにはまったく見えていないものがあるからだったのだ。

一方で、今回のケースは、常識では考えられない現象でも、反射的に否定したり、自分の世界観を守るためにさまざまな心理的トリックを使って別の解釈をしたりせず、見たままを偏見なく受け入れるタイプの人たちが目撃者となっている。そのこと自体には敬意を払いたい。彼らに何かよからぬ企みがあるのでなければ、そのままにしておきたい気がする。魔法界の人たちが自覚をもって慎重に魔法を使うようにすればいいのだ。オープンマインドで観察力のある人たちを正気でないと思い込ませるのは、何か間違っている。

翌朝、魔法ウォッチャーたちのブログを見てみたが、バスの件について新たな目撃証言は書き込まれていなかった。そのかわり、魔法が使われたとされるいくつかの出来事があらたに投稿されていたので、ガーゴイルたちのパトロール記録と照合するためにメモを取った。各ブログに投稿されたバス浮上事件の写真をもう一度見てみたが、そのいずれにも子犬くんは写っていなかった。もし彼が本当に現場にいたのなら、うまくフレームから外れ続けたか、もしくは撮る側にいたかだ。

オフィスに姿がなかったので、正面玄関へ行くと、サムはいつものようにオーニングの上にとまっていた。「あの広場を映した監視カメラの映像は見られないかしら」

「バスの件があった日のか?」

「ええ」わたしは昨日バスの車内であったことを話す。「この件が担当じゃないことはわかってる。だから、ちゃんと勤務時間外にやったわ」

「心配すんな、自主的に働いてる部下に文句をつけたりしねえよ。ちゃんと自分の仕事をやってるかぎりはな。で、何を探してんだい?」

「その男性が本当に広場にいた目撃者なのか、それとも、魔法ウォッチャーグループのどれかのメンバーで目撃者を探しているのか知りたいの。どうも後者のような気がするんだけど。ブログの名刺を配ってたから」

「お嬢のコンピュータに映像を送らせておく」サムは言った。「この件、追った方がいいと思ってんのかい?」

ため息をつきそうになるのを堪《こら》える。「わからない。ただ、本当に心配しなくていいのか確認しておきたいの。彼らが無害なもの好き集団にすぎないことがはっきりすれば、それに越したことはないわ。そうじゃなくて手遅れになるより」

「すっかり警備部の一員だな。この仕事では少々パラノイア気味の方が健全だって言うのさ。だが、これに関しちゃ、そこまで心配する必要はねえよ」

「評議会《カウンシル》がオーウェンを尋問していること以外は?」

サムは羽をばさっとひとはたきする。「それはまた別の問題だ」

「そっちについては心配すべきかしら」

「そうだな。だが、いつも以上に気をもむ必要はねえ。連中は常にやっこさんを監視してる」

サムには心配無用だと言われたけれど、念のため広場の映像をチェックした。子犬くんらしき人は見当たらなかった。いや、彼に似た人は半ダースほどいたけれど、たぶん彼ではないだろう。粒子の粗い映像で際立った特徴の何もない人を探すのは簡単ではない。せめて赤毛だったりすれば、少しは見つけやすくなるのに——。

魔法ウォッチャーたちのことはひとまず頭の隅にしまって、もっと大事なことを考えることにした。たとえば、結婚式のこととか。魔法を使うときは、そうでないとき以上に具体的でなければならないようだ。故郷でする祝福の儀式のための花の手配は、〝そうねえ、白い花で何か手に入るものを適当にお願い〟と言えばこと足りる。一方、魔法で出してもらう場合は、具体的な種類を指定し、写真を提供し、正確な大きさ、数、アレンジの仕方を指示しなければならない。仕切りたがり屋にとっては理想的かもしれないけれど、わたしは詳細にはさほどこだわらない。でも、詳細を提示しないと、花のかわりにただの白い塊を飾る羽目になる恐れがある。

いっそ普通のやり方の方が楽なような気もしてきたが、魔法を使えばお金がかからないし、魔法使いと結婚するならこういうことにも慣れる必要がある。それに、故郷で行う儀式は否が応でもすべて普通のやり方ですることになる。いずれにしろ、ニューヨークでの結婚式までは魔法なしで準備できるほど時間的余裕はない。

幸い、何ごとにも几帳面なオーウェンのおかげで、わたしは多くの場合、〝そうねえ、まあ、そんな感じかしら〟と言うだけですんでいる。それを受けてオーウェンが具体的な案を考え、わたしにどう思うか訊いてくれる。ただ、たとえ詳細を決めなくてよくても、花やテーブルの飾り、ケーキやケータリングのメニューなど、わたしも実物を見なければならないものはある。演奏を依頼するバンドもそのひとつだ。

わたしは昔から外出が好きな方ではない。学生のときでさえクラブやバーに通うことはなかった。オーウェンはわたし以上に家にいるのが好きなので、わたしたちのデートはもっぱらテイクアウトをしてテレビで映画を観るというのが定番になっている。でも、バンドの演奏を聴くためには、バーに行かなければならない。魔法界の結婚式で演奏するのは魔法界のバンドでなければならないので、これから少しの間、魔法界のバーに通う必要がある。二度ほど行った魔法界のパーティーでの経験から──普通の人間でも酔っ払って抑制が利かなくなるとやっかいなのに、それが魔法を使える人たちだったらどうなるか想像してほしい——この作業はできるだけ後回しにしてきた。いまからまともで、かつブッキングされていないバンドを見つけるには、かなりの幸運が必要になりそうだ。

何かが起こってバンド探しをしなくてよくなることを密かに願っていたのだけれど——たとえば、隕石が落ちてくるとか、だれかが仕事を探している素晴らしいバンドのデモCDを渡してくれるとか——ブライダルセールでの騒動から二週間ほどたった日の朝、いっしょに会社に向かっているときに、オーウェンが言った。「今夜の予定、何か考えてる?」

「スウェットパンツとピザと映画とジェンマのバインダー以外で？」

「実は、ジェンマのバインダーにあることなんだけど」

わたしは天を仰ぐ。「もしかして、バンド探し？」

「まだ手をつけていない項目のひとつだからね。こればかりは手首をひとひねりして出すってわけにはいかないし。一応可能かどうか調べてはみたけど」

「自動演奏する楽器じゃだめなの？　ほら、去年の夏に顧客向けのイベントで使ったようなやつ」

「式や披露宴のディナーにはたぶんそれを使うことになると思うけど、そのあとみんながダンスをするときにはやはり生バンドがあった方がいい」

「ダンスはなきゃだめ？」

「みんな当然あるものと思ってるよ」

「CDを送ってもらって選ぶわけにはいかないの？」

「録音を聞いただけの人たちに結婚式で演奏してもらいたい？　その人たちがどんな風貌でどんな振る舞いをするかわからないのに？　それから、どんな魔法を使うかも」

そう言われて、ふと心配になった。「候補のバンドのリストをくれたのはジェイクじゃないわよね？」

「まさか！　ロッドだよ。実はロッドとマルシアも今夜いっしょに来る予定なんだ」ロッドはオーウェンの子どものころからの親友で、わたしが魔法界に入ってまもなくマルシアとつき合いはじめた。以前はかなりの女たらしだったけれど、マルシアとつき合うようになって一年以上たったいまは、だいぶ落ち着いている。それでも、元口説き上手なら、ちゃんとゲストが喜びそうなバンドを見繕っていると考えていいだろう。

「約束は何時？　どんな格好で行けばいいの？」しぶしぶ訊く。

「演奏は九時に始まる。フォーマルじゃなくていいけどおしゃれに、とロッドは言ってたよ」

「じゃあ、ちょっと仮眠する時間はあるわね」それから、ジェンマに着ていく服をコーディネートしてもらわなければ。〝フォーマルじゃないけどおしゃれに〟は、まさにわたしをパニックにさせるファッションのグレーゾーンだ。一瞬、こんなとき完璧な衣装を出してくれるフェアリーゴッドマザーがいたら便利なのにと思いかけたが、前にフェアリーゴッドマザーを名乗る妖精が現れて数々の災難を引き起こしたことを思い出し、急いで打ち消した。へたに考えていると、呼び出されたと勘違いしてまた勝手に現れかねない。

今夜は、ジェンマとフィリップもいっしょに来ることがわかった。フィリップは一世紀もの間カエルとして過ごしていたせいで――話せば長くなる――かなり古風なところのあるジェンマのボーイフレンドだ。ニタだけ誘わないことに後ろめたさを感じるけれど、彼女は仕事だし、魔法界のナイトクラブがどんなところか想像もつかない以上、彼女を連れていくのはリスクが大きい。そもそも、ニューヨークで式をあげること自体彼女には話していない。故郷でする儀式では花嫁介添人《ブライズメイド》を務めてもらうのだけれど。

この結婚式はかなり複雑なものになりつつある。

六人ではタクシー一台に乗りきれないと思っていたら、ロッドがリムジンを用意していた。「かっこよく到着して一目置かせようと思ってさ」全員がリムジンに乗り込むと、ロッドはグラスにシャンパンを注ぎながら言った。今夜の彼はわたしから見てもかなりイケている。ロッドは特に美男子というわけではない。ふだんは自分をハンサムに見せるめくらまし《イリュージョン》をまとっている。実は、わたしが魔法に対して免疫をもっていることが発覚するきっかけとなったのが、彼のこのめくらまし《イリュージョン》だった。地下鉄の車内にいるすべての女性が彼にメロメロになっているときに、わたしだけが拒否反応を示したからだ。その後、身だしなみにもちゃんと気を配るようになったため、オーウェン級の目の覚めるような美形ではないものの、チャーミングな人柄と個性的な顔立ちが相まって、いまの彼はなかなか魅力的だ。

リムジンにはあまりいい思い出はない。オーウェンとわたしは件《くだん》のフェアリーゴッドマザーにほとんど誘拐されるような形でリムジンに乗せられ、ひどいデートをさせられたことがある。彼女としては最高にしゃれた演出をしたつもりだったらしいけれど。それから、前回の潜入調査の任務ではリムジンで通勤した。一見、素晴らしい特典のようだけれど、実際は、会社の所在地を秘密にするためと、わたしの動向を監視するための措置だったので、贅沢《ぜいたく》な気分を味わうどころか、常に緊張を強いられた。

ロッドはシャンパンを注いだグラスをわたしに差し出した。「ほら飲んで、ぼくより必要そうな顔してる」

オーウェンがわたしの肩に腕を回す。「この車はちゃんと窓の外が見られるよ」心のなかを読んだかのように小声で言った。わたしはオーウェンに寄りかかる。シャンパンと彼の体のぬくもりのおかげで、クラブに到着するころにはだいぶリラックスできていた。

店はごく一般的なナイトクラブに見えたが、入口に向かう途中でジェンマが言った。「閉店後の文房具店でライブをやるの？」

「ま、ついてきて」ロッドはそう言うと、ドアの内側にいた男性に向かってうなずく。

魔法界のナイトクラブと言われてもどんなところか見当もつかないが、なんとなく『スター・ウォーズ』に出てくる酒場のような場所を想像してしまう。異星人のバンドが変な色の飲み物を飲んでいる奇妙な風貌の客たちに向かって演奏しているような――。どうやら、さほど的外れでもなかったようだ。店内にいるのが異星人ではなく魔法界の住人――人間の魔法使い、妖精、エルフ、地の精《ノーム》、そのほか名前のわからない種族たち――だという違いはあるけれど。わたしはジェンマに体を寄せてささやいた。「どんなふうに見える？」

「まるでハロウィンね。十月じゃないけど」

ということは、彼らは本来の姿を隠してはいないようだ。なるほど、それこそがマジカルナイトクラブの意義なのかもしれない。ここに来れば、非魔法界の基準に合わせることなくありのままの自分でいられる。公共の場では常に姿を変えなければならないというのは、どういう気分だろう。非魔法界の人に対してのみ作用する覆い《ヴェール》をまとえば、仲間やわたしのような免疫《イミュ》者《ーン》には本来の姿を見せることができるとはいえ、釈然としない思いがわくことはないのだろうか。もし魔法をもっとオープンにするべきだと思う人たちがいるとしたら、それはエルフや妖精のような種族かもしれない。でも一方で、公《おおやけ》にすれば、トリックスが言っていたように、彼らを研究したり、人間以下の扱いをしようとしたりする人たちが出てくる可能性もある。本音の部分ではどう思っているのか、一度、妖精やエルフの友人たちに訊いてみなければ――。

とりあえず、今夜は仕事をしにここへ来たわけではない。結婚式で演奏してもらうバンドを見つけにきたのだ。飲み物が勝手にテーブルに現れた。天井付近では店内に流れる音楽に合わせて光のショーが展開している。

やがて音楽が止まり、照明が暗くなって、店内に期待に満ちた静寂が広がった。ステージに登場したバンドは、一見、グリニッチヴィレッジのごく一般的なジャズクラブで目にするバンドとなんら変わりはなかった。でも、すぐに彼らの耳に目がいった。エルフだ。これはかなり興味深いライブになりそうだ。

彼らはギターのかわりに、さまざまな大きさや形状のハープを手にしている。ドラムセットは数種類のひょうたんで構成され、ステージの端に立つメンバーの前には、高校のブラスバンドでわたしが吹いたような普通のタイプからピーターパンからくすねてきたようなものまで、たくさんのフルートが置かれた台がある。

フルート奏者が音を出すと、ハープ奏者たちがそれに合わせてチューニングを始める。チューニングはすでに完璧なので、あくまでショーとしてやっているのだ。エルフは絶対音感をもつ人すら音痴に見せてしまう種族だ。彼らはきっとハープの弦を目視しただけで、調律されているかどうかわかってしまうに違いない。

演奏が始まった。これはなんと呼ぶべきだろう。ジャンル分けを拒絶するような音楽だ。ハープとフルートの音がケルト風の響きを醸《かも》し出しているが、同時にグルーブ感もある。ハープのひとつがコントラバスのようにお腹の底にずんずん響く音を出していて、ひょうたんのドラムが駆り立てるようなビートを刻んでいる。そして、ヴォーカルだ。エルフがひとり歌えば人を泣かすことができる。その歌声は一点の曇りもなく透明で、耳だけでなく全身に沁み入ってくる。彼らが複雑なハーモニーで合唱するとき、それはもう息をのむ美しさだ。

一曲目が終わると、マルシアが目に涙をためてわたしの方を向いた。「結婚式で演奏するのは絶対彼らにすべきだわ」

ジェンマがわたしの腕をつかんでささやく。「ステージに下着を投げそうになったら止めてね」

「エルフの歌だもの。魔法のせいよ」わたしは言った。「もちろん素晴らしい音楽だけど、魔法の作用もあるわ」

「彼らが演奏するときは、あまりお酒が売れないいんじゃない？　だって、だれがアルコールを必要とする？　これ自体が麻薬のようだもの」

だとすると、結婚式で演奏するバンドとしてはいかがなものだろう。わたしはオーウェンに体を寄せてささやいた。「エルフのバンドはちょっとリスクがあるんじゃない？」

演奏が再開し、オーウェンはわたしに静かにするよう合図する。どうやら店内で彼らの音楽に免疫があるのはわたしだけらしい。もちろん美しいとは思うけれど、彼らの音楽がわたしに与える影響は一般のよい音楽のそれと特に変わらない。感嘆のため息は出るし、彼らのCDがあるならきっと繰り返し聴くだろう。でも、ほかの人たちのように恍惚《こうこつ》状態にはならない。いまやクラブ全体が、彼らの音楽に完全に陶酔しているようだ。

店内を見回していて、思わず二度見をした。バスで会ったあの〝子犬くん〟がいたのだ。魔法ウォッチャーグループの一員だと思われる彼が、なぜ魔法界のクラブでエルフの音楽に酔いしれているのだろう。彼の隣にはこざっぱりした身なりの若い白人男性がいる。ひょっとして、バスを浮かせた魔法使いだろうか、映像でははっきり顔を確認できたわけではないけれど、なんとなくそんな気がする。ただ、どちらも個性のない顔なので自信はない。少なくとも話しかけにいけるほどの自信は——。あまりじっと見つめないよう気をつけながら彼らの姿を記憶にとどめる。もっとも、ふたりともすっかり音楽に心を奪われているので、わたしがひざの上に座っても気づかないかもしれない。

ステージの方に向き直ると、リードヴォーカルと目が合った。わたしがほかの客たちのように陶酔していないことに気づいたようだ。どうやら彼は、どんなに大勢の人から高評価をもらっても、〝うーん、まあまあかな〟と言う人がひとりでもいると、それを無視できないタイプのアーティストらしい。彼はわたしの目をじっと見つめて歌い出した。隣でジェンマがうめき声を漏らして椅子にへたり込む。わたしは彼に向かってほほえみ、小さくうなずいて、いつのまにか手にもっていた注文した覚えのないドリンクのおかわりをひと口飲んだ。

セットが終わるころには、店から出るにはわたしが友人たちと婚約者《フィアンセ》の全員をひとりで引きずっていかなければならないのではないかと心配になってきた。セイレーン（半人半鳥の海の妖精で、岩礁から美しい歌声で航行中の船員を誘惑し、座礁させてしまうとされる）から船乗りたちを引き離すように。このエルフたちはきっと店内のすべての人を――わたし以外、ということだけれど――思いどおりにできるに違いない。グルーピーの数は相当なものだろう。演奏が終わって彼らがステージをおりると、観客からすすり泣きが聞こえた。

「やっぱり、これはなしね」わたしはオーウェンに言った。「彼らのCDがあるなら買いたいけど、結婚式のゲストたちを恍惚状態のゾンビにされるのはご免だわ。あの音楽は規制薬物に相当するわよ。だいたいだれも踊ってないじゃない。わたしたちはダンスのためのバンドを探してるんでしょ？」

オーウェンは頭を振り、思い出したかのように自分のグラスをつかむと中身を飲み干した。

「ゲストを保護幕《シールド》で保護して、完全に自分を失わない程度に効能の一部を通過させることは可能だと思う」

「あるいは、ほかのバンドを聴いてみるという手もあるわ」

マルシアがテーブル越しにわたしの手を握った。「だめよ、彼らを雇って、お願い」

「とりあえず、ここを出ましょう。みんな少し酔いを覚ました方がいいわ」わたしは言った。

ジェンマがのどの奥で弱々しい悲鳴のような声を出した。見ると、リードヴォーカルがグラスを片手にわたしたちのテーブルに向かってくる。「どう、楽しんでる？」その言葉にはかすかに訛りがあった。丸刈りのせいでとがった耳がひときわ目立つ。「これまでの人生で最高のライブだわ」ジェンマが言った。「このあとあなたの家に行っていい？」フィリップがジェンマをひじでつつく。

「ほかの音楽はもういっさい聴きたくないわ」マルシアが涙声で言う。

「とてもよかったわ」わたしは言った。エルフの顔がこわばるのを見て、なんだか少し気の毒になった。「ごめんなさい、免疫者《イミューン》なの。だから魔法は効かないわ。それでも、あなたたちの音楽は好きよ」

エルフはほっとしたようにほほえんだ。「なんだ、そうだったのか。観客のなかにひとりだけ冷静な人がいるから、何かまずいことでもしたのかと思ったよ」

彼は少し不器用でシャイな人のようだ。ファンたちが寄ってきて体に触ると、困ったように顔をゆがめる。演奏中の魔法は人々を操作しようとするものではなく、単純にエルフとしてのパフォーマンスの一部なのだろう。

オーウェンが陶酔の魔術から完全に覚めたようなので、わたしは耳もとでささやいた。「バスを浮かせた魔法使いかもしれない人がいる。バスの件を調べていた人もいっしょよ」

「どこ？」

さっき彼らがいたテーブルの方を見ると、ふたりの姿はなかった。「ああ、いなくなってる！　移動したのかしら。あるいは店を出たのかも」

「彼らだったのは確かかい？　ふたりがいっしょだったというのも？」

「バスのなかで会った方は、ほぼ間違いないと思う。でも、魔法使いの方についてはそこまで自信はないわ。もともと顔をちゃんと見てるわけじゃないから。でも、そんな気がする、なんとなく」

「魔法について調べている人が魔法界のクラブにいたってこと？」

「ええ、かなり怪しいわよね」照明が暗くなり、次のセットが始まった。わたしたちは話すのをやめる――ほかの客たちの怒りを買わないように。

二回目のセットが終わると、オーウェンとわたしはなんとか友人たちを店から連れ出した。すでに午前零時近くで、わたしのふだんの就寝時間を大幅に過ぎている。仕事のあとに取った三十分の仮眠の貯金はとっくに使い果たしていた。なんとかあくびを堪える。まだ四月の初旬なので、深夜はかなり肌寒い。きりっとした夜の空気がナイトクラブの興奮でぼんやりしたわたしたちの頭をいっきに覚醒させた。

「ふうっ、あれが魔法の音楽なのね」マルシアが頭を振りながら言った。

「エルフの音楽だよ」ロッドが訂正する。「あの作用については忘れてた、ごめん」

「音楽は最高だったけど、確かに結婚式のバンドとしてはちょっと問題あるかも」ジェンマが続く。

「その点について異論のある人はいないようね」わたしは言った。

「次はどこに行く？」ロッドが訊く。

「家よ！」わたしは言った。「まだほかにも今夜聴くべきバンドの候補があるの？」

「いまから行けば、きみが気に入りそうなバンドの次のセットに間に合うと思う。でも、まあ、エルフの歌のあとに彼らの演奏を聴くのはやめた方がいいかもね。今夜は何を聴いても、もの足りなく感じるだろうから。車を呼ぶよ」ロッドは携帯電話を出して、ボタンを押しはじめる。

「遅くまでやってるデザートの店はないかしら」わたしは言った。「チョコレートを摂取したい気分」

ジェンマがわたしの肩に腕を回して優しく揺する。「ここはニューヨークよ。あらゆる種類の店が遅くまでやってるわ。そうね、わたしもチョコレートの摂取に賛成」

「エンドルフィンの作用だね」オーウェンが言った。「エルフの歌の影響だよ。チョコレートは体をもとの状態に戻す効果がある。だけど、ケイティもそうなったなんて驚いたな。魔法が効かなくても、生理的な影響があるのかもしれない」

「さあどうかしら。わたし、夜更かしするといつもチョコレートが食べたくなるのよ」

ロッドは携帯電話をたたんでポケットに戻す。「あと五分ほどで車が来る。交差点で待とう。ここは一方通行で、車はいま逆方向にいるから」

わたしたちは通りを歩きはじめる。近くにある何軒かのクラブでも同じタイミングでセットが終わったらしく、人々がぞろぞろと店から出てくる。なるほど、これが悪名高きニューヨークのナイトライフというやつか。少なくとも、その一面だということはできるだろう。正直、なかなか楽しい。毎週末は遠慮したいけれど、ときどきなら夜遊びするのも悪くないかもしれない。

リムジンが来ることになっている交差点の近くには、かなりの人だかりができていた。よく見ると、店から出てきた人ではなく、クラブに入るための列だった。真夜中に始まるナイトライフがあるとはさすがニューヨークとしかいいようがない。そのとき、先頭付近で突然、男がひとり列のなかに現れた。

「おい、おまえどこから来たんだ!」すぐ後ろの人が叫んだ。

割り込んだ男は後ろを向くと、片手を振る。すると叫んでいた男性は声が出なくなった。連れの女性が男に詰め寄ろうとすると、男はふたたび片手を振って彼女をはじき返した。まわりの人たちが驚きの声をあげる。またしても、公共の場での魔法行為だ。それも、わたしたちの目の前で。ああ、これでまたオーウェンに対する評議会《カウンシル》の心証が悪くなってしまう。

5

列のなかの数人が割り込んだ男に向かって抗議の声をあげ、まもなくもみ合いが始まった。オーウェンが列の方へ向かおうとしたので、わたしは腕をつかんで引き戻す。「だめよ、魔法を使うのはもちろん、使おうとしたと思われるようなこともいっさいしたらだめ」

オーウェンが反論しようとしたとき、閃光が走った。続けざまにさまざまな方向から光が放たれる。カメラのフラッシュだ。いまこの瞬間、魔法の証拠となるようなことが起きているのかどうかわからないが、少なくとも、写真に写ったオーウェンは十分に離れた位置にいて魔術をかけているようには見えないはず。

当局の監視対象にはなっていないロッドとフィリップが列の方へ行こうとすると、マルシアがふたりの前に出た。「もっといい方法で対処するわ。ジェンマ、行きましょ」

ジェンマがマルシアの横につく。「オッケー、ここはわたしたちに任せて」ふたりはもみ合う男たちの方へ歩いていく。「ねえ、いったいなんの騒ぎ?」ジェンマが髪をさっと肩の後ろに払い、まつげをぱたぱたさせて言った。

「ほんと、どうしたの?」マルシアが続く。

男たちはいっせいにモデル張りに脚の長いブルネットとエレガントなブロンドの方を見た。

酔った男たちは一度にふたつ以上のことに集中することはできないらしく、彼らの注意は一瞬にして割り込んだ男からふたりの魅力的な女性の方に移ったようだ。「ええと……」彼らのひとりが言った。

割り込んだ男は何やら言いかけて口をつぐんだ。ほかの男たちが割り込んだことに文句を言うのをやめてしまったからだ。でも、彼はあくまで喧嘩を続けたいらしい。スパーリングをするボクサーのようにその場で小さく跳ねている。彼のまわりで魔力が高まっていくのがわかり、わたしは急いで男と友人たちの間に入った。もし彼が魔法で攻撃した場合、わたしにはなんの害もない。彼が何をしようとしたのかはわからないが、魔術が放たれ、体に当たるのを感じた。反応しないよう我慢する。こちらが免疫者《イミューン》だとは思っていないだろうから、彼はいま何がまずかったのか懸命に考えているに違いない。

列にいるほかの人たちも魔力の圧力は感じたはず。ただ、何も起こらなかったので反応のしようがない。それに彼らの意識はいまジェンマの方にいっている。彼女は店や演奏予定のバンドについて質問し、男たちを会話に引き込んでいる。依然としてカメラのフラッシュが光っているが、撮るべきものは特にない。じっと突っ立っているわたしと、そのわたしに向かって両腕を伸ばした男がいるだけだ。

割り込み男は無視されていることに腹を立てているようだ。やはり、一連の行動は店にはやく入るためではなく、騒ぎを起こすことが目的らしい。男は拳《こぶし》を握り、ふたたび魔力を高めていく。そのとき、背後から別の魔力が体に当たるのを感じた。ロッドとフィリップとオーウェンがなんらかの保護幕を張ったようだ。三人とも特に何かしているわけではなく、ただそこに立ってトラブルメーカーをにらんでいるだけだけれど、魔法のことを知っていれば、彼らが魔術をかけていることはわかる。

列がふたたび動き出した。さっきよりもスムーズに進んでいる。割り込み男はこのまま店に入るか、あくまで騒ぎを起こし続けるか、決断しなければならなくなったが、結局、流れに従って店のなかに入っていった。今回は、次に会ったときにわかるよう彼の顔をしっかり見た。見覚えのない顔だった。職場でも仕事関連の活動でも会ったことはないはず。

まもなく騒ぎに関わった人たち全員が店内に消えた。「なかに入って問題が起きないよう見張った方がいいかしら」

「この先は店の責任と考えていいんじゃないかな」ロッドが言った。

「当局に通報すべきでしょうか」フィリップが訊く。

「さっきのは公共の場での魔法行為で、ぼくたちはそれを目撃したわけだから、通報しないと問題になる可能性があるね」オーウェンが言った。

「とはいえ、かなり低レベルの魔術だったし、ほら、ちょうどぼくたちの車も来た」ロッドが言う。

「うちの警備部に連絡したらどうかしら。当局への報告は彼らにしてもらうの」わたしは妥協策を提案する。オーウェンが評議会《カウンシル》とトラブルになるリスクは極力冒したくない。リムジンに乗り込むと、わたしはサムに電話して、状況と場所を告げ、監視が必要になったときのために魔法使いの容姿を説明した。こうしておけば、ルールを守りつつ、巻き込まれるのを避けることができる。

心配なのは、どこかの非常識野郎が魔法を使ってナイトクラブの列に割り込んだことより、この噂がどこまで広がるかだ。魔法を使わずに男を止めることができたので大した話題にはならないと思うけれど。あの程度の小競り合いなどあえて騒ぎ立てるようなことではないはず。ただ、彼は明らかに魔法で騒ぎを起こそうとしていた。あのとき引きさがったのは、おそらくあのまま喧嘩を挑み続ければ意図が別にあることがばれてしまう恐れがあったからだろう。この一件といい、反魔法グループの一員と思われる人が魔法界のナイトクラブにいた可能性があることといい、やはり何か変だ。とても、とても、変だ。単に非魔法界の人たちが魔法に気づいたというだけでなく、魔法界の側に気づかせようとしている人たちがいるような気がしてならない。

翌朝、マルシアのラップトップを借りて、魔法ウォッチャーたちのブログをチェックした。多くのブログが昨夜の話題でもちきりだった。ほとんどの写真は不鮮明で、幸い、どの写真にもわたしたちは写っていなかった。わたしたちが取った行動のなかに写真に撮る価値のあるものはなかったということらしい。少なくとも魔法の存在を証明するようなものは。女性が押し返されているところをとらえた写真が一枚あった。写真では、だれにも押されていないのに後ろにはじき飛ばされているように見える。魔法が使われたことの証拠としてはかなり微妙だけれど、確かに疑問を喚起しそうな写真ではある。

マルシアがわたしの肩越しにコンピュータの画面をのぞき込んだ。「本当に魔法の存在を証明しようとしている人たちがいるの?」

「そうみたいね」

「もしわたしが魔法が存在することを知らなかったら、彼らのことは頭のおかしい人たちだと思うわね」

「みんながそう思ってくれることを期待してるんだけど」

「魔法使いが魔法だとわかる行為を普通の人たちの前でやるのはそんなに悪いことなの?」

「そうね。魔法を秘密にしておくことは魔法界の大原則なの。魔法が存在して、しかも、生まれつき魔力をもった限られた者たちだけが使えることを世の中が知ったら、どうなると思う?」

「おそらく恐怖や憎しみが生まれるわね。多くの人が魔力をもつことは不公平な優位性だと感じて、なんとかしてそれを奪おうとするかもしれない。あるいは、魔力をもつ人たちを買収したり、恐喝《きょうかつ》したり、強要したりして、魔法を自分たちのために利用しようとする人たちが出てくる可能性もある。そうね、あなたの言わんとすることはわかるわ」

「不思議なのは、魔法ウォッチャーたちがすべての出来事を漏れなくリポートしていることなのよ」

マルシアはキッチンテーブルの向かい側に腰をおろす。「確かにそれは妙よね。そんなに大勢の人が魔法に目を光らせてるわけ?」

「そこなのよ。何か起こったときに、それがいつどこであっても常にだれかが現場に居合わせるくらい魔法を追跡している人たちが大勢いて、かつ彼らが皆こうしたブログのことを知っているということか、もしくは……すべてが仕組まれたことであるかのいずれかね」

「どちらにしても、いい状況とはいえないわね」

「あまり多くの人が魔法の存在に気づくようになると、ちょっと問題よ。でも、もし仕組まれたことだとしたら、それはそれで恐いわ。もし魔法界のだれかが魔法ウォッチャーの動きを把握していて、あえて彼らに目撃させるように魔法を使っているのだとしたら」

「魔法使いがわざとやっていると思うの？」

わたしは肩をすくめる。「かもしれない。あくまで可能性だけど。でも、考慮に入れるべきだという気がする」

「でも、どうして魔法使いが自ら魔法の存在を暴露しようとするの？　隠すことが大原則なんでしょう？」

「たとえば、秘密でなくなれば、制約から解放されて世界をコントロールできると思っているとか？　魔法が公《おおやけ》になれば、既存の権力層はいままでのように魔法界を統制できなくなるだろうから」

「なるほど」マルシアは顔をゆがめる。「つまり、その魔法解放戦線は、魔法ウォッチャーたちと組んでるってこと？　案外、魔法ウォッチャーたちが魔法解放陣営の前線だったりして」

「それをなんとか突き止めようとしているんだけど……。魔法行為を働いてる人たちにしても、魔法ウォッチャーたちにしても、いったい何者で、何が目的なのかがわからない。彼らがどんな危険をもたらし得るのかも。両者は結託しているかもしれないし、互いに相手を利用しているのかもしれない、自分たちが利用されているとは思わずに……」

マルシアはコーヒーをゆっくりすると言った。「ねえ、やっぱり深読みしすぎじゃないかしら。あなたがこれまでやってきた仕事を考えると、あらゆることに陰謀の可能性を見ちゃうのはしかたがないことだけど、魔法ウォッチャーたちは本当にたまたま魔法が使われた現場に居合わせただけかもしれない。公共の場で魔法を使う傾向のある魔法使いを特定していて、彼らをつけ回しているのかも」

わたしはラップトップ越しにマルシアを見た。「それ、一理あるわね。だれかが魔法としか思えないことをしたのを目撃したら、その人が何者なのか知りたくなるわ。なかには尾行してみる人もいるかもしれない。すると、また次の魔法行為を目撃することになる。魔法を人目につくような形で使う人が数人しかいなければ、それが意図的であってもなくても、追跡するのはさほど難しくないわ」

「ね？　案外、単純なことなのかも。だからあまり心配しすぎない方がいいわ。結婚式の準備もあるんだし」

「結婚式の準備がどうしたって？」ちょうど帰宅したジェンマが、ヨガマットを小脇にはさんで部屋に入ってきた。

「〝結婚式〟という言葉は彼女を呼び出す呪文ね」わたしはマルシアにささやくと、ジェンマに向かって言った。「別に。魔法行為問題のせいで結婚式の準備がなおざりにならないようにしましょうって話」その意志を態度で示すために、わたしはラップトップを閉じた。

確かに、こんなにこだわる必要はないのだ。マルシアの説明は理にかなっている。魔法界の内部に魔法を暴露しようという陰謀などきっと存在しないのだ。数人のばかなやつらがトラブルを起こしているだけで、周囲で起こっていることにちゃんと注意を向けるタイプの人たちにたまたま気づかれてしまったということなのだ。おそらくそれが、問題のある魔法行為が頻発しているという印象を必要以上に強めているのだろう。ニューヨーカーのたぶん九十九・九パーセントは魔法と思えるような現象など目撃したことはないはず。わたしはほんのひと握りの目撃者たちを気にしすぎているのだ。

その後はこの件についてあまり考えることなく一日を過ごすことができたけれど、夜になると、また気になって、ブログをチェックした。ナイトクラブのあの小競り合いはおよそ注目に値する出来事とは思えない。使われた魔法も特に派手なものではなかった。にもかかわらず、すべてのブログがその話題に埋め尽くされていて、写真の数も増えている。でも、こんな内容ではよほど信じやすい人でないかぎり食いつくことはないだろう。そうだ、会社のタブロイド担当もこれをやったらどうだろう。どうでもいいような魔法事件を演出して記事にするのだ。彼らの新聞はオンラインでも読めるのだろうか。

日曜日、教会のあと新聞を買いに寄った雑貨店で、タブロイド紙のラックが目に入った。タブロイド紙は一連の魔法行為を報道しているだろうか。衝動的に各紙を一部ずつ買う。魔法界が発行しているのはどれだろう。読めばわかるだろうか。家に戻り、ダイニングテーブルの上に買ってきたタブロイド紙を広げてみる。ひとつはセレブのゴシップ記事が中心で、〝奇妙な出来事〟関連のニュースは扱っていなかった。ほかの新聞はすべて似たような内容で、いずれもバスの件について触れている。どれがわたしへのインタビューをもとに書かれた記事かはわからなかった。なるほど、彼らは自分たちの仕事をよくわかっているらしい。あえて本物のタブロイド紙と見分けがつかないように記事を書いているのだ。セントラル・パークにドラゴンが生息することを示唆する記事を掲載している新聞は二紙あるので、これも決め手にはならない。

「あっ、心のジャンクフード！」食料品の買い出しから戻ってきたニタが叫んだ。「レオの最新の彼女について何か書いてある？」

わたしはセレブ関連のタブロイド紙をニタの方に押し出す。「どうぞご自由に」

「ケイティがこういうの読むとは思わなかったわ」ニタは身をかがめて見出しをチェックする。「仕事で必要なのよ」マーケティングの仕事から離れたことを言っていなくてよかった。「〝低俗なニュース〟をテーマにキャンペーンをやることになって、ちょっとリサーチしてるの。おかげで、アメリカの各地でこんなにたくさん奇妙な生き物が目撃されているのを知ったわ」

オーウェンがピクニックバスケットをもってやってきて、公園で気持ちのいい春の日曜日を楽しもうと言わなかったら、そのままタブロイド紙の分析で一日を終えるところだった。「まあ、本当にドラゴンがいるのか自分たちで確かめるのもいいかもしれないわね」わたしは冗談交じりに言った。

「ドラゴン？」オーウェンが聞き返す。

「タブロイド紙の記事よ」

「本当？　どの新聞？」ニタが訊く。

わたしは掲載している二紙を指さす。「じゃあ、ジェンマが帰ってこないうちに、わたしたちは行くわね。また結婚式の準備を言いつけられるから」

オーウェンはピクニックバスケットをぽんぽんとたたく。「実は、ここにケーキのサンプルが入ってるんだ」

「結婚式が終わって、やることすべてに式の準備をからめる必要がなくなったら、わたしたち毎日いったい何をして過ごすのかしら」

「それを知るときが待ち遠しいな」口調があまりに切実で、ちょっと可笑《おか》しくなった。わたしも同感だ。

公園に着くと、人の少ない場所を見つけ、木の根もとに毛布を敷いた。オーウェンはバスケットからベーカリーの箱を取り出し、蓋を開ける。なかには数種類のケーキが入っていた。

「伝統的なものとそうでないものを両方入れてもらった。どんなタイプのケーキでも魔法でウエディングケーキに見せることができるから、白いアイシングの白いケーキにこだわる必要はないよ」

「それはいいわね」わたしはフォークを手に取る。

イタリアンクリームケーキはどうだろうと考えていると、子どもたちのグループが魔法使いに扮した大人たちに率いられて歩いていくのが目に入った。とんがり帽子をはじめ、いかにもステレオタイプな魔法使いの衣装を着ていること自体が、彼らが本物でないことを示唆しているけれど、一応オーウェンに言ってみる。「あれ、何かしら」

「ああ、遊びのなかで学ぶプログラム、みたいなやつかな」オーウェンはケーキをひと口食べてから言った。「このホワイトチョコレートはいまひとつだな」

「チョコレートの味はしないわね……えっ、嘘でしょ？」

「何？　ああ、キャロットケーキか。選択肢として入れてみたけど、確かにウエディングケーキには向かないよね」

「ううん、キャロットケーキは好きよ。結婚式にはどうかとは思うけど。そうじゃなくて、見て、あれ」子どもたちの列の後ろにテレビカメラを担いだ男性がいて、その横をリポーターらしき女性が歩いている。「このところの傾向を考えると、これはもうすぐ何か魔法がらみの奇妙な現象が起こるということだわ」

「この街には常時いたるところにテレビ局のクルーがいるよ。彼らが実際にカメラにとらえた魔法行為はどれぐらいある？」

「それは従来の話？　それともここ一週間について？」

「わかった。一応、注意して見ておこう。そして、ぼくは魔法を使わない」

何かが足の上を横切って、思わず悲鳴をあげそうになった。ネズミかと思ったら、セントラル・パークに住む小さな魔法生物だった。「ほら、行って。いまはちょっとタイミングが悪いの」わたしは言った。ほんの短い間だったけれど、魔法のブローチを所持していたためにわたしは彼らの崇拝の対象になったことがあった。そのときのことをまだ忘れていないらしく、セントラル・パークに来ると、たいてい寄ってきてくれる。でもいまは、奇妙な生き物の映像がニュースに流れるようなことだけは避けたい。彼らはふだん一般の人には見えないよう覆い《ヴェール》をまとっているけれど、用心するに越したことはない。

どんな惨事が起こるのかどきどきしながらケーキの味を見るのは簡単ではない。ちなみに、わたしがケーキに集中できないなどというのはそうあることではない。子どもたちはある場所まで行くと、用意されていたアクティビティーを開始した。カメラマンがそのまわりを歩きながら撮影している。リポーターの女性は引率者のひとりにマイクを向け、話を聞きながら小さなノートにメモを取っている。わたしは周囲を見回した。

近くにフードをかぶった男たちが何人かいるが、まだ少し肌寒い春の日なので、公園にいる約半数の人たちが似たような格好をしている。このなかにバスを浮かせた謎の魔法使いが紛れていて、トラブルを起こそうとしていると考えるのは、少し性急かもしれない。そのとき、自転車の一団が芝生を抜ける道を走ってきた。スピードを出す一部の自転車集団は公園のなかで脅威になり得るけれど、ニュースにするほど珍しいものではない。こちらが舗装道からおりてさえいれば、普通はぶつかることもないし――。

そう思った瞬間、自転車の一団が道から芝生におり、子どもたちに向かって走りはじめた。

自転車はリーダーを先頭にフォーメーションを保ったまま走っていく。リーダーの動きについていくのではなく、皆が同時に同じ動きをしているように見える。まるで全員がまったく同じ考え方をしているかのように。しかも芝生の上とは思えないスピードだ。「オーウェン」わたしは小声で言った。

オーウェンはすでに立ちあがっていた。「ああ、見てるよ」

わたしは彼の手を引っ張り、座るよう促す。「だめよ！　また問題になるわ」

「魔法だと気づかれるようなことをしなければ大丈夫だよ。このままだと子どもたちが危ない」

オーウェンは手を引き抜くと、腕を振り、大声で注意を喚起しながら芝生を走っていく。

引率の大人たちがようやく顔をあげ、迫ってくる自転車集団に気づいた。彼らは子どもたちを集めて自転車の進路から外れる。すると自転車集団はハンドルを切り、また彼らに向かっていく。これは間違いなく魔法だ。魔力も感じる。でも、いったいだれが？

わたしは立ちあがり、オーウェンのあとを追った。オーウェンは魔術を放とうとしている。彼の魔力を間近で感じてしまうと、ほかの魔力を感知するのが難しくなる。わたしはオーウェンを追うのをやめ、あたかも子どもたちの方へ向かうかのように芝生を横切りながら、さっき感じた魔力の出どころを探った。すると、フードをかぶった男たちのひとりから魔力の刺激を感じた。わたしの疑念はあながち的外れではなかったらしい。

魔術の威力が増しているのか、魔力はどんどん強くなっていく。子どもたちの方を見ると、カメラマンはいま、執拗《しつよう》に子どもたちを追う自転車集団の方にレンズを向けている。自転車の前輪があがりはじめた。と思ったら、突然、そのうちの二台が芝生のなかのなんらかの障害物にぶつかったらしく、近くにいた数台を巻き込んで派手に転倒した。引率者たちはそのすきに急いで子どもたちを避難させる。

後ろでくぐもった悪態が聞こえた。振り向くと、フードの男が走り去っていく。一瞬、追いかけようかと思ったが、走って追いつけるほど脚力があるわけではないし、たとえ追いついたところで何ができるかわからない。顔はしっかり見た。魔法界のナイトクラブで見た男性と同一人物であるのは間違いない。もう一度見たとき彼だとわかる自信もある。わたしは転倒した自転車集団を助けているオーウェンのところへ行った。幸い、テレビクルーは転倒現場にはとどまらず、ふたたび子どもたちを追いはじめた。自転車が子どもたちを轢《ひ》きでもすればニュースにできたかもしれないけれど、ただの転倒事故ではピュリッツァー賞はねらえないということだろう。

わたしは倒れているひとりを助け起こし、自転車を立てるのを手伝った。「大丈夫？」

「ああ、たぶん」彼は瞬きしながら周囲を見回す。「どうして芝生におりてるんだろう」

「前をよく見ていなかったんじゃない？」彼らの責任だと思わせることに少し後ろめたさを感じながら言う。

全員が立ちあがり、擦り傷や軽い打撲以外に怪我がないことを確認すると、自転車集団は舗装道に戻ってサイクリングを再開した。「あの状況では転倒させるのがベストだと思ったんだ」彼らが行ってしまうと、オーウェンは言った。「悪事を働くために魔法を使ったと見なされなければいいんだけど」

「あのタイミングで介入したのは正解だったわ。彼ら、ＥＴ状態になりかかってたもの。背景に満月こそなかったけど。バスを浮かせたのもきっと同じ人物だわ。どうやら彼にはひとつしか芸がないみたいね」

「いったい何が目的なんだろう」毛布を敷いた場所に戻りながら、オーウェンは眉間にしわを寄せる。「同じ人たちが、自らトラブルを演出して、それを魔法で解決しようとしているということ？　魔法に気づかせるために？」

「そうだとしたら、おそらく自分たちがヒーローになる形で魔法の存在を公にしようとしてるってことよね。でも、この魔法使い、ナイトクラブで見かけたのと同じ人物よ。たぶん間違いない。もし、店でいっしょにいたのがバスの目撃者を探していた人だとしたら、彼は反魔法ブログのどれかとつながっていることになる。もしブロガーたちが魔法使いと組んでいるなら、わざわざこんな面倒なことをしなくたって魔法が存在する明白な証拠を手に入れられそうだけど」

「それは、反魔法グループを率いている人が自分たちに魔法使いの協力者がいることを知っていればの話だよ。魔法使いの側には何か別の目的があるのかもしれない。魔法で英雄的行為をして、アンチたちの魔法に対する印象を変えようとしているとか」

「だとしたら、あなたはさっきそれをみごとに潰したわけね。リポーターはそんなことが起こっていたとは夢にも思わないだろうけど」

それでも一応、テレビで夜のニュースをチェックした。いつものように犯罪と政治と事故のニュースが延々と続く。セントラル・パークで行われた子どものための教育プログラムについてのリポートは、暴走自転車とのニアミスについてひとことも触れなかった。チャンネルをかえて古いホームコメディーの再放送を見ようと思ったとき、ちょうど始まった次のニュースにリモコンをもつ手が止まった。

目撃者によると、自動車販売代理店のウインドウが突然消え、車が一台浮きあがってショールームの外に出たあと、またウインドウがもとに戻ったというのだ。こんな突拍子もないネタをよくもテレビのニュース番組が取りあげたものだ。よほどほかにニュースがなかったのだろう。あるいは、珍妙な三面記事的ニュースの一例として見せているのかもしれない。

ところが、映像があった。販売代理店の防犯カメラのものだ。粒子の粗い白黒の映像だが、確かに無人の車が宙に浮いてショールームから出ていくのがわかる。これを魔法以外で説明するとしたらなんだろう。磁石?

それだけではなかった。続いて目撃者が撮ったというデジタルカメラの映像が流れる。こちらはずっと鮮明で、ウインドウが消えてまた現れるのも、車が宙に浮いて店の外へ移動し、そのまま走り去るのも、はっきりとわかった。

どこかのイリュージョニストがこの離れ業について犯行を認めて車を返さないかぎり、世の中はついに魔法の存在を知ることになりそうだ。

6

すぐさまオーウェンに電話した。「ニュース見てる?」

「いや、どうして?　自転車集団のことについて何か言ってるの?」

「もっと深刻よ。だれかが自動車販売代理店の車を宙に浮かせてショールームの外に出したの。それをはっきりとらえた映像まである」わたしはニュースで見たことを説明する。

「本当に?」オーウェンは懐疑的な口調だ。

「あなたは魔法使いなのに魔法を信じないの?」

「魔法の存在について言ってるんじゃないよ。話を聞くかぎり、あまり魔法という感じはしないから。どちらかというと売名や宣伝のためのパフォーマンスのように聞こえる。ニュースではどういう扱いだった?」

「真面目なニュースというより面白いネタという扱いだったわ」

「だったらそのうち忘れられるよ。当局がぼくたちのドアをたたくようなことはないと思う。もちろんフォローは続けた方がいいけど」

「そのつもりよ。だけど、魔法使いたちが突然ひどく無頓着になりはじめたか、もしくは、わざと気づかれるように魔法を使っているかのどちらかだという感じがどんどん強くなってきてるわ。どちらにしても、魔法の存在がばれるのと同じくらい懸念すべき状況よ」

「ああ、そうだね」オーウェンの頭のなかのモーターがフル回転しているのが電話越しに聞こえるような気がした。彼は考えている。ものすごい勢いで。

「それで?」わたしは促す。

「とにかく、状況を把握して、うまく対処し続ける。大丈夫、きみならできるよ」

そうだ、これはわたしの仕事なのだ。これまでわたしはいつも、運悪く──あるいは運よくと言うべきか──事件の現場に居合わせたり、敵の標的にされたり、オーウェンを助けようとしたりして、このての仕事に巻き込まれてきた。でもいまは、こうした危機に対処するのが、警備部に所属するわたしと同僚たちの役目なのだ。日々の仕事はいまの方がずっと好きだけれど、自分の責任ではない仕事に横から関われたのはある意味気が楽でよかった。もちろん命に関わるようなこともあったけれど、いまは職務としての責任もかかってくる。

翌朝、あまり眠れないまま早く起きると、会社に行く途中で新聞を山のように買った。地下鉄の車内では見出しを斜め読みするぐらいしかできなかったけれど、とりあえず、〝魔法は存在した!〟という類いの大見出しは見当たらなくてほっとした。ただ、事件の起きた時間が遅くて朝刊に間に合わなかったという可能性もある。魔法の存在を明確に証明するようなものでないかぎり、販売代理店から車が一台消えたくらいでは、〝輪転機を止めろ!〟とはならないだろう。明日の新聞を見るまでは安心できない。

会社に着くと、もう一度ざっと新聞に目を通してから、毎朝見るインターネットのニュースサイトをチェックした。いくつかのサイトが消えた車について触れていたが、いずれも真面目なニュースとしてではなく三面記事的な扱いだった。これでまた少しほっとした。ところが、続いて魔法ウォッチャーたちのブログを読みはじめたとたん、様子見気分は吹き飛んだ。アビゲイル・ウイリアムズのブログに、魔法が社会に及ぼす危険についての論説が掲載されていた。記事は消えた車やナイトクラブの入口での騒ぎ以外にも、さまざまな出来事について触れている。そのなかには、ならず者の魔法使いフェラン・イドリスがやりたい放題していたこの二年ほどの間の事件もあった。そのほかはすでにこのブログで取りあげられたものがほとんどだが、わたしがはじめて知るものもいくつかあった。

〝魔法が他者を助けるために使われたことも一、二度あったが、ほとんどの場合は秘密裏に不正を働くために用いられる〟と記事は主張する。〝魔法を使う者たちは、自分たちの卑怯な行いを錯覚の幕で覆い隠して、他者を思いのままに操り、さまざまな詐欺を働く。これ以上そのような悪を許すわけにはいかない。これからは、たとえ魔法そのものの証拠がなくても、魔法を使ったと思われる人の写真をどんどん送ってほしい。皆が危険人物について把握し、警戒できるよう、われわれはここにそれらを掲載していく〟

魔法を錯覚の幕で覆い隠すという言葉が特に気にかかる。ブログで言及されている出来事と魔法行為に関する会社の内部報告書を照らし合わせてみると、案の定、非魔法界の人には見えるはずのない出来事がいくつか含まれていた。そのうちのふたつにはわたしも関わっていたが、いずれもめくらまし《イリュージョン》か覆い《ヴェール》で一般の人には見えないようになっていたはずだ。これはつまり、彼らのなかに免疫者《イミューン》がいることを意味する。もしそうだとしたら、魔法をきちんと隠している人たちを含めた魔法界の全員にとって危険な事態だということになる。

「まずいわ……」ブログの論説をコピー&ペーストしてEメールでサムとマーリンに送る。指揮系統を無視していいときがあるとしたら、いまがそうだろう。まもなくマーリンから社長室での緊急会議への招集がかかった。おそらく車の件はかなり深刻で、〝魔法の存在は何世紀も知られずにきた〟という主張が説得力をもたなくなったのだろう。

評議会《カウンシル》からもひとり来ていた。幸い、ジェイベズ・ジョーンズではなく、マックだった。オーウェンの養父母の古い友人で、評議会《カウンシル》のなかではかなり話のわかる人物だ。

「われわれは複数の問題に直面しているようです」マーリンが言った。「まず、魔法を使って公然と犯罪行為を働き、それをカメラに収めさせている魔法使いがいるということ。次に、非魔法界にこの活動に気づいている人たちが存在するということ。一連の魔法行為のなかには地元のテレビニュースで報道されたものもあります」

「ニュースサイトをざっと見てみましたが、いまのところ、ほとんどの人はなんらかの売名行為、人目を引くためのスタントだと考えているようです」わたしは言った。「もちろん、すでに魔法を信じている人たちは大騒ぎしていますけど」

プロフェット&ロスト《予言&失せ物捜査》部のミネルヴァ・フェルプスが口を開いた。「世の中の心理状態《バイブレーション》に特に大きな変化はありません。社会全体への影響はいまのところないようですね。影響を受けているのはそれらのごく少数の人たちだけです」

「魔法の存在を証明しようとしている連中が、偶然、魔法が使われた現場にいて、それをみごとに映像に収めたというのが、どうもうさんくさいな」マックが言った。「これはたまたま居合わせて撮ったという代物ではない。車をフレームの真ん中にとらえた非常にクリアなショットだ。しかも頭から終わりまでしっかり撮影している。魔法を追いかけている者が、運よく偶然このての出来事に出くわして、運よく偶然ビデオカメラを携帯していたうえ、運よく偶然、事件が起こる前から構えていて完璧に一部始終を撮影できたというのは、さすがに不自然だ」

「その点についてはわたしたちも不審に思ってるの」わたしは言った。「どういうわけか、だれかがいつも現場に居合わせて、撮影に成功している。いつもはこれほど質のいいものではないけれど。ひとつ可能性として考えられるのは、魔法ウォッチャーたちが魔法使いだと思われる人たちを常に尾行しているのではないかということ。そうすれば魔法が使われたときそこに居合わせる確率はあがるわ。でも、確かに、これほど完璧に撮影できるというのはさすがに変よね。実は、一連の出来事には魔法使いが意図的に関与しているという気がしているの。少なくともいくつかの件については、魔法でその状況をつくって、それを魔法で解決するよう仕組まれていたことがわかってるわ」セントラル・パークでの一件は正式には報告していない——オーウェンを巻き込まないために。でも、このパターンにあてはまる。

「評議会《カウンシル》はかなりぴりぴりしているよ」マックは嫌なことでも思い出したかのように顔をゆがめる。「何世紀もの間これほど発覚の恐れが高まったことはなかったからな」

「もっと深刻よ」わたしは言った。「ブログのひとつが論説を載せていて、そこに魔法使いは魔法を隠すためにめくらまし《イリュージョン》を使うという趣旨のことが書いてあったわ。もし彼らのなかに免疫者《ミューン》がいるとしたら……」思わず身震いする。魔法使いたちも同じように身震いした。サムについてはよくわからない。彼の体はかなり硬いものでできているから。

「ほとぼりが冷めるまで、社員は全員、目立つ行動を控えるべきだな」ロッドが言った。彼は人事部長だ。社員は〝人〟だけではないけれど、便宜上そう呼んでいる。「社内メモで、当分の間、公共の場での魔法行為を慎むよう指示するよ。覆い《ヴェール》を使ったものも含めて」

「妖精やエルフやそのほかの魔法生物たちはどうするの？」わたしは訊いた。「真の姿を隠す必要のある彼らにとって、それはかなり厳しい注文だわ」

「ああ、チームの連中に飛ぶなというわけにはいかねえ」サムが言う。「うちの空軍力がなけりゃ、状況を把握し続けるのは困難だ。だが、向こうが覆い《ヴェール》を見透かせて、見えたものを現実として受け入れるとなると、かなりやっかいだな。ガーゴイルが飛んでいるのを見ても目の錯覚だと思い込むいつものパターンが期待できなくなる」

「むやみに動かず、しばらく様子を見てはいかがかしら」ミネルヴァが言った。「きっとそのうち収束するでしょう。来週、株式市場が値下がりしそうな気がします。それから、かなりの確率で大きな政治スキャンダルが起こるでしょう。今回の一件など、きっとあっという間に忘れ去られてしまうわ」

「だれかがあらたに注意を引こうとすれば話は別よ。そうなれば、彼らはそう簡単にはあきらめないはず」わたしは言った。「ちなみに魔法を公《おおやけ》にするべきだと主張している派閥はあるのかしら」魔法界には伝統を重んじるガチガチの保守派から魔法ギャング団までありとあらゆる派閥がある。

「監視対象になっているグループはいくつかある」マックが言った。「どの程度組織されているかはよくわかっていない。数人のイカレたやつらの集まりなのか、それとも本格的な活動組織なのか。何人か把握できている者たちを呼んで尋問してみたが、いまのところ今回のことには関わっていないという判断だ」

　結局、会議では明確な結論には至らず、いまやっていることを継続しつつ、警戒を続けるということになった。オフィスに戻り、もう一度ブログをチェックする。コメントのやりとりが白熱していた。驚いたことに、完璧なフレーミングの鮮明な映像は、これまで投稿されてきたピンぼけの怪しげな写真よりも信憑性が低いと見なされている。マックが言ったように、たまたま居合わせた見物人の撮ったものにしては映りがよすぎると思われているようだ。フェイク動画だと言っている人が少なからずいる。

　撮影者とされる人物も反論していた。ニュースで流されなかった新たな映像も追加されている。魔法が使われる前から撮られていた映像だ。

　推測どおり、撮影者はだれかを尾行しながらカメラを回していたようだ。撮影対象がだれなのかはわからない。男性のようで、これといった特徴のないウインドブレーカーを着てフードを目深にかぶっている。映像ははじめ男を背後からとらえていた。フードの男はやがて、自動車販売代理店の前で立ち止まり、周囲を見回した。撮影者はすばやく動いて男の視界から外れるが、ほんの一瞬、男の顔が映った。販売店の方に向き直った男は両手をあげる。撮影者はすばやくカメラをパンし、ショールームのウインドウが消えるのをとらえた。

男の顔がいちばんよく映っている箇所まで映像を戻し、スクリーンショットを取ってロッドに送った。ロッドは魔法界のほぼ全員を知っているといっていいくらい顔が広いから、この人物にも見覚えがあるかもしれない。続いて、警備部が探すべき者の顔を共有できるよう、サムにも送った。

ほかにもまだやるべきことがあるような気がするのだけれど、それが何かわからないのがもどかしい。

翌朝、ユニオンスクエアの地下鉄の駅前で新聞を買いあさっていると、後ろからオーウェンの声が聞こえた。「きみが時事問題にそんなに関心があるとは知らなかったな」

「ある種の時事問題がどのように扱われているかに関心があるの。あなたは中国語が読めたわよね。わたしもスペイン語ならなんとかなると思う」

「必要なら翻訳ソフトがあるよ」

つまり、魔術ということだろう。インターネットの翻訳サービスより正確であることを願う。

「そう、よかった。はい、これ」わたしは抱えていた新聞をオーウェンに渡し、物色を続ける。

「あ、いけない、二十五セント硬貨もってる?」オーウェンの手が見覚えのある動きをしたので、わたしは彼が魔術を完了する前に急いで手首をつかんだ。「だめ。普通の人のようにポケットに手を入れて」

オーウェンは日常生活のちょっとした面倒を安易に魔法で省こうとするタイプではない。ほかの魔法使いと比べても、魔法を使う頻度はかなり低い方だ。自宅にいる彼を見ていると、魔法使いであることをつい忘れてしまう。書棚に並ぶ難解なタイトルの本に目をやらないかぎり。そんなオーウェンにも、おそらく本人も気づいていないちょっとした習慣がいくつかある。いまはそれさえ大きな陰謀の証拠として使われかねない。

オーウェンは小さくため息をつくと、新聞を左腕にもち直し、ポケットから二十五セント硬貨を出した。わたしはそれを受け取る。「ありがとう」

すぐに開きたいのを我慢して、新聞を読むのはオフィスに到着するまで待った。宙に浮いた車が記事になるとしたら、今日の新聞だ。おそらくテレビよりも掘りさげた内容で。

マグカップにコーヒーをたっぷり注ぐと、デスクにつき、新聞のチェックを開始する。タイムズ紙は社会面のローカルニュース欄に一段落だけの短い記事を載せていた。〝伝えられるところによると――〟、〝目撃者によれば――〟という言葉が多用されている〟、〝――とされている〟。〝魔法〟という文字は見当たらない。警察は推測でのコメントを拒否しているらしい。少しほっとした。タイムズが魔法について報道するようになったら事態は相当深刻だ。

一方、タブロイド各紙はさまざまな角度から記事を書いていた。映像から取ったスチール写真を掲載している新聞もいくつかある。動きがないと、写真はかなりフェイクっぽく見える。魔法が存在することを知らず、映像も見ていなければ、わたし自身これを信じようとは思わないだろう。同じページにあるのが、〝ダイアナ妃は死んでいない――宇宙人に拉致されたのだ！〟とか〝マドンナの最新の恋人はエルヴィス？〟という類いの記事だというのも、信憑性をさげるのにひと役買っている。

椅子の背にもたれ、大きく息を吐く。どうやら大惨事は免れたらしい。外国語の新聞をとりあえず翻訳に回し、これで事態が収束することを願った。これほど派手な出来事でも牽引力にならないことがわかれば、魔法ウォッチャーたちもさすがにあきらめるかもしれない。

ところが、これは反魔法キャンペーンのはじまりにすぎなかった。アビゲイル・ウイリアムズは魔法の存在を暴こうとするだけでは飽き足らず、魔法を激しく糾弾《きゅうだん》し、政府がなんらかの対策を取るべきだと主張するようになった。タイムズ紙はさすがに取り合わなかったようだが、それから数日間、何紙かが編集部宛に送られた調査を要求する読者からの手紙を掲載した。

そんななか、地元のニュース番組のひとつが、奇術師《マジシャン》に車のトリックの再現と解説をさせようとした。でも、招かれたマジシャンは明らかにトリックだとわかる形でしか再現してみせることができなかった。その後、盗まれた車がコネチカット州のハイウェイで警察に止められた。運転していた人が販売代理店が発行した本物と思われる領収書をもっていたため、すべては店が仕組んだ宣伝行為だという見方が優勢になり、この話題は急速に一般紙から消えた。

それでも、反魔法地下組織の勢いは衰えを見せない。ある朝、地下鉄の駅に向かっていると、魔法関連のチラシを二枚渡された。一枚は魔法ウォッチャーたちのブログを見るよう促すもので、〝当局が知られたくない真実〟と書いてあった。もう一枚はより過激で、魔法を操る巨大な陰謀団が密かに世界を支配しているにもかかわらず、メディアは魔法の証拠をすべて握りつぶしている、と主張していた。

魔法界の方でも緊張が高まっていた。妖精たちは外出時、羽をたたんでコートの下に隠すようになり、魔法使いたちは在宅中も含めてめったに魔法を使わなくなった。わたしはオーウェンの働きすぎをからかうのをやめた。会社にいる時間が長くなれば、それだけ公共の場で魔法が使われたとき現場に居合わせる確率は低くなる。評議会《カウンシル》はその後、オーウェンについて何も言ってこない。マーリンはこの件に関するすべての会議から彼を外している。それでも、不安は拭えない。オーウェンはスケープゴートにされやすい立場にいる。これだけ何度も問題となった魔法行為の現場に居合わせると、標的にされているのではないかとさえ思えてくる。彼には魔法界に多くの敵がいる。もし背後に魔法使いがいるのだとしたら、彼の身が心配だ。

これだけ警戒を強めているにもかかわらず、魔法ウォッチャーたちのブログには毎日ひとつふたつ新たな投稿がある。彼らが〝魔法の証拠〟と主張するものは、魔法が存在することを知っているわたしの目から見ても、およそ証拠とはいえない代物だ。魔法を使ったとされる人物たちのなかに見覚えのある顔はなく、写真がとらえているのはわたしがこれまで見てきた魔術とは似ても似つかないものばかりだ。

オーウェンに魔法の〝証拠写真〟をもっていくのが、わたしの日課のひとつになった。一週間ほどたったある日の午後、いつものように彼のオフィスへ行き、デスクに広げてある研究中の古書の上にプリントアウトの束を置いた。「今日はこんな感じ。このなかに本物はある?」

オーウェンは前屈みになって目を細め、首を横に振った。「スチール写真では判断が難しいけど、動きの途中をとらえたものとして見た場合、これらのジェスチャーのなかにぼくが知っている魔術にあてはまるものはないな」そう言うと、顔をあげて続ける。「それはいいことだよね？　でっちあげる必要があるということは、本物を目撃できていないということで、それは結局、彼らの信用を損ねることになる」

「魔法が存在すると固く信じている人たちは写真が本物じゃないと知ったところで大して揺るがないような気がするわ。そもそも彼らが言っていることは正しいわけだし」

「ぼくたちが世界を支配しているというのは正しくないよ。政界に入ることは禁じられている」

「経済は？　あなたは株の売買に予見力を使っているわ」

「効力はわずかなものだよ。いわゆる勘のいい人と同じレベルかな。それに、ちゃんと裏づけのためのリサーチもしている。魔法で市場を操作するようなことはいっさいしていないし」

「この人たちがそれで納得するかしら。彼らにとっては、あなたが一般の人たちがもっていない、そしてこの先も決してもつことのできないアドバンテージをもっていることだけで、十分怒りの理由になるのよ」

「知っている魔法使いの写真はまだ投稿されていないんだよね？」

「ええ、いまのところは。このなかに知っている顔は本当にいない？」

「魔法使いを全員知っているわけじゃないからな」

「社員全員の知識を結集すれば、この街の魔法関係者の大部分をカバーできるんじゃないかしら。友人、家族、親戚、顧客――」わたしは写真のプリントアウトを手に取る。「これを社内に配信するようロッドに頼んでみるわ」

「彼の方があてになるよ。ぼくよりはるかに顔が広いからね」

ロッドは社内用のサイトを開設し、全社員にメモを送付した。終業時間までに身元がわかったのはひとりだけだった。わたしはコンピュータシステム部に投稿者の特定を試みるよう依頼した。ちょうどトリッシュがわたしのオフィスに来ているとき、担当者から投稿やコメントをした人の特定は難しそうだという報告が入った。

わたしは髪をかきあげ、ため息をつく。「わたしたちはいったいだれを相手にしているの？　魔法の存在を暴露しようとしている魔法嫌いの人たちなのか、それとも、魔法の存在を公にしたい魔法使いたちなのか」

「だけどそれって、結局、同じことじゃない？」トリッシュが言う。

「ええ、でも、戦い方は違ってくるわ。魔法を恐れる人たちと魔法を公然と使いたくて実力行使に出ている人たちとでは対処の仕方は全然違う」

トリッシュは顔をしかめる。「まるで自分のことのように深刻ね」

「え？」

「魔法界の人たちがぴりぴりするのはわかるけど、あなたが直接影響を受けることじゃないじゃない？　なのに、まるでたったひとりで十字軍を率いてるかのような思いつめ方だわ」

「問題となった魔法行為の近くにいたということで、評議会《カウンシル》がオーウェンに目をつけてるの。

それに、もし魔法の存在が公になったら、彼も友人たちもどうなるかわからないわ」

「アウディを浮かせるくらいじゃ、一般大衆と政府に魔法の存在を信じさせることなんかできないわよ。政府といえば、ＦＢＩには宇宙人だけじゃなく魔法についてもＸファイルがあるのかしら」

「政府機関に魔法関連の事象を扱う秘密の部署があるという話は聞いたことがあるけど」

「じゃあ、政府はすでに魔法の存在を知ってるってことだわね。だったら、今回の反魔法運動も政府が潰すんじゃない？」

「ただ、魔法ウォッチャーたちの気持ちもわかるの。明らかに妙なものがそこにあるのに自分以外のだれも気づかないときの気持ち、よく覚えてるわ。自分の頭がおかしくなったんじゃないかと思ったこともあったし、わたしみたいな田舎者はこの街に住むべきじゃないと思ったりもした。ニューヨーカーが見向きもしないことにこんなにいちいち驚いているようじゃ身がもたないって。魔法が存在して、わたしには免疫があるということを知ったときは、霧が晴れるような気分だったわ。いろんなことが腑に落ちたの。魔法ウォッチャーたちのなかには同じ経験をしている人がいるかもしれない。彼らがだれかに利用されているのだとしたら、やっぱり気の毒だわ」

「そこにヒントがありそうね」トリッシュはうなずく。「反魔法グループを組織している人のなかに、自分はやっぱり変なのかと悩んだり、人には見えないものが見えておかしな人扱いされることにうんざりしている免疫者《イミューン》がいるのかもしれない。気持ちは理解できるわ。まわりじゅうの人を捕まえて、〝ほら、いまの見たでしょ?〟って訊きたくなるの。わたしはブログを立ちあげるなんてことは思いつかなかったけど、自分と同じようにほかの人には見えないものが見える人たちを探して、自分たちが正しいことを確認し合おうとするのは、ある意味、理にかなった反応よ。そして、その彼らをまた別のだれかが利用している可能性がある。彼らは利用されていることに気づいていないかもしれないし、手を組んでいるかもしれない」

「だれが裏で仕切っているのか、動機がなんなのかがわかれば、ある程度対策も見えてくると思うんだけど」わたしは言った。「ウエディングドレスのセール会場で会った女性は免疫者《イミューン》ではなかったけど、たぶん彼女はボスじゃなくて、ただ名刺を配っているだけなんだと思う。もし免疫者《イミューン》が自分が狂っていないことを証明するためにやっているのだとしたら、まったく違うやり方で対処できるかもしれない。魔法界の活動家《アクテイヴイスト》が彼らを利用することもきっと阻止できるわ」

「ついでに、新たなスカウト候補が見つかるかも。おとり作戦を考えてるの?」

「わたしたちはまさに適任よね。免疫者《イミューン》で、その人物の見ているものが現実かどうか判断できる。しかも魔法の会社に勤めているわけだから、彼らの信頼を得るために魔法行為を見つけて報告するのは難しいことじゃないわ」

「ボスは許可するかしら」

「訊いてみるしかないわね」

場合によっては事前に許可を得るよりあとで許しを請う方が簡単なこともあるけれど、わたしはいまの部署に異動したばかりなので、勝手に動いて最初からサムを怒らせるようなことはしたくない。わたしたちはさっそく外に出て、正面玄関のオーニングの上にサムの姿を見つけると——彼はいつもここで通りを監視している——自分たちの考えと作戦について説明した。

「それほどリスクは高くないと思うの」わたしは言った。「彼らが敵視しているのは魔法を使う人で、わたしたちは魔法使いじゃないわ。暴力に訴える傾向はなさそうだし、いまのところだれかが忽然と姿を消したという話も聞かない」

「で、どうやって組織に潜入するつもりだい？」サムは訊いた。

「名刺にEメールのアドレスが書いてある。そこから試してみるわ」

サムは翼を二、三度羽ばたかせて、ふたたび折りたたんだ。「ひとまず上にあげて反応を見てみる」

「どうして？　何が問題なの？」

「お嬢をきっかけに会社の存在を突き止められることさ。いまのところ会社のことはだれも知らねえようだ。どでかい魔法の企業が存在することを知ってたら、連中がそのことについて書かないわけはねえ。だが、万一お嬢の素性がばれたら、いずれ雇い主もばれるだろう」

「そんなに簡単にはいかないでしょう？」わたしは反論する。「クレジットカードをつくるときなんかに使う非魔法界向けの偽の雇用主の名前があるし。うちの隠れ蓑《みの》は彼らのチェックに堪えられないほど脆弱ではないはずよ」

「まずはボスの意見を聞く。話はそれからだ」

「ちなみに、ボスってマーリンのことよね？　オーウェンじゃなくて」

「この件に関してパーマーは指揮系統に入っていない」

「よかった」オーウェンはわたしの能力を高く買ってくれているけれど、ついこの前、危険な潜入作戦を終えたばかりなので、わたしにはオフィスにいてほしいに違いない。でも、率直にいって、知り合って以来、彼が何度危険を冒してきたかを考えたら、そんなこと言えた立場ではないのだ。わたしが彼を救う方がその逆より多いくらいなのだから。

「ボスはなんて言うと思う?」オフィスに戻る途中、トリッシュが訊いた。

「わからない。あの感じでは、サムもさほど積極的に推してくれそうにないわね」

　ところが、意外にもゴーサインが出た。さっそくブログの運営者と会うべく動き出す。まずセール会場で会った女性の名刺に書いてあるアドレスに偽名でメールを送った。同時に、同じ名前でブログにコメントする。〝わたしもそのてのものを見たことがあるんです。でも、魔法だとは思わなかった。おかげでいろんなことが腑に落ちたわ！〟というような趣旨で。

　夜はオーウェンと食事に出かけた。任務についてはまだ言っていないけれど、人がいるところでできる話ではない。でも、彼は何かあると感じているようだ。「なんだかうれしそうだね」

「今度、面白そうな仕事を任されることになったの」

「それ、ぼくが考えているやつじゃないよね？」

「そうね、女子トイレの模様替えではないわ」わたしはオーウェンをからかう。

「あの人たちと仕事をしているの？」

「まだよ。でも、そうなるよう動いているところ。トリッシュもいっしょよ。一連のことの背後にいるのはわたしたちのような人ではないかと考えているの。彼らはおそらく検証を求めているのよ。あるいは自分たちが狂っていないことを確認したいのかもしれない。それに応えてあげられれば、もし、彼らを利用して何か別の目的を達成しようとしている者たちがいた場合、それを阻止できるかもしれないわ。気をつけてとは言わないでね。わたしを信じていないってことになるから」

「じゃあ、今度きみに気をつけるよう言われたら、そのことを思い出さないとね」

「わたしの場合はせいぜい、知らない人と話をするくらいのことだけど、あなたの場合、街を吹き飛ばすようなことまで考えなきゃならないから」

「そういえば、結婚式の記念品について何か考えた？」

「どうして街を吹き飛ばす話からそこへいくのかしら。でもまあ、花婿が結婚式のプランにちゃんと関心をもってくれるなんてありがたいわ。あなたは本当にユニコーン級に希有な存在ね」

オーウェンはほんのり赤くなり、肩をすくめた。「自らをウエディングプランナーに任命したきみのルームメイトの容赦ない小言が恐いというのもあるかな」

結婚式の記念品は、公共の場での話題としては魔法よりはるかに安全だ。それに、オーウェンをからかったものの、わたし自身アイデアを出すのをけっこう楽しんでいたらしい。翌朝、地下鉄の駅の近くでチラシをもらうまで、新しい任務について考えることはなかった。

ニューヨーカーのほとんどはこういうものを避けるテクニックを身につけているけれど、わたしは受け取るのが嫌ではない。たいていは靴のセールやコメディーショーの案内だけれど、ときどきもらってよかったと素直に喜べる情報もある。この街に来て最初の一年くらいは、チラシについているクーポンや割引券のおかげでかろうじて社会生活と呼べるものを営めていたといってもいい。それに、たまに受け取る人がいないと、チラシを配っている人たちが気の毒だ。

今朝もらったチラシはコメディークラブのドリンク券でもブランド靴のセールの案内でもなかった。それは反魔法グループのひとつが配っていたもので、ブログのアドレスが書いてあるだけでなく、集会の告知もしていた。

チラシをたたみ、こっそり笑みを浮かべてハンドバッグに入れる。はやくもチャンス到来だ。

7

会社に着くと、トリッシュのオフィスに寄ってチラシを渡した。「今夜空いてる？」

トリッシュはチラシを読み、眉をあげる。「へえ、このての集会を公開でやるわけ？　潜入作戦の任務がなくても、これなら行きたいわね。どんな人たちが来るのか見るためだけにでも」

「かなり興味深い集団になりそうね。ああ、でも、集団にはならないかも。駅のまわりに捨てられてたチラシの数を考えると」

「たぶん五人くらいね。で、その全員が、主催者がどこまで知っているか探りにきた魔法使いだったりして。わたしたち、作戦が必要ね。いっしょに行く？　それとも別々に行って、お互い知らないふりをする？」

　わたしはしばし考える。「別々に行った場合、チラシが実際より広く行き渡っているという印象を与えることができる。一方で、いっしょに行った場合は、友人同士が面白半分か恐いもの見たさで来たというふりができる。魔法の問題について真剣だという印象を与えたいか、それとも説得する必要があると思わせたいか、よね」

「それから、こっちが免疫者《イミューン》であることをわからせるかどうかも。もちろん、こっちに自覚はなくて、なぜだかわからないけど変なものを人より多く目撃するっていう体裁で」

「足して二で割るのはどう？　友人同士として行くんだけど、片方がもうひとりをむりやり連れてきたことにするの。自分が幻覚を見ているのではないことをわからせるために友達を連れてきたというシナリオ」

「いいわね、それ」トリッシュはうなずく。「で、どっちが見える方で、どっちが見えない方になる？」

「コインで決めるのはどう？」

　結局、チラシを受け取ったのがわたしなので、わたしが妙なものを目撃する方をやることになった。トリッシュは、興味本位でつき合うことにしたが、この集会で自分が正しいことを立証できると思っている役柄だ。

　万一の際の援軍を準備してもらうため、サムに作戦の内容を報告した。ただし、会場には免疫者《イミューン》がいる可能性があるので、ガーゴイルは近くに配置しないよう頼んだ。魔法で姿を隠したガーゴイルを写真に撮ることはできないけれど、免疫者《イミューン》だらけの集会が明らかに魔法界の生き物と思われるものと遭遇するような事態は避けたい。

　集会の場所は古い教会の地下だった。この教会は希望者にはだれにでも会議室を貸すことで教会員の減少に対処しているようだ。部屋の入口の予定表には、禁酒会、家系図学会、交際相手のいないひとり親のグループ、フォークダンスクラブといった団体が名を連ねている。今夜の集会は〝信じがたい奇妙な出来事について市民の意識を高める会〟という名称だった。

　役を演じるためにあえて期待感や不安を装う必要はなかった。実際、どんな集会になるのか見当もつかない。告知された時間までまだ数分あり、部屋はがらんとしていた。部屋の前方にいる人たちは主催者だろう。彼らのなかに知っている顔はいない。ブライダルセールの女性かバスで会った子犬くんがいるのではないかと思っていたが、どちらの姿もなかった。

「見てよ、クッキーがあるわ」部屋に入ると、トリッシュが言った。「少なくとも丸損ではなかったわね」

その声が聞こえたらしく、前にいる人たちのひとりがさっと振り向くと、椅子の列の間を通ってこちらにやってくる。一見、四十代なかばといった感じだが、定かではない。生まれたときから中年のような顔をしている人たちがいるけれど、彼もそのタイプのような気がする。おそらく高校生のときもいまと大して変わらない顔で、七十代になってもいまぐらいの年齢に見えるのだろう。ワイシャツの上にニットのベストを着ているが、ボウタイではなくノーネクタイなのでいかにもという感じにならずにすんでいる。髪は、薄くなってきているのか、もともと細くて少ないのかわからないが、きっちり分けてなでつけてある。「ようこそ」彼は言った。「集会に来てくれたのですか?」

「ええ、まあ」声が少し震えているのは演技ではない。「今朝、地下鉄の駅前でチラシをもらったので」ハンドバッグからチラシを出し、彼に見せる。「ここでいいんですよね?」

「ええ、ここですよ。あなたも人に見えないものが見えるのかな?」

わたしはぎこちなく笑ってみせる。「と思ってるんですけど、どうなのかしら」

「何言ってるの」トリッシュが口いっぱいにクッキーを頬張りながら言う。「いつも見える見えるってわたしに言うじゃない」

「まあ、そうなんだけど……なんていうか、ほかの人と話せば、自分がおかしいのかどうかわかるかなと思って」わたしは肩をすくめた。

「あなたはおかしくなんかありませんよ」男性は言った。「どうぞ、クッキーをつまんでいてください。もうすぐ始まりますから」

彼は部屋の前方へ戻っていった。市販の詰め合わせからクッキーを選びながら、トリッシュがささやいた。「これ、予想していたもの？」

「どちらともいえないわね」人に見えないものが見えると思っている人たちがサポートグループを立ちあげようとしたら、まさにこんな形になるだろうと思う反面、わたしが思い描いていた本格的な反魔法組織の姿とはほど遠い。紙ナプキンにクッキーを数枚取り、ポンチを注いだ紙コップをもって、部屋の真ん中辺りのドアに近い側に席を取る。急いで脱出したり、そっと抜け出したりしなければならなくなったときのために。

クッキーを食べながら、部屋の前方にいる人たちを観察する。さっき話しかけてきた男性だけ少し雰囲気が違う。ほかのふたりは、去年遭遇した魔法界の清教徒《ピューリタン》を彷彿《ほうふつ》とさせる飾り気のないビジネススーツを着たいかめしい感じの長身の女性と、黒縁の眼鏡をかけた学者風の男性だ。男性は、視力のせいなのか、そういうキャラクターなのかわからないが、世の中をにらんでいるような顔つきをしている。もし彼らが一連の反魔法運動を指揮しているのだとしたら、やはり免疫者《イミューン》が自分を取り巻く腑に落ちない状況をなんとか理解しようとしているだけだと考えていいだろう。彼らは体制を変えようとしている活動家には見えない。

あらたに何人か部屋に入ってきた。少なくともそのうちのふたりは座る場所と無料の食べ物を求めてやってきたホームレスだろう。もっとも、ホームレスと精神疾患には高い相関関係があるとされていて、魔法に免疫をもつ人たちはほかの人には見えないものが見えてしまうため、しばしば自分を狂っていると思うことがある。ホームレスのなかに精神にまったく問題のない免疫者《イミューン》が紛れている可能性は少なからずあるだろう。もしかしたら、彼らもただ食べ物のためだけではなく、なんらかの知見を求めてきたのかもしれない。ホームレスのふたりはポケットにクッキーを詰め込み、さらに手に取れるだけ取って、いちばん後ろの列に座った。前の方に席を取ったのはひとりだけだ。

開始予定の時刻を過ぎているが、前方の三人はまだ内輪で何やら話をしている。プレゼンテーションの確認をしているようだ。まだ人が来ると思っているのかもしれない。渋滞にはまっているか、なんらかの理由で遅れているのだろうと。「クッキーとポンチのおかわりをしてくる」トリッシュがそう言って立ちあがる。「あなたもいる？」

「ううん、ありがとう」わたしは首を横に振った。なぜこんなに緊張しているのだろう。何かを胃に入れることを考えただけで胸がむかむかする。この状況には何か釈然としないものを覚える。もちろん、この世には魔法が存在するという話をするための集会に参加していること自体、かなり妙な状況ではある。居心地の悪さの原因の一部はおそらく、彼らが正しいことを知りながら、勘違いだと思ってくれるのを望んでいることだろう。

だれも部屋に入ってこないまま五分が経過したとき、さっきわたしたちに話しかけた男性が前に出て、咳払いをしてから言った。「皆さん、こんばんは。今日はお越しいただきありがとうございます」

そのとき、女性がひとり部屋に駆け込んできて、わたしたちの列の反対端に座った。年は三十ぐらいで、ジーンズにぶかぶかのスウェットシャツを着た姿は、どこか甲羅《こうら》のなかに隠れようとしている亀を彷彿《ほうふつ》とさせる。黒い髪をきついポニーテイルにし、化粧っ気はまったくない。でも、明るい褐色の肌のおかげで、壁紙と同化せずにすんでいる。目はべっこう柄の太いフレームのぶ厚い眼鏡の奥に隠れてよく見えない。

どこかで会ったことがあるような気がして、知っている人を片っ端から思い出してみる。前の職場を含め、仕事関係でないのは確かだ。隣人でもない。地下鉄でよく乗り合わせる人か、近所のレストランや店で見かける人かもしれない。彼女の方はこちらを見ていないので、とりあえずほっとする。向こうがわたしを知っていて、わたしが彼女の名前を思い出せなかったら、気まずいことこのうえない。

話を中断させられて、男性は出鼻をくじかれた様子だったが、気を取り直したように咳払いをし、ふたたび話しはじめた。「今夜はお越しいただきありがとうございます。すでになんとなく気づいているかたも、ただ好奇心から来たかたもいるでしょう。率直に言います。魔法は存在します。そこらじゅうに存在するのです。ほとんどの人は気づきません。なぜなら人は自分が見たいものだけを見るからです。頭が理解できるものだけを」

はじめて魔法が存在すると言われたときのことを思い出す。あのときも同じようなスピーチをされた。でも、場所がＭＳＩの会議室だった分、もう少し説得力があった。そこはまさにキャメロットの城にある円卓を思わせる空間で、スピーチをしたのはマーリンその人、さらにオーウェンによる実演もあった。ここでも同じようなデモンストレーションがあるのだろうか。魔法の実演をするかわりに、男性はオーバーヘッドプロジェクタ《OHP》のスイッチを入れた。透明のスライドを使う古いタイプのものだ。「うわ、久しぶりに見たわ、あの機械」トリッシュがつぶやく。

ＯＨＰが映し出す〝魔法の証拠〟はブログに投稿された写真よりもさらに信憑性に欠けるものだった。考えてみると、もしこの人たちがいずれかのブログの運営者なら、プレゼンには少なくともコンピュータを使いそうなものだ。これは本当に魔法が存在することを訴えるための集会なのだろうか。それとも、真実を隠すための巧妙な作戦？　魔法の存在を信じさせないようにするには、これはなかなか有効な方法だ。集会に参加した人たちがこれを見て、魔法ウォッチャーたちはみんなこんなふうだと思えば、魔法の存在を証明しようとする動きはあっという間に終息するだろう。

スライドを数枚見せたあと、プレゼンターの男性は言った。「証拠としてはいまひとつかもしれませんが、魔法が使われているところを写真にとらえるのは非常に難しいのです」彼がここまで発したなかでいちばん信憑性のある言葉だ。「だれかが魔法を使ったときにたまたまカメラを構えている確率はとても低いですし、ほとんどの魔法はほんの一瞬で終わります。気づいたときには、もう終わっているのです。さらに、どうやら魔法を使う人たちはそれを隠すべをもっているようです。そのため、ほとんどの場合、普通の人たちが魔法に気づくことはありません」

もし魔法が存在することを知らなかったら、確固たる証拠がないことの言いわけだと思っただろう。陰謀説に共通するのは、証拠がないのは隠蔽工作が行われている証拠だという主張だ。彼らがどれくらい真実をつかんでいるのかわからないけれど、この発言は魔法についての知識に裏づけられたものというより、言いわけである可能性が高いように思う。

「魔法による不思議な現象をまったく見ない人もいれば、頻繁に目撃する人もいます」プレゼンターは続ける。「後者が、魔法が使われる現場にいつもタイミングよく居合わせて、目にしたことをそのまま受け入れるタイプの人たちだということなのか、それとも、彼らには魔法を隠すための措置を無効にする何か特殊な能力があるのか、その辺はわかりません」

なかなかいいところをついてきた。うまく推理したか、この集会自体が魔法に通じた者たちによって企てられたかのいずれかだろう。おっと、いけない。これが陰謀説の危ないところだ。陰謀論者を相手にしていると、こちらまでついそういう思考回路になってしまう。

「このなかに魔法と思われるものを目撃した人はいますか？」プレゼンターは訊いた。

自分の役を思い出し、わたしはおずおずと肩の辺りまで手をあげ、ほかにあげている人はいないかまわりを見た。いちばん後ろに座っているホームレスのふたりが顔を見合わせて、手をあげた。残りの参加者はだれも動かない。

プレゼンターは目をパチパチさせた。思ったより少ないからか、それとも多いからなのかはわからない。「ああ、ええと、何を見ましたか?」

「まあ、なんつうか、よくあるやつだよ」ホームレスのひとりが肩をすくめて言った。「空を飛ぶガーゴイルとか、出勤途中の妖精とか、そういうのさ」もうひとりのホームレスもそうだというようにうなずく。

プレゼンターはさらに激しく瞬きした。「はあ、なるほど、それは……興味深いですね」ほかの参加者のなかから笑いをかみ殺すような小さな咳が聞こえた。わたしたちと同じ列に座っている女性の眉が眼鏡の縁の上まであがる。プレゼンターはわたしの方を向いた。「あなたも手をあげていましたね?」

周囲を見て、彼がわたしに話しかけていることを確認する。「少し前に、あるブライダルセールで妙な喧嘩騒ぎがありましたよね。わたし、そこにいたんです」免疫者《イミューン》だということは伏せることにした――このグループについてもう少しわかるまでは。「あれは、なんていうか、とにかく奇妙でした。あれがきっかけで魔法について調べるようになったんです」

同じ列の女性がむち打ちになるんじゃないかと思うような勢いでこちらを向いた。いままでちらとも視線を向けなかったのに、品定めするかのようにわたしのことを見つめている。どこかで会ったことがあるか思い出そうとしているような感じだ。こちらも最初に同じ印象をもったことを思い出す。やれやれ、この感じでは、あとであいさつすることになりそうだ。彼女を覚えているふりをしつつ、なんとかトリッシュに紹介しなくてすむ方法を見つけるか、さもなければ、彼女に気づかないふりをして急いで部屋を出るしかない。

一瞬、プレゼンターの男性のことが頭から消えていた。「なるほど」男性の声に前を向くと、彼はうなずきながらにっこりしていた。わたしの話がホームレスの発言ほど奇想天外ではなくてほっとしているかのように。「その件についてはわたしたちも調べています。魔法ウォッチャーたちの間でも大きな話題になっていますよ。皆さんに気づいていただきたいのは、まさにそういう出来事なのです。魔法に目を光らせる人が多くなればなるほど、決定的な証拠をつかむチャンスも高くなります。目と心を開いていれば、より多くの魔法を目撃できるはずです。常にカメラをもち歩いて、いつでも写真や映像を撮れるようにしておいてください。否定も言い逃れもできない証拠が十分に集まったら、満を持して行動を起こします。社会に紛れ込んでいる魔法使いたちについてなんらかの対策を取るよう政府に求めるのです。ほかに魔法を疑わせるものを目撃した人はいませんか？」

男性は期待の表情で部屋を見回したが、だれも手をあげなかった。「いないようなので、今日はこの辺で閉会したいと思います。お越しいただきありがとうございました。今後も連絡を取り合い、魔法を目撃したときはわたしたちに知らせてください。テーブルの上のチラシに報告の仕方が書いてあります。クッキーも飲み物もまだありますので、お時間のあるかたは、ぜひともほかの参加者たちとお話ししていってください。わたしたちは仲間です。皆でともに闘いましょう」

ほとんどの参加者はそそくさと部屋を出ていった。同じ列に座っていた女性はすぐに帰ろうとはしないものの、こちらに寄ってくるそぶりも見せない。いまのところ恐れていた気まずい状況は訪れそうにないので、わたしもぐずぐずと部屋にとどまる。ホームレスのふたりはおそらく免疫者《イミユーン》だろう。だとしたら、力になれる。でも、いまここでMSIの名刺を渡すわけにはいかない。彼らの方にもこちらからあとで連絡できるような連絡先はないだろう。わたしは帰り道用にひとつ取りにきたふりをして、クッキーをむさぼっている彼らの横に立ち、小声で言った。「ガーゴイルが見えるのはあなたたちだけじゃないわ。彼らは本当に存在するの。今度見かけたら、話しかけてみて」

警備部のガーゴイルたちに彼らのことを知らせるため、急いで部屋を出ようとしたら、主催者のひとりが前に立ちはだかった。大学のとき女子学生に配られた就活スーツのカタログのイラストみたいな女性だ。

「ララです」女性は言った。ほほえんでいるつもりのようだが、笑顔をつくるための筋肉はあまり発達していないらしく、弱々しい笑みだ。

こちらの名前は言いたくないが、嘘をついたら顔に出そうで恐い。「キャスリーンです」だれも使わない正式な名前を言った。これなら嘘ではないし、わたしの素性にたどりつく可能性も低いだろう。

「ブライダルセールの話、興味深くうかがったわ。あの件については、わたしたちもたくさんの報告を受けているの。あなたも自分の体験を報告してくれるとうれしいわ」

「ええ、でも、さほどつけ加えることはないと思います。ニュースで目撃者の女性が魔法の話をしていたのを見たんですけど、すごく納得できたんです。それで、彼女を調べてみたらブログを見つけて、そこからまたほかのブログにたどりついて、そんな感じで、あの件についてのリポートはほとんどすべて読みましたけど、ほかの人たちの方がわたしよりたくさんのことを見ています」

視界の隅で、同じ列に座っていた女性が少しずつにじり寄ってくるのがわかった。こちらの話に聞き耳を立てているかのように。同時に、ますますスウェットシャツのなかにもぐり込んでいくようにも見える。このままいけば、まもなくフードの下に完全に顔が隠れてしまうだろう。どうも、話は聞きたいけれど、自分の姿は見られたくないという感じだ。

ちょっと待って。彼女がだれかわかった気がする。眼鏡を取って、髪をおろして、メイクをして、ビシッとした仕事用の服を着せれば、そう、地元テレビ局のあのリポーター、ウエディングドレスのセール会場で例の女性にインタビューした人だ。あらためて思い返すと、セントラル・パークにいたのも彼女だったような気がする。胃がきゅっと縮みあがった。テレビのリポーターがこの件を調べているのだとすると、事態はかなり深刻だ。

「あなたにもきっと何かしら語れることがあると思うわ」ララが言った。わたしは彼女の方に注意を戻す。ララはふたたびほほえんだが、相変わらず口角はあまりあがらない。「ブライダルセールに行ったということは、結婚のご予定があるの？　それとも、お友達につき合って？」

できれば本当のことは言いたくないが、あとで嘘がばれるとかえって面倒だ。「ええ、結婚するんです。騒ぎについて大して報告できることがないのはそのせいかもしれません。ドレスを選ぶのに夢中で、きっとそばで爆弾が爆発しても気づかなかったんじゃないかしら」

「魔法が存在することがわかったわけだから、これからはもっといろんなものが目に入ると思うわ。それとも、ほかにもまだ何か見ているかしら」

「さあ」わたしは肩をすくめる。「ニューヨークの出身ではないので、わたしにとってはこの街そのものがかなり変わっているというか、マジカルなんです。わかります？」南部訛りを強めてみる。「奇妙なものは毎日たくさん目にしますけど、そもそもニューヨークってそういうところでしょう？　まわりはだれも気にとめていないようだし、わたしがまだまだ田舎者なんだと思います」

「きっとあなたは自分が思っている以上に見ているわ。常に周囲に注意を向けて、何か見たらぜひ報告してくださいね」ララはそう言うと――もはや笑みをつくろうとすらしていない――去っていった。わたしたちが話をしている間に、リポーターはそばをすり抜けて、だれとも言葉を交わさず部屋を出ていった。彼女は取材のためにこの集会に来たのだろうか。それとも、個人的な興味から？　取材にしては、だれにも名前や連絡先を訊くようなことはなかった。でも、今夜はまだ背景調査の段階だという可能性もある。

　やるべきことがふたつできた。会社のだれかを免疫者《イミューン》だと思われるホームレスのふたりに接触させること。それからリポーターの目的を探ること。まただれかに話かけられる前にトリッシュとともに急いで部屋を出る。「ずいぶん明るいお姉さんだったわね」出口への階段をのぼりながら、トリッシュが小声で言った。

「だれが？」頭はまだリポーターのことを考えていた。

「だれって、あなたがいま話してたミス・ビジネススーツよ」

「ああ、彼女、なんだかちょっと変わった感じだったわね」

「ほかにだれのことだと思ったの？」

歩道に出ると、呼吸が少し楽になった。「遅れてきてわたしたちの列に座った女性がいたでしょ？　彼女、だれだかわかった？」

「ちゃんと見なかったけど、でも、存在感消そうとしてた感じじゃない？　どうして？　知ってる人だったの？　女優か何か？」

「わたしの勘違いじゃなければ、彼女、ニュースでブライダルセールでの騒ぎを伝えたリポーターよ。アビゲイル・ウイリアムズの名刺をくれた例の女性が魔法について話していたときのインタビュアー」

「じゃあ、あの女性のことをただのイカレた女だとは思わなかったのね」

「あるいは、イカレた集団の内情を暴露するリポートを準備中とか」

「だとしたら、いまの集会でかなり材料は集まったんじゃない？　あの状況、かなりやばかったもの。ちなみに、やばいってのはかなり控えめな表現よ。ところで、あのホームレスの男たち、間違いなく免疫者《イミューン》よね。可哀想に。きっと幻覚を見ていると思ってるんだわ」

「そうだった」わたしは携帯電話を取り出し、サムに電話する。「いまだれがここの見張りに当たってるのかわからないけど、集会にホームレスと思われる男性がふたり来ていて、そのうちのひとりがガーゴイルと妖精を見たと言ってたの。もうひとりもうなずいてたわ。免疫者《イミューン》かどうか調べてみて。自分たちが見ているものが幻覚じゃないとわかれば、彼らも救われると思う。それに、わたしたちにとって貴重な人材になる可能性があるわ。彼ら、まだ外に出てきていないはず」

「なんだ、うちの連中はそっちに置いてないぜ。集会に免疫者《イミューン》がいるとまずいからな」

「サム、そんなこと言っても無駄よ」サムが護衛なしでわたしを集会に行かせるわけがないことはわかっている。慎重に隠れ場所を選んで近くにいるはずだ。

サムは小さくため息をつく。「わかったよ。出口付近を見とく」

わたしは電話をしまい、トリッシュに言った。「リポーターのことは別にして、この集会、予想していたものとは違ったわ」

「あなたも？　もし魔法のことを知らなかったら、魔法ウォッチャーたちをまぬけに見せるために仕組まれたものだと思ったわね」

「わたしも同じことを考えてた。反魔法運動を潰さなきゃならなくなったら、こういうイベントをやるのも手だなと思ったくらい。ブライダルセールで会った女性のとは別のグループだと考えてよさそうね」

「やっぱり複数の派閥が存在するってこと？」

「ブログの数を考えても、そうだと思う。でも、互いに利用し合っているところもありそう。彼らはたいてい同じ出来事について投稿しているけど、なかにはほかのブログで見たことをそのまま書き込んでいるだけって感じのものもあるわ」

「だったら、それほど恐い存在じゃないわよ。そのうち収まるんじゃない？」

「だといいんだけど」どうもそんなふうに思えない。彼らはそう簡単には引きさがらないタイプの人たちに見える。

「リポーターについてはどうする？　彼女の方が危険性は高いかも」

「映像がなければ、テレビリポーターができることはあまりないわ。隠しカメラを回していたのでもないかぎり、少なくとも今夜、集会がニュースで報道されることはないと思う」そうであることを祈る。魔法を見たと発言しているところがテレビに流れるなんて勘弁してほしい。「それに彼女、集会に参加するために病床から這い出してきたか、自分がいることにだれにも気づかれたくないかのどちらかっていう格好だったし」

「じゃあ、まだネタ集めの段階ってことかしら。ブライダルセールの件がきっかけで興味がわいたのかも。あるいは、案外、もともとこのての世界が好きだったりして。ゴーストツアーとか雪男ハンティングにもこっそり行ったりしてるんじゃない？」

「そうであることを願うわ。リポーターがこの問題を真剣に追いかけるようになったら、かなりやっかいだもの」

「取材で目にするのがみんなこの集会みたいなものだったら、すぐにばかばかしくなって、魔法を追いかけようなんて気は失せるわよ」

「楽観的なのね」

「よく言われる」
「ほんとにあなたの言うとおりだといいんだけど――」経験からいって、ものごとが自ら劇的に改善することはあまりない。

翌朝、家を出るのがいつもより遅くなってしまった。サムは時間にうるさいタイプではないけれど――昨夜は就業時間外の任務があったし――できれば遅刻はしたくない。いまだに前の上司ミミのトラウマがあるのかもしれない。彼女は、デスクにつくのが二分遅れただけで、わたしがハルマゲドンを引き起こしたかのような態度になった。

ホームへの階段を駆けおりていると、電車の出る轟音《ごうおん》が聞こえた。どうやら乗り遅れたようだ。もう走ってもしかたがないので、速度を落として階段をおりはじめる。

最後の階段を半分ほどおりたとき、ギーッといういやな金属音が聞こえて、思わず天を仰ぐ。線路上で何か機械的なトラブルが発生したのだとしたら、定時までに会社に到着するのはもう無理だ。よりによって珍しくオーウェンといっしょじゃない朝にこんなことが起こるなんて。彼がいれば、軽く手をひと振りするだけでこのての問題は解決できるのに。

ところが、ホームに到着すると、驚いたことに、いま出たばかりの電車がホームに戻ってきた。階段を駆けおりてくる人たちがいるので、気づいたのはわたしひとりではないようだ。線路の先で電車を後退させなければならないほどの大きなトラブルが発生したか、そうでなければ、まただれかが公共の場で派手に魔法行為を行ったということだ。

8

何ごともなかったように電車のドアが開いた。だれも降りないし、運行中止を告げて乗客に降りるよう求めるアナウンスもない。まるで乗り遅れた電車にもう一度乗るチャンスが与えられたような感じだ。ホームにいた通勤客たちは思いがけない幸運に戸惑いながらも、いっせいに電車に乗り込む。遅刻しなくてすみそうなのはありがたいけれど、とても喜べるような事態ではない。魔術をかけたのはいったいだれだろう。わたしはホームを見回す。

階段をおりているとき、前に男性がいた。彼がホームに着くと同時に電車が出るようなタイミングだったけれど、走ろうとはしなかった。直後に電車が戻ってきたことを考えると、なんとなく怪しい。わたしは急いで彼のあとを追い、同じ車両に飛び乗った。もともとラッシュ時の混み具合だったところに、いまあらたに乗り込んだ人たちが加わって、車内はぎゅうぎゅう詰めの状態だ。男性はスーツにリュックサックを背負っていて、ダウンタウンに向かう通勤客のなかにあっさり紛れてしまった。顔をよく見たわけではないので、服装でしか見分けることはできない。でも、車内にいる男性のほとんどは彼と同じような格好をしている。もちろん、彼が犯人だという確信があるわけではない。電車が出そうなのに走らなかったのは、呼び戻せることがわかっていたからかもしれないし、単に急いで職場に向かう必要がなかっただけかもしれない。

いずれにせよ、いまは立っていることで精いっぱいだ。電車はホームに戻ったことによる遅れを取り戻すためか、いつもよりスピードを出しているように感じられる。それが運転手の判断によるものなのか魔術によるものなのかはわからない。MTA（ニューヨーク州都市交通局）はこのことをどう説明するだろう。人々は魔法だと思うだろうか。それとも、地下鉄の誤動作と解釈するだろうか。


とりあえず、会社には遅刻せずに着くことができた。Eメールをチェックし、この件について正式な報告書を提出すると、トリッシュのオフィスへ行った。「今朝、会社に来る途中ですごいことがあったの」入口に立って言う。

「信号が青にもかかわらず、突然、すべての車が止まって、人が道路を渡るための道ができたこと？　まるでモーゼの海割りだったわ。紅海のかわりにタクシーと配達車の海がそれはみごとに割れたの」

「本当？」

「あなた、ここで働いてるのに驚くの？」

「そういうことが起こり得るということには驚かないけど、あなたの前でそれが起こったのと同じ朝に、わたしが乗ろうとした地下鉄が、ホームを出た直後に突然止まって引き返してきて、乗り遅れた人たちを乗せたということには、ちょっと驚くわ」

「魔法界では、今日は〝通勤者に親切にしましょうデー〟なのよ、きっと」

「今朝みたいなこと、どのくらいの頻度で目にする?」

「わたしははじめて見たわね。警察が車の流れを止めようとするときだって、あんなに完璧なコンプライアンスは得られないわよ」

「オーウェンが電車を呼び出すのは見たことがあるけれど、魔法としては本当にさりげないものよ。電車をバックさせるなんて劇的なことは決してやらない。それが今朝は、ほぼ同じ時間帯に公共の場でかなり大がかりな魔法行為がふたつもあった」

「それも、わたしたちが魔法に目を光らせましょうって呼びかける集会に参加した翌朝に。ひょっとして、彼らはこうやって魔法の写真を撮らせてるのかしら。魔法を追っている人たちを見つけて、わざと彼らの前で魔法を使うの」

「そうかもしれないし、昨日の集会とはまったく無関係かもしれない。今朝の件がわたしたちの前だけで起こったことなのか、ほかの場所でも起こっているのか調べる必要があるわね」

オフィスに戻ると、ロッドに連絡して、今朝、公共の場において覆《ヴェール》いをかけずに魔法が使われるのを目撃した人はいないか、社内メモで全社員に訊いてもらった。結果を待つ間、魔法ウォッチャーたちのブログをチェックする。あんなことがあったあとならどのブログもさぞ大騒ぎだろうと思ったら、地下鉄の件について投稿があったのはアビゲイル・ウイリアムズのブログだけだった。ただし、それはとても今朝書かれたものとは思えないきわめて詳細な報告だった。少なくとも、とんでもなく奇妙なものを目撃しただれかが急いでオフィスに行って書いたものではない。リポートにはわたしが気づかなかったことも書かれている。でも、それらはどう思い返してみても実際には起こっていないことだった。また、奇妙なほどタイプミスがない。わたしもタイプにはけっこう自信があるけれど、オフィスに到着してからのこの短い時間でこれだけの長さのものをまったくタイプミスなく書きあげられるかどうかはわからない。

これを投稿した人は、何が起こるか知っていて、事前にリポートを書いていたに違いない。そのため、計画されたことがすべて書かれている一方で、予定どおりにいかなかったことは修正しきれていないのだ。やはり、魔法使いが関わっているのは間違いなさそうだ。わたしたちの相手は、奇妙なものを目撃し、真相を知ろうとしている人たちだけではない。問題は、魔法使いがどのように関わっているかだ。魔法ウォッチャーたちを利用しているのか、それとも両者は共謀しているのか。

オーウェンのオフィスでいっしょにランチを食べながら、彼に昨夜の集会のことを話した。彼もリポーターが来ていたことに警戒感を示した。「もし彼女がこの件を取りあげようとしているなら、介入する必要があるかもしれない」オーウェンは言った。「きみがそういうことに抵抗があるのは知っているけど、魔法がテレビで暴露されるのを何もせずに見ていることはできないよ。彼女の信用を貶めるか、ネタを潰すかしなければならない」

「そうよね」のどもとに込みあげてくる塊をのみ込む。「そのことはわたしも考えた。でも、個人的に興味があるだけかもしれない。少なくとも昨夜はテレビのリポーターとして来たんじゃないわ。自分がだれか知られたくないようだったもの」

「だれかに監視させるようサムには言ったかい？」

「それについてはちょっと心配があって。もし彼女が免疫者《イミユーン》で、自分が目にするものが何なのかを知ろうとしているのだとしたら、ガーゴイルに尾行させるのは危険だわ」

「なるほど、確かにそうだ」

「それから、今朝のことなんだけど」

「ロッドからのメモを見たよ。いったいどういうこと？」

トリッシュとわたしが遭遇したことを話す。「それで、街のあちこちでそういうことが起こったのか、それとも、昨夜の集会に参加した人だけをターゲットにしたことなのかを知りたいの」

「ぼくは何も見なかったな。それにしても、電車を逆走させるというのはかなり問題だよ。それをやった人はちゃんと次の電車も遅れさせているといいんだけど。電車と電車の間はそれほど離れていないから、そんなふうにタイミングを狂わせるようなことをすればさまざまな支障が出かねない。最低でも、その路線全体で電車が遅れることになる。ぼくもたまに空のホームにほんの少しはやく電車を到着させることはあるけど、逆走させるなんてことは絶対にしない」

「それはあなたが自己チューの反社会的人間《ソシオパス》じゃないからよ」

「魔法倫理をさんざんたたき込まれてきたからね。だから、制度の外で育って、きちんとしたトレーニングを受けていない魔法使いは心配なんだ。きみのお兄さんがそうだったように」

うちの家系は魔力の遺伝子がかなり好き勝手な形で現れていて、家族のなかに魔法使いと免疫者《イミューン》の両方がいる。わたしたちはきわめて非魔法的な地域に住んでいるので、自分たちが何者であるかは大人になるまで気づかなかった。二番目の兄は自分に魔力があることに気づいたとき、少しの間、悪さを重ねた。きちんとした家庭でものごとの善悪を教えられて育った者でさえあんなことになったのだ。モラルの低い人が魔法を手にしたらいったい何をしでかすか想像するのも恐ろしい。自分のために電車を逆走させるなんてことは、ほんの序の口だろう。

「大局的にはそこも心配ではあるけど――」わたしは口のなかのサンドイッチを飲み込んでから言った。「今朝の出来事はトリッシュやわたしや集会に参加したほかの人たちのために仕組まれたことだという可能性はないかしら。集会を使って魔法を追っている人たちを把握して、確実に目撃させるように魔法を使うの。だとすると、わたしは尾行されているということになるわ。わたしの素性やこの会社とのつながり、ひいてはあなたとの関係もばれてしまうかもしれない」

「少し考えすぎのような気がするけど。魔法界のマフィアに一挙一動を監視された心理的影響がまだ残ってるんじゃないかな」

「前回の任務で若干被害妄想気味になったのは事実だけど、それとこれは別よ」

「もし尾行したのだとしたら、それはきみに今朝の一件を目撃させるためで、一日じゅうつけ回しているわけではないと思うよ」

「魔法を確実に目撃させられる場所を特定できたなら、勤務先にたどりつくのも時間の問題だわ。少なくとも通勤経路と時間に関してはある程度把握されてる。電車の件が起こったのは、わたしがホームに到着する直前だもの」

「地下鉄に関する投稿は事前に書かれたものらしいんだよね？　場所についても書いてあった？」

「ええ」

「集会では彼らにきみの素性や自宅や職場がわかるような情報を与えた？」

「ううん、教えたのはファーストネームだけ」

「だったら、集会に参加する前からきみに目をつけていたのでないかぎり、今朝の件はきみのために仕組まれたものではないはずだよ」

なるほど一理ある。だいぶ気が楽になった。「そうね、あなたの言うとおり、前回の任務の後遺症がまだ残っているのかもしれない」手を伸ばしてオーウェンのポテトチップを一枚くすねる。「とにかく、心配なの。もし魔法の存在が暴露されたら、わたしは普通の仕事につかなきゃならなくなるかもしれない」

「世の中が魔法のことを知ったら、きみに対する需要はかえって大きくなるんじゃないかな。免疫者《イミューン》の検証を必要とするのは魔法界の人だけじゃなくなるわけだからね。ものごとが公正に行われているかの検証を皆が求めるようになる」

「あら、じゃあこの動き、阻止しない方がいいのかしら」わたしはにやりとしてみせる。たとえわたしにとって得な状況になるとしても、オーウェンのような人たちはどうなるかわからない。だからやはり、阻止しなければならないのだ。

オフィスに戻ると、ロッドから社内メモへの回答が届いていた。やはりオーウェンの見解は正しかったようだ。今朝はほかにもわたし個人をターゲットにしたとは考えにくいだけの魔法行為があったらしい。一方で、目に見える魔法を同時多発的に使うべく組織的に行われたものだと思えるほどの数ではなかった。また、サムによると、免疫者《イミューン》か否かを見極めるためにホームレスの男性ふたりを監視しているガーゴイルたちから、彼らのまわりではそうした魔法行為はなかったという報告があったそうだ。つまり、集会に参加した全員が目撃者になったわけではないということだ。これでまた少しほっとした。

集会に来ていたリポーターの勤務先と思われるテレビ局のホームページにアクセスし、スタッフ名簿を見ていくと、彼女らしき人が載っていた。テレビ用のメイクを落とし、ふんわりした肩の長さの髪をポニーテイルにまとめ、眼鏡をかけて、ぶかぶかのスウェットシャツを着せれば——ほうら、集会に来ていたあの女性だ。名前はカルメン・ヘルナンデス。数カ月前に同局に来たばかりらしい。特にスキャンダルを追いかけるタイプではないようだけれど、リポーターはブレイクするために常に世紀のスクープを探しているものだ。

彼女はなぜ集会に来たのだろう。あのインタビューの追跡調査だろうか。それとも、ほかに魔法について調べる理由があるのだろうか。いずれにしても、こちらにとってはやっかいな存在だ。もしニュースのために調査しているなら、このところの一部の魔法使いたちの不注意な——あるいは意図的な——行動を考えると、秘密を大々的に暴き、魔法界のあり方を大きく変えてしまう恐れがある。もし彼女が免疫者《イミューン》で自分が目にするものについて知ろうとしている場合でも、魔法が見えてしまうテレビリポーターは、魔法界にとってきわめて危険な人物だ。

警備部の会議室でサムにわかったことを報告した。これは正面玄関のオーニングの上にいる彼に向かって話せるようなことではない。「彼女により安全な尾行をつけることはできる」サムは言った。「人間の魔法使いが魔法で外見を変えながら尾行する。もし彼女が免疫者《イミューン》だった場合でも、ガーゴイルを目の当たりにするほどショッキングじゃねえ」

「そうね。でも、気をつけて。彼女に証拠になるようなものはいっさい与えたくないわ」

「おれたちゃこれだけ長いこと秘密を守ってきたんだ。もうしばらくはいけるはずだぜ」

「昔はインターネットもカメラつきの携帯電話もなかったわ。以前とはまったく違う世界になったのよ。だいたい魔法と科学技術は共存できるものなの?」

「おいおい、お嬢、おれ相手にあんまり哲学的にならねえでくれよ」サムはそう言って、わたしの肩をぽんぽんとたたく。「そんなことより、結婚式の準備があるんじゃねえのかい?」

そのとおりだ。でも、オーウェンといっしょにいるのを人に見られるのが——あるいはオーウェンがわたしといっしょにいるところを見られるのが——恐い状況では、それもなかなか難しい。魔法ウォッチャーたちに始終見張られているわけではなさそうだとしても、見られている可能性が少しでもある以上、魔法使いと出歩くことはためらわれる。それに、もしまた何か大きな魔法行為がわたしの前で起こったときオーウェンがいっしょにいたら、魔法界当局にどんな言いがかりをつけられるかわかったものではない。

幸い、オーウェンの働き方のおかげで、さほど苦労なくいっしょに外出するのを避けることができている。ランチはほぼ毎日、社内でいっしょに取るので、ある程度ふたりの時間はもてる。あとは、五時になったら彼がラボにこもっている間にすばやく退社すればいい。オーウェンは特に気にしていないようだ。

少なくとも、そう思っていた。数日後、デスクで通勤用の靴に履きかえているとき、ふと顔をあげると、オーウェンがオフィスの入口に立っていた。思わずその光景に見入ってしまう。彼の容姿にはだいぶ慣れたつもりだけれど、いまだにときどきその美しさにあらためて息をのむことがある。ダークスーツと白いシャツは、彼の黒髪と白い肌、そして深いブルーの瞳を引き立たせる。彼はまさに白雪姫の男性版だ。どんな魔法の鏡も世界でいちばん美しいのは彼だと断言するだろう。

自分でも気づかないうちにずいぶん長く見つめていたらしい。オーウェンの首もとが赤くなり、それが額に向かってみるみる広がっていく。赤面する彼はますます可愛い。ともすれば少少嫌みなくらい完璧になりそうなところを、このはにかみが彼を普通の人間に引き戻すのだ。

「あ、ええと、今夜いっしょに披露宴用の食事の試食ができないかと思って」オーウェンはそう言ってから、眉を片方くいとあげる。「もし、ぼくを避けてるんじゃなければ」

思わず顔をゆがめる。「そんなにあからさまだった？　あなたといっしょにいたくないわけじゃないの」

「ぼくを守ろうとしているんだよね」

「そうよ。わたしが反魔法運動の人たちに見張られている可能性は完全に消えたわけじゃない。

そして、当局はあなたの動向に目を光らせているわ」

「それは結局思いすごしで、きみは尾行されても見張られてもいないという結論に至ったんじゃなかったっけ」

「話し合っただけで結論には至っていないわ」

「この数日間で、きみのまわりで魔法がらみの出来事はいくつ起こった？」

「一件も」わたしは認めた。

「だったら、彼らがきみの前で起こす魔法行為によってぼくが糾弾《きゅうだん》されることを心配する必要はないということだよ」

「まあ、そんなふうに言えばそういうことになるけど……。試食はどこでするの？」

「ヴィレッジにあるぼくらが好きなあのイタリアンの店はどうかな。まずはあそこで食べてみて、もし気に入ったものがあったら、ぼくが複製する魔術をつくるよ。どんな盛りつけにでもできるものを」

「食事に関しては普通の方法でやった方が安全じゃない？」

「まさか反魔法運動に感化されはじめていたりしないよね？」からかうような口調とは裏腹に、瞳が心配そうに揺らぐ。「これまで魔法で出した食べ物で何か問題が起きたことがあるの？ランチは毎日、ぼくが魔法で出してるけど。それとも、魔法の結婚式自体、考え直したくなった？」

「ちょっと待って。だれもそんなこと言ってないわよ」ため息をついて、続ける。「やっぱり少し神経質になっているのかも。毎日、インターネットで魔法に関する投稿を見まくっているせいね。反魔法グループのことを過大評価しがちになっているかもしれない。きっと、ケータリング業者の料金表を見れば、魔法の結婚式になんのためらいもなくなるわ。というか、この時点で予約できる業者を見つけること自体無理よ。とりわけ、この建物のなかに入れることができるようなところは」

オーウェンにはそう言ったものの、会社を出ると周囲を警戒せずにはいられなかった。近くで魔法が使われたときすぐに感知できるよう魔力の刺激を増幅するネックレスをつけ、何か不審な動きはないか目を見開いて歩く。いまのところ、バスは宙に浮いていないし、地下鉄も逆走していない。電車内で不自然な喧嘩騒ぎも起こらなかった。考えてみると、何もなさすぎてかえって奇妙なくらいだ。おそらく、魔法界の人の大半がいまは目立つ行動を控えているからだろう。あえて注意を引こうとしていると思われる者たちを除けば、公共の場で魔法を使おうとする人はいないのだ。

おかげで、ディナーは平穏に進んだ。わたしは故郷で行う披露宴で母が計画していることについてオーウェンに伝え、しばしふたりでそのことについて話し合った。オーウェンがラザニアを吟味しているとき、かすかに魔力の刺激を感じた。複製するときの方法を検討しているようだ。ネックレスが小さく振動すると、わたしは彼が魔法を使っていることに気づく人はいないか神経をとがらせた。もっとも、彼は端から見てわかるようなことをしているわけではなく、魔法が使われたときの感覚を知っている人でなければ気にとめることはないだろう。ほとんどの人は、背筋がぞくっとしたとか鳥肌が立ったとかで終わらせてしまう。

「リラックスしていいよ」オーウェンはテーブル越しにわたしを見つめて皮肉っぽく言った。

「もう終わった。だれも気づきやしないよ。きみが挙動不審になって人目を引かないかぎりね」

「ごめんなさい」わたしは顔をゆがめる。「なんだかぴりぴりしちゃって」

「サムは任務を交替制にすべきじゃないかな。常時、緊張状態を強いられるのはよくないよ。きみには休息が必要だ」


言葉を返そうとしたところで、ふと目をあげると、壁に取りつけられたテレビにカルメン・ヘルナンデスが映っていた。「彼女よ、例のリポーター」オーウェンにささやく。音は消してあるが、字幕が表示されている。数行読んで、ほっとした。彼女はスクールバスの事故についてリポートしていた。魔法のかけらも感じられない、ごく普通の事故だ。そして、この件で忙しいということは、彼女が今日、魔法について調べることはないということだ。


気持ちが楽になって、わたしはフォークをもつ手を伸ばし、オーウェンのラザニアをつまんだ。「ん〜、チキンパルミジャーナもいいけど、これも捨てがたいわね」

「メインディッシュをふたつにするという手もあるよ」オーウェンはにんまりする。「ちなみに、この結婚式がイタリア料理を食べられる最後のチャンスというわけじゃないからね。もしきみが望むなら、この先一生、毎晩イタリア料理を出したっていいよ」

「まあ、優しいこと。それ、結婚の誓いの一部と考えていいのかしら」

「そうしてほしいなら、誓いに入れるよ」

「まあ、毎晩はちょっとやりすぎかな。特別じゃなくなってしまうもの。それに、真剣にエクササイズを始めなくちゃならなくなるわ」

レストランを出るときも、わたしたちはまだラザニアが食卓にのぼる理想的な頻度について話し合っていた。オーウェンに肩を抱かれて歩きながら、危険な魔法行為のことをほどんど忘れかけていたら、交差点の手前まで来たとき、だれかの声が聞こえた。「よう、キャスリーン！」

一瞬、自分には関係ないと思ってやりすごそうとした。だれもその名前でわたしを呼ぶことはない。たまに母が、ものすごく怒ったときに使うぐらいだ。でもすぐに、自分が集会でその名前を名乗ったことを思い出した。振り返ると、男がひとり壁に寄りかかっている。ガーゴイルが見えると話していたあのホームレスだ。彼には自己紹介をしていないが、おそらくわたしが主催者と話しているのを聞いたのだろう。

「あ、どうも」わたしはやや警戒しつつ言った。

彼は手招きをする。わたしはオーウェンをちらりと見てから、彼の方へ行った。「あんたの友達のガーゴイル、おれたちに向かってしゃべったよ。あんたの言ったとおりだった」彼はささやき声で言った。「やっぱり、本当にいるってことか？」

「ええ、そうよ。そういうものが見えるのは、あなたがおかしいからじゃなくて、特別だからなの」

「やつら、おれとダチに仕事をくれるっていうんだ。受けるべきかな」

「どういう仕事か説明された?」うちの会社に来る免疫者《イミューン》のほとんどは、まず検証部に配属される。わたしもそこで働いたけれど、お世辞にも楽しい仕事とはいえなかった。もっとも、その主な原因はひどい上司にあったのだけれど。その後、彼は魔法界のマフィアが送り込んだスパイだったことが発覚して追放されたので、いまは職場環境もずいぶん改善されただろう。それでも、あそこが幻覚が見えると思い込んで路上生活をしていた人に適した職場であるかどうかは疑問だ。

「街で起こることを監視する仕事って言ってたな。住む場所は用意してくれるけど、好きなだけ外にいていいってさ。おれたち、インドア派じゃねえからオフィスは向かねえんだ」

どうやら警備部の仕事らしい。わたしはにっこりして言った。「ぜひ受けるべきね。わたしもその部署なの。わたしは基本的にオフィスで仕事をするけど。チームへようこそ」

「きみは求人の仕事もやってるみたいだね」ふたたび家に向かって歩き出すと、オーウェンはからかうように言った。

「免疫者《イミューン》は希少だもの。それに、真実を知ることで彼らの人生は変わるかもしれない。サムが彼らに合う仕事を考えてくれてよかったわ。彼らにとって、いまからオフィスの仕事に順応するのはかなり大変だと思う」

「路上にだれにも気づかれない覆面捜査官を配置できるのは、うちにとっても有益なことだよ」オーウェンはうなずく。「いいアイデアだ」

「このことだけでも集会に行った甲斐はあったわ」

食料雑貨店の前まで来たとき、わたしは言った。「ちょっと寄ってもいい？　今週のタブロイド紙を買っておきたいの」

「タブロイド紙が何か書いたとしても特に心配する必要はないんじゃないかな。それに、きみもう知っているように、いちばん正確な記事はおそらくうちが出したものだから」

「まあ、そうなんだけど、でも、炭鉱のカナリアとして考えてるの。各紙がそろって書きはじめたら、そのうち信じる人たちが出てこないともかぎらないわ。それに、最近エルヴィスがどこに出没しているかも知りたいし」

タブロイド紙を山のように買い、家に着くまで知り合いに会わないことを祈った。このてのものを読むと思われるのはご免だ。もっとも、知り合いのほとんどはなぜわたしがこのての新聞を読んでいるか知っているだろう。周囲が自分のことをどう思うかを必要以上に気にするのは、母の悪い影響だ。

わたしのアパートに向かってユニオンスクエアを歩いているとき、人だかりが目に入った。週日の夜にしてはずいぶん大人数だ。「何かしら。コンサートとかではなさそうだけど」

「だれかがスピーチしているみたいだな。きっと政治関係だろう」オーウェンはそのまま通り過ぎようとしたが、わたしは彼の腕を引っ張った。

「一応、確認してみましょう。何かありそうな予感がする」

「少しだけ予知能力があるのはぼくの方だと思ってたけど」

「つき合って」

人だかりの後ろまで行ったとき、わたしは思わずため息をのみ込んだ。反魔法グループの集会でプレゼンターを務めた男性が、お立ち台に立ってメガフォンを手に叫んでいる。「証拠がすべてを語っています！　これだけの事例があるのです。魔法は存在します！」

人だかりの一部から低い笑いが起こる。ここはニューヨークだ。集まった人の多くが、何かのパフォーマンスアートだと思っているだろう。

「そうです、存在するのです！　われわれは魔法を阻止しなければなりません！」男性は声を張りあげる。「魔法は悪です。力《パワー》は腐敗を生みます。あのような力《パワー》をもつ者が腐敗せずにいるのは不可能。彼らは魔法を秘密にし、何をしているのでしょう。魔力を使って世界を支配しているのでしょうか。政府はどこまで知っているのか。わたしたちには知る権利があります！」

わたしは聴衆の反応を見る。真剣に受け止めている様子はない。少なくとも、そのとおりだと叫ぶ者はいない。彼が「魔法を止、め、ろ！」と唱えはじめても、だれもシュプレヒコールに加わらなかった。

そのとき、全身黒ずくめの男がふたり前に出てきて、男性からメガフォンを奪い取り、腕をつかんでお立ち台から引きずりおろした。男たちはそのまま彼をどこかへ引っ張っていく。

「見てください、やつらわたしを黙らせようとしている！　こんなことを許していいのか！」男性は叫んだが、メガフォンなしでは声は小さく、それもやがて聞こえなくなった。聴衆が壁になって、わたしの身長では彼らの行き先は見えない。

「どこへ行くか見える？」オーウェンに訊く。でも、彼もそれほど背が高い方ではない。

オーウェンは背伸びをしたが、やがて首を横に振った。「ごめん、見えないな」

聴衆は依然としてパフォーマンスアートだと思っているらしく、だれも彼を助けにいこうとはしない。ふたりの男のことも作品の一部だと思っているようだ。実際、その可能性は十分ある。すべてが彼のメッセージを信憑性のあるものに見せるためのやらせなのかもしれない。

家に帰ろうと方向転換しかけたとき、聴衆の向こうに赤い光が見えた。テレビ局のカメラだ。どうやらカメラが一部始終を撮影していたようだ。

9

「はやくここから離れないと」わたしはオーウェンを引っ張った。

「え？　どうして？」オーウェンはそう言ったが、抵抗はせずいっしょに歩き出す。

「集会に参加してたリポーターがカメラクルーといっしょに来てる」

「彼女、スクールバスの事故をリポートしてたんじゃ……」

「あれはライブ映像じゃなかったのよ。一日に複数の取材をすることは可能だわ」

「どうしてここにネタがあることがわかったんだろう。彼ら、プレスリリースでも出したのかな」

「かもしれない。調べてみるわ。姿を見えなくしてと言いたいところだけど、彼女が免疫者《イミューン》なら意味がないし、そうでなくても、突然あなたが消えたら、かえって注意を引くかもしれない」

カルメンが何をしているのか確かめたいけれど、そうするには彼女の方を向く必要があり、こちらの顔を見られるリスクも高くなる。わたしは彼女に背を向けたまま考える。周囲はかなり暗いから、おそらく撮影用の照明が届かないところまでは見えないだろう。彼女があえて群衆のなかに知っている顔を探そうとすることも考えにくい。

「黒服の男たち《メン・イン・ブラック》に見覚えはある？」わたしはオーウェンに訊いた。「評議会《カウンシル》の法執行官みたいな格好だったけど」

「あのふたりは見たことがないな。それに、あれは評議会《カウンシル》のやり方じゃない。黒は隠密活動に共通の服装だよ。夜盗も忍者もたいてい黒だ。あれは彼の発言が抑圧されているということを見せるための演出だという気がする」

「法執行官の存在や彼らの服装のことを知っているのかしら」

「危険な秘密組織に見せたかったらパステルカラーは着ないだろうね。黒服に深い意味はないと思うよ」

「あの、ちょっと！　あなた！」女性の声が聞こえた。反射的に振り返りそうになり、思いとどまる。ここには大勢人がいる。彼女が呼んでいるのがわたしだとは限らない。「キャスリーン！」

「ああ……」思わずため息をつく。

「ケイティはもうやめることにしたの？」オーウェンが訊いた。

「実は、ニューヨークに来た当初、そうしようと思ったこともあったんだけど、定着しなかったわ。でも、集会ではそう名乗ったの。これなら嘘じゃないし、かつ、わたしの素性に結びつきにくいと思ったから。さあ、あなたは行って。自分の家でもわたしのアパートでもいいから、とにかくここから離れた方がいいわ」オーウェンの腕を放し、急いで向きを変えて、呼んでいる声の方に歩き出す。背後で人の群れがオーウェンの姿を隠してくれることを願いつつ。

カルメンはカメラマンを置いてこちらにやってきた。でも、油断はできない。夜間撮影用のカメラと遠距離対応のマイクを用意しているかもしれないし。「このこと知ってたの？」カルメンは訊いた。

「いいえ」大したこととは思っていないふうを装う。「ディナーの帰りにたまたま通りかかったの」純然たる事実だが、取ってつけたように聞こえていないか不安になる。ふと、タブロイド紙の束を抱えていたことを思い出し、小脇にはさみ直した。大見出しが見えていないといいのだけれど。本物のジャーナリストはこのてのものを読む人を軽蔑するだろうけれど、読んでいる理由を説明するわけにはいかない。「来たときにはもう終わるところだったから、何があったのかもよくわからないわ」

「じゃあ、グループの全員に連絡があったわけじゃないのね？」

「果たしてグループと呼べるものがあるのかどうか。わたしは連絡先を残さなかったから、連絡のしようがないわ」

彼女は少しほっとしたように見えた。「そうね。わたしも連絡先は残さなかった。じゃあ、やっぱり普通のプレスリリースだったのね」

「何についての？」

「魔法の存在とそれを隠蔽するための陰謀があることを証明するデモンストレーションをするって」

「で、証明したの？」

「魔法を？　それはどうかしらね。いろいろ叫んではいたけど。そのうち、だれかがやってきて、彼のことを連れていってしまったわ。たぶん、あれが魔法を隠蔽する陰謀を証明する部分だったのかもしれないわね。魔法について語ると、こんなふうに妨害されるんだって」

「魔法使いなら、彼を黙らせるのにわざわざそんなことするかしら。単に彼を消すか、カエルか何かにするんじゃない？」とりあえず言ってみる。

「でも、それじゃあ、魔法が存在することを証明してしまうわ。魔法を隠すための陰謀を自ら潰すことになる」

「ああ、そうか。じゃあ、声をかれさせるとか、メガフォンを故障させるとか、嵐を呼んで聴衆を帰らせるとか、あるいはいっそのこと、人々が見たことをすべて忘れるようにするとか、いろいろやり方はあるわ。力ずくで連れ去るなんて、ずいぶん普通だし、彼を黙らせるのに効果的な方法とはいえない気がする」

「確かにそうね」カルメンはうなずく。「じゃあ、彼はやっぱりただのイカレた陰謀論者で、さっきのは自分の主張を裏づけるためのやらせだったということかしら」彼女は周囲を見回すと、顔を寄せ、声を低めて言った。「でも、あのブライダルセールにいたなら、あなたもすべてがいんちきなわけではないと思うでしょう？　何かが進行中であることは間違いないわ。わたしも妙なものを見たのはあれがはじめてではないもの」

「ブライダルセールの件は、正直、何が起こったのかよく知らないの。ニュースであなたのリポートを見るまで、ほとんど忘れてたくらいだから」

「やっぱり集会ではわたしがだれかわかったのね。そんな気がしたわ」

「ちょっと時間はかかったけどね。テレビで見るのとはずいぶん感じが違ったから。あのリポートを見て興味がわいて、そのあとチラシをもらったとき、とりあえず行くだけ行ってみようと思ったの」すべて本当のことだ。あえて言っていないこともたくさんあるけれど。

「ほかにも変なものを見たことはある？」

これは、嘘をつかず、かつ必要以上に情報を与えることなく答えるのがなかなか難しい質問だ。わたしは笑って肩をすくめる。「ここはニューヨークだもの。もちろん変なものは目にするわ。それが魔法かどうかって言われると……」

「まだ結論は出ない」彼女がかわりに言った。

「あなたはどんなものを見たの？」探っているような、あるいは尋問しているような口調にならないよう気をつける。軽い好奇心という感じに見えているといいのだけれど。

「そうね、消えたり、また現れたりするものとか。たとえば、ガーゴイルがいたりいなかったりする教会？　もしかすると、単にわたしが気づいたり気づかなかったりしているだけかもしれないけど」

胃が急降下するのを感じながら軽い好奇心という感じの笑みを維持するのは、かなりの自制心を要した。魔法に免疫をもつリポーターというのは最悪のシナリオだ。唯一の救いは、彼女が目にするもののほとんどは証拠に残せないことだ。魔法の覆い《ヴェール》は写真や映像にも有効だ。したがって、覆い《ヴェール》で隠された魔法行為の写真は、免疫者《イミューン》以外には証拠として機能しない。でも、魔法の存在を暴露するためにあえて隠さずに魔法を使う人たちがいるとなると、話は別だ。

「それは確かに変ね」わたしはうなずいてみせる。「でも、それって魔法なの？　もし魔法が使えるなら、もっとすごいことをやらない？　ガーゴイルを消したり出したりとか、そんなことじゃなくて。魔法ってもっとずっとスケールが大きくて、とても隠せるようなものじゃない気がするけど」

「魔法を使って魔法を隠しているんじゃなければね」

　動揺が顔に出ないよう気をつける。何も知らずにそこまで推理できたというのは、かなりのものだ。「でも、どうして？　あなたも彼らが密かに世界を支配してると思うの？」

　カルメンは大きなため息をつく。「わからない。いずれにせよ、今夜のはニュースのネタにはならないわ。まあ、ユニオンスクエアで演説者が謎の黒服の男たち《メン・イン・ブラック》に連れ去られたっていう切り口でやれないこともないけど。でも、魔法について話すにはもっと証拠が必要だわね。街じゅうの笑いものになりたくなければ」カルメンは名刺を差し出す。「何か撮れそうなものを目撃したら、ぜひ連絡して」

「わかったわ」ただし、撮れそうなものとなると、可能性は低そうだ。「でも、正直、考えすぎのような気がするけど」

　わたしの携帯電話が鳴った。ハンドバッグから電話を出し、待ち受け画面を見る。「ごめんなさい、これ、出ないと」カルメンは手を振って去っていった。わたしは数歩歩いてから電話に出る。

「いまどこ？」オーウェンが言った。

「まだ公園よ。でも、いま出るところ」

「大丈夫？」

「リポーターが集会にいたわたしのことを覚えていて話しかけてきたの。特に結論めいたものは出なかったわ。あなたはどこ？」

「家に戻ってる」

「いまから向かうわ。話すことがあるの」

オーウェンの家までは数ブロック。合鍵をもっているので、正面玄関を開けて階段を駆けあがり、部屋の前まで行くと、オーウェンがドアを開けた。なかに入り、彼がドアを閉めたのを確認するや、わたしはいっきに言った。「彼女、免疫者《イミューン》よ、あのリポーター。少なくとも、そんな感じだった。ガーゴイルが見えるって言ったの。魔法のことを知る前のわたしと同じような話し方だった」

「とにかく、ちょっと落ち着こう」オーウェンはわたしの小脇からタブロイド紙の束を引き抜くと、リビングルームの方へ促す。ソファーに腰をおろすと、下から彼の猫が飛び出した。オーウェンはタブロイド紙をコーヒーテーブルの上に置いて隣に座り、わたしの手を取る。彼の手の感触に少し気持ちが落ち着いた。「つまり、ブライダルセールでの騒ぎをリポートして、反魔法集会に行ったリポーターは、免疫者《イミューン》らしいということ？」

「彼女の話しぶりからして、その可能性は高いと思う。ああ、それから、自転車軍団が子どもたちを襲ったとき公園にいたのもおそらく彼女よ。彼女が見たものは魔法じゃないと思わせようとしたんだけど、とても後ろめたかったわ。自分だけに妙なものが見えて、それがなんなのか、どうしてなのかわからないというのが、どういう気分か、わたしにはよくわかるから」

「彼女は自分が目にしたものが何かを知るために、魔法に関する証言について調べているということ？」

「そんな感じね」

「彼女は反魔法グループのいずれかに入っているのかな」

わたしは肩をすくめる。「現時点ではなんともいえないわ。彼女がブログのことを知っていて投稿をフォローしているかどうかもわからない。ただ、さっきのグループからはプレスリリースを受け取ったみたい。集会で彼女に気づいて彼女宛に送ったのか、それとも、テレビで彼女のブライダルセールのリポートを見てそうしたのかは、本人もわからないって言ってた。幸い、まだ半信半疑という感じではあったけど、いつまでそれが続くかはわからないわ」

「でも、彼女をある程度なだめることはできたんだよね？」

「どうかしら」ため息交じりに言う。「嘘はつかなかったけど、とりあえず、疑念を助長するようなことは言わなかったわ。やっぱり彼女には本当のことを言うべきなのかも」

「それはどういう人かわかるまでもう少し待った方がいい」

「サムが彼女に非ガーゴイルの尾行をつけてるの。あらためて免疫者《イミューン》である可能性が高いことを彼に言っておかなくちゃ。一応、慎重を期してそれを前提に動いてはいるんだけど……。彼女はわたしからの連絡を待ってる。口実をつくる必要があるわ。魔法関連で、かつ魔法の証拠にはならないような口実を」

オーウェンはわたしの肩をぽんぽんとたたくと、腕を回して自分の方へ引き寄せた。わたしは力を抜いて彼に体を預ける。「ほら、さっそくやるべきことが見えてきた」オーウェンは耳もとでささやく。「大丈夫、うまくいくよ」


アパートに帰ると、パジャマ姿のニタがキッチンのテーブルでシリアルを食べていた。「今夜は夜勤?」わたしはテーブルにタブロイド紙を置いて、ジャケットを脱ぐ。

ニタはうなずく。「そう、悪夢の夜勤。気が狂うほど退屈か、ばかみたいにストレスフルかのどちらかよ。そもそも夜中に起こることはたいてい悪いことだし、その時間帯にチェックインやチェックアウトする人はたいてい疲れててむちゃくちゃ機嫌が悪いの。なんにせよ、基本的に長時間デスクのまわりにい続けなきゃならないわ。あっ、わたしに読み物をもってきてくれたの?」ニタはいちばん上の新聞を手に取る。「へえ、これ見て。少し前に車が宙に浮いて販売代理店のショーウインドウから消えた事件、どうやらイルミナティの仕業らしいわ。マインドコントロールと念力によるもので、CIAが同じことを訓練で習得させることができるか実験中だそうよ。訓練要員、募集してないかしら」

ニタが朝食のような夕食を食べている間、わたしたちは互いに見出しを読みあげては、その奇抜さに笑った。車の件を除けば、記事のなかにわたしが知っている魔法関連の出来事と合致するものはなかった。タブロイド紙の記者たちでさえ真剣にとらえておらず、実際に魔法が使われているにもかかわらず尾ひれをつけてさらに面白くする必要があると感じるくらいなら、真っ当な報道機関のリポーターが魔法をニュースとして取りあげるのはかなり難しいような気がする。

ニュースの時間になったとき、わたしは天気予報を見たいと言ってテレビをつけた。カルメンはユニオンスクエアの件をどうリポートするだろう。そもそもリポート自体するだろうか。公衆の面前で人が連れ去られたというのはかなりショッキングな出来事ではあるけれど、一方で、注目を集めるための売名行為だったとも考えられる。

とりあえず、トップニュースではなかった。街ではほかにもさまざまなことが起こっている。それに、夜のニュースは全国ニュースや海外の大きなニュースも伝える。拉致事件には触れないまま最初のコマーシャルになった。そのあとも別のニュースが続き、やがて天気予報になった。どうやら今夜はこのまま終わりそうだ。

「ああ、ジャケットをもっていかなきゃだめね」ニタの言葉に、リモコンのボタンを押そうとしていた指を止める。そうだ、わたしは天気予報を見ると言ってテレビをつけたのだ。「テキサスを恋しくさせることのひとつよね、四月に上着を着なくていいのは。それにしても、もうそろそろ暖かくなってもいいんじゃない？」

「この時期は寒暖を繰り返すのよ。でも、テキサスだって同じでしょ？　イースターに小雪が舞ったことも何度かあったじゃない。それに、こっちは八月にアウトドアを楽しめるわ、灼熱の太陽に焼き尽くされることなく」

「まあ、そうよね」ニタはあくびをして伸びをする。「さてと、そろそろ行く準備しないと」

わたしはテレビを消した。今夜のところはひとまず安心したけれど、依然として何かとんでもない惨事が待ち受けているような気がしてならない。


翌朝、会社に着くと、正規のニュースサイトと魔法ウォッチャーたちのブログの両方で、昨夜の拉致に関する記事や投稿を探してみた。アビゲイル・ウイリアムズのブログは事件について触れていなかったが、別のより過激な反魔法ブログのひとつが、彼らの広報担当のひとりが口を封じられたことについて大きく取りあげていた。投稿の内容から考えて、教会で行われたあの集会を主催したのはどうやらこのブログを運営する人たちのようだ。テレビドラマでよくやっているように、わたしもホワイトボードを設置して、人と組織の関係が明らかになるたびに線で結んでいこうか。

「黒服の男たち《メン・イン・ブラック》が男性を拉致したってやつ、なんなの、あれ」声が聞こえて顔をあげると、トリッシュがオフィスに入ってきた。

「書いてあるとおりよ。同じものを読んだのだとしたら。わたし、ゆうべたまたま現場に居合わせたの。おそらく、口を封じられたように見せるためのやらせだわ。本物の魔法界の警察はあんなことはしないから。それに彼ら、事前に集会に来てたあのリポーターにプレスリリースを送ってるの。魔法についてすべて暴露するっていう内容で」

「で、暴露する前に黒服の男たち《メン・イン・ブラック》に連れ去られるとは、ずいぶん都合がいいわね。あの連中、実際どのくらい証拠をつかんでるのかしら。そんなやらせまでしなくちゃならないなんて」

「昨夜の件については、リポーターのカルメンも懐疑的だったわ。夜のニュースでもやらなかったし。もし、あれが注目を集めるためのビッグイベントだったとしたら、完全に裏目に出たわね」

トリッシュはデスクの横の椅子に腰をおろし、脚を前に伸ばす。「拉致のリポートを書いてたあのブログ、かなりやばいわよ。子どもたちに魔法を教えて悪魔崇拝に導くからってハリー・ポッターの本を焼くタイプの人たちが、ついに現実世界でも魔法を探しはじめたような感じ」

「まあ、実際、現実世界にも魔法は存在するんだけど。でも、悪魔崇拝はまた別の問題よ」わたしは言った。「それがこの問題を難しくしているのよね。もし彼らが全面的に間違っているなら、ただ笑って放っておけばいいんだけど、でも、魔法は実際に存在する。そして、魔法を使って悪事を働く人たちがいるのも事実だわ。子どもの本に書かれているような魔術では、たとえ魔力をもっていたとしても何もできないから、そこはばかげているけど、でも、彼らの言い分のすべてが的外れというわけじゃないわ」

「で、正しい部分に関しては、彼らは深刻なトラブルを引き起こしかねない。こっちはこれからどう動く?」

「とりあえず、監視を続けるってことかしら。拉致騒ぎに関しては、ある程度カルメンを説き伏せることができたと思う。でも、ガスライティング（わざと誤った情報を提示するなどして自分の正気を疑うよう仕向ける心理的虐待の一種）の一歩手前で止めたって感じ。事実じゃないことは言わなかったけど、彼女が目にしているものが実際に存在することも言わなかった。幸い、昨夜の件には魔法はいっさい関わっていなかったけど、この先、彼女の目の前で本当に魔法が使われたら、正直、どうすればいいかわからないわ」

「どうするか考えておくべきかも」トリッシュは険しい表情で言った。「この調子でいくと、いつそういうことが起こってもおかしくないわ。準備をしておいた方がいい。線引きをどこでするか決めておくの。秘密を守るためにどこまでするか、絶対しないことは何か。それを事前に決めておけば、その場の勢いで判断を下さなくてすむわ」

「わたしの場合、事前に計画すると、決まって計画どおりにはいかないのよ」力なくため息をつく。

「もちろん、ある程度臨機応変な対応は必要になるだろうけど、あなたにどこまで嘘をつく気があるかってことは決めておいた方がいいわ」

「本当のことを言えればいちばんいいんだけど……。うちは常に免疫者《イミューン》を探しているわ。どうして彼女はだめなの？」

「それはわたしに訊くことじゃないわね。ボスに提案してみたら？」

オーウェンを含め、上の人たちが何を言うかは想像できる。免疫者《イミューン》だと思われる人に秘密を開示することに関して、彼らはとても慎重だ。まず、さまざまなテストをしてその人が間違いなく免疫者《イミューン》であることを確認する。次に、その人が置かれている状況を把握する。新しい仕事を必要としているか。既存の概念では説明できないものが存在することにすでに気づいているか。他者に秘密を漏らす恐れがあるか。テレビリポーターはおそらくリスクが高すぎると見なされるだろう。ＭＳＩには彼女のスキルを生かせる仕事も彼女の興味を引きそうな仕事も特にない。常に魔法に囲まれていたいというのでもないかぎり。そもそも、彼女の仕事は秘密を暴露することだ。証拠さえつかめたら、これはキャリアを飛躍させる大スクープになる。最終的には、彼女がどういう人で、秘密が公《おおやけ》になることに伴うリスクを想像できるか、あるいは想像する気があるかにかかってくる。わたしたちはまだ彼女の行動を予想できるほど彼女のことを知らない。

テレビ局のホームページに載っている略歴でわかるのは、出身校と以前の職場ぐらいだ。この局には比較的最近、地方の町から移ってきたようだ。この若さでのニューヨーク進出は、彼女が有能かつ野心的であることを意味する。野心は懸念材料となり得る。

ただ、魔法のスクープを真剣に受け止めてもらうには、魔法が存在する絶対的な証拠を入手する必要がある。普通の人たちにも見えて、かつ特殊効果ではないと納得させられるようなものを。野心だけあって倫理観のない人なら、たとえ政治や経済のようなテーマでも一部をでっちあげて特ダネにしようとするかもしれない。でも、一流のリポーターとして認められることを目指しているなら、魔法の証拠として提示するものには相当慎重になる必要がある。彼女自身が言ったように、少しでも疑わしいところがあれば、街じゅうの、そして業界じゅうの笑いものになって、キャリアそのものを失うことになりかねない。

もちろん、彼女がどれだけ野心的かは、ホームページの略歴の行間を読んだだけでは判断できない。カルメン・ヘルナンデスについて調べていくうち、いくつか記事を見つけた。彼女は学校のキャリア・デー（さまざまな職業の専門家を招き、仕事の内容について話を聞く日）で何度か講演をしている。そのうちの一校はスラム地区の高校で、彼女の母校のようだ。彼女はそこで、どんなに道が険しくても夢のために努力を惜しまないよう後輩たちに語りかけている。子どもたちのよい手本になろうとしているのは、ポジティブな要素と考えていいだろう。でも、それだけでは彼女が魔法の存在を伏せるべきだと判断するかどうかはわからない。

わかるのは、この女性が困難を乗り越える粘り強さをもっているということだ。それはつまり、答を手にするまで調査をやめないだろうということでもある。だとしたら、彼女が自分で探り当てる前に、適切な形で答を提供した方がいいのではないだろうか。

正式なルートを通す前にまずオーウェンに相談することにして、夜、彼の家で夕食を食べているときに、さりげなく話を切り出した。「あのリポーターについてちょっと調べてみたの」

「魔法関連の出来事について取材している人？」

「そう、免疫者《イミューン》かもしれない人。彼女、なんらかの答が見つかるまでは調べ続けるような気がする。そして、彼女に何か見つけさせようとしている人もたくさんいるようだわ」

「ぼくたちが何かすべきだというんじゃないよね？」

「真実を話した方がいいんじゃないかと思うの」

「外の人間に？」オーウェンは眉をあげる。

「免疫者《イミユーン》に、よ。珍しいことじゃないでしょ？　でなきゃ、わたしはここにいないわ」

「きみはテレビリポーターじゃなかった。それに、彼女をMSIにスカウトしようにも口説く材料がないよ。彼女が正直をモットーとするリポーターだったら、うちのタブロイド紙で仕事をしたがるとは思えない。事実に目を向けさせないために出してる新聞なんだから。ぼくらが真実を告げるのは、うちにスカウトしたい免疫者《イミユーン》だけだよ」

「それじゃあ、会社で使えない人たちは、みんな運に見放されてるってこと？　自分たちは狂っているると思いながら一生を送らなければならないの？」

「免疫者《イミユーン》はきわめて希な存在だよ。そうしょっちゅう現れるものじゃない」オーウェンはそう言ったが、わたしの目を見ず、頬が少し赤らんでいる。「それに、そもそも彼女が免疫者《イミユーン》かどうかはまだわからないんだ」

「だったら、テストすべきだわ」

「テストするということは、彼女を魔法にさらすということだ。もし免疫者《イミユーン》だったら、きっとますます知ろうとするよ。ぼくたちは彼女の目を魔法から背けさせたいのであって、興味をさらにかき立てたいわけじゃない」

「彼女に嘘をつきたくないの。彼女は幻覚を見ているわけじゃない。彼女は実際にそこにあるものを見ているのに、それを知りながら違うと言うのは間違っている気がする」

「それなら、いちばんいいのは彼女と接触しないことじゃないかな」

「別にこっちから会いにいってるわけじゃないわ。どうしても同じ場所に居合わせてしまうのよ、お互い同じものを調べているから。別の人を任務につけるべきだとは言わないでね。だれがやろうと、秘密を守るには結局、嘘をつくことになるんだから」

「でも、嘘をつくのを先延ばしにすることはできるよ。ＭＳＩのスタッフで彼女が顔を知っているのはきみだけだからね」

「まあ、それはそうだけど……」フォークにスパゲッティを巻きつけながら言う。でも、まだ引きさがる気にはなれない。

10

カルメンに嘘をつくのはひどいことだと思う。でも、オーウェンに隠しごとをするのはもっと嫌だ。わたしたちはまもなく結婚する。秘密をつくったり、相手の裏をかいたりするようなことはすべきではない。でも、これは彼を助けるためにやることだ。魔法が暴露されれば、オーウェンの身も危険にさらされる。そして、わたしたちは二度と普通の生活を送れなくなるだろう。

自分の結婚相手について親に指図されるつもりはないけれど、魔法が公《おおやけ》になり、オーウェンが魔法使いであることを知れば、両親も黙ってはいないはず。免疫者《イミューン》でありながら魔法にまったく気づかない母でも、魔法が存在することを知れば、さすがにオーウェンが普通の人間でないことに気づくだろう。そしてそれがどんな事態をもたらすかはまったくわからない。

やはり、これ以上状況が悪くなる前になんとしてでも止める必要がある。いまはだれかに任務を委ねることなどできない。すでにトリッシュといっしょに動きはじめている。反魔法集会への参加など人前に姿をさらす仕事は避けるにしても、手を引くつもりはない。

そう、これは省略による善意の嘘だ。オーウェンには任務から外れたとは言わないけれど、具体的に何をしているかも言わない。屁理屈のようではあるけれど、良心を納得させるにはこう思うしかない。

幸い、オーウェンはいま何かの研究プロジェクトに没頭していて、今週はあまり顔を見ていない。おかげで、彼を裏切るような気持ちにならずに仕事ができている。といっても、さほどやれることがあるわけではない。ただ、ブログやコメントのやりとりを監視して、トラブルの可能性を探すくらいだ。拉致騒ぎを演出したグループは望んだ結果が得られなかったらしく、その後すぐに広報担当者が解放されたことを発表した。やはり、やらせだったのは間違いないようだ。

ブログに載っている彼の写真をコピーし、サムのところにもっていく。「この人知ってる?」

「見たことねえな」サムは言った。

「この人が評議会《カウンシル》の法執行官に身柄を拘束されたかどうか調べてもらえる?」

「そんな情報があんのかい?」

「本人がそう主張しているの。オーウェンは本物の法執行官ではないだろうと言ってて、わたしもそんな気がするんだけど、一応、確認しておきたくて」

「わかった、探りを入れてみる。で、お嬢は何が起こってると思ってんだい?」

「魔法を使う者が背後にいるような気がしはじめてる。彼らが魔法行為をカメラに収めることができているのは、単なる偶然じゃないと思うの。彼らは魔法行為を企てるだれかと共謀しているのよ。それがだれかを突き止める必要がある。どうすればそれが可能なのかがわからないんだけど」

「まずは、拉致がフェイクかどうかの確認だな。それから、魔法界で扇動家として知られるやつらを調べる。そういう連中はたいてい大学でそのての思想に目覚めんのさ。〝もっと自由に魔力《パワー》を使って世界を牛耳ろうぜ〟ってやつさ。でも、そのうち現実が見えてきて熱も冷める。魔法使いのガキたちのほとんどは、魔力をかなりおおっぴらに使える守られた環境で育つからな」

「じゃあ、オーウェンのホームタウンは特に例外というわけじゃないのね？」オーウェンが育った小さな町は、実質的に魔法界の人たちだけが住む居留地《エンクレーブ》のようなところだ。もしかすると非魔法界の人たちはその町の存在自体知らないのではないだろうか。

「小さい町はだいたいあんな感じさ。だが、都会で育つ魔法使いも大勢いる。都市の連中は田舎育ちより魔法を隠すことに慣れてるし、通常、魔法を公開しようなんて名案を思いつくようなことはねえ」

ひとつの仮説の構成要素が頭のなかで渦を巻きはじめたが、まだはまるべきところにはまったものはほとんどない。縁《へり》はもとより、四隅を埋めるピースもまだ全部は見つかっていないので、パズルは依然としてばらばらの欠片《かけら》の集まりにすぎず、ところどころにできつつある小さな塊が絵の一部をほのめかしているだけだ。全体像をつかむにはほど遠い。

この仮説の胚芽《はいが》についてオーウェンには話したくない。そもそも彼は話す相手として適任とはいいがたい。彼と比べたら隠修士《いんしゅうし》すら社交的に見えるくらいなのだから。魔法界の人たちについて知りたいなら、訊くべき相手はロッドだ。立場上、ＭＳＩの現社員と過去数年間の元社員の全員を知っているし、常に人材を探しているためとても顔が広い。人づき合いも活発だ。

わたしはロッドのオフィスに行き、秘書のイザベルにあいさつした。「彼いる？　いま話ができる状況かしら」

「いるわよ。あなたならいつでも歓迎なはずよ」イザベルは言った。「そういえば、あなたに話すことがあるみたいだったわ。たぶん結婚式のことだと思う。そのまま入って」

入ろうとしたら、ロッドの方が先にオフィスのドアを開けた。「あ、やっぱり。声が聞こえた」ロッドは言った。「ちょうど話がしたかったんだ」

やけに張りきっているので、少々警戒しながら訊く。「何について？」

「花婿介添人《ベストマン》としてのぼくの任務について。さあ、どうぞ」ロッドはわたしを部屋のなかに入れ、ドアを閉めた。「座って」そう言うと、自分のデスクには行かず、わたしが座った椅子の横にあるもうひとつのゲスト用の椅子に腰をおろした。「大丈夫だよ。バチェラー・パーティー（結婚前の男性のために男友達だけで行うパーティー）で思いきり羽目を外そうなんてことは考えてないから。あまりきわどいことを企画したらオーウェンに殺される。だから、ストリッパーとかそういうのはなし。いまのところ、野球観戦が有力候補なんだ」

「喜ぶと思うわ」

「ただし、サプライズにしようと思ってる。そこできみの協力が必要になるんだ。あいつを別の名目で連れ出してもらったところを、ぼくらがさらって野球の試合に連れていく」

「最初から試合に連れていけばいいじゃない」

「ストリッパーがだめなんだから、こっちもそのくらいは楽しませてもらいたいよ」

「これまでオーウェンの身に起こったことを考えると、拉致するという案は果たして適当かしら。それに、彼に嘘をつくのはやっぱり気が進まない」なんとか顔をしかめずに言う。

ロッドはため息をついた。「確かにそうだね。ストリップクラブに行くと言って野球場に連れていくという手もあるけど、おそらく最初の時点で拒否されるだろうな。ところで、きみはここにバチェラー・パーティーの話をしにきたわけじゃないよね」

「そうなの、ちょっと訊きたいことがあって。サムが魔法界には扇動家として知られる人たちがいるって言ってた。〝どうして世界に知らせちゃだめなんだ〟期にある魔法使いたち。知っている人はいる？」

ロッドはこめかみをかきながら顔をしかめる。「何人か知ってるけど、特にリストをつくってるわけじゃないからな。どうして？」

「一連の反魔法運動の出どころを探ってるんだけど、魔法ウォッチャーたちをたどってもなかなか見えてこないの。それで、角度を変えて、魔法界側の扇動家たちの最近の動向を調べてみようと思って」

「背後に魔法使いがいると考えてるの？」

「ええ、おそらく。反魔法グループのひとつは真実を知ろうとしている免疫者《イミューン》が始めたものだという気がするけど、もうひとつの過激なグループを見ていると、彼らは本当に魔法を脅威と感じているのか、それとも、魔法界のだれかが魔法を公にするために彼らを使って暴露させようとしているのか、わからなくなるの。彼らはなぜかいつも魔法行為の完璧な映像や画像を手に入れてる。彼らが広報担当の拉致を自作自演したとき、連れ去った男たちはまさに評議会《カウンシル》の法執行官のようだったわ。グループのなかに本物を知っている人がいるとしか思えないくらい」黒服は秘密組織の典型的なイメージだとオーウェンは言うけれど、それにしても彼らの格好は本物そっくりだった。それに、オーウェンは彼らのことを見ていない。

「わかった、ぼくの知ってる連中がいまどこで何をしているのか調べてみるよ。特に大きな騒ぎを起こしたやつについては、評議会《カウンシル》が監視を続けてる。まあ、普通はみんな、しばらくすると気がすむなり大人になるなりして、おとなしくなるんだけどね」

「サムもそう言ってた。魔法関係者の居留地《エンクレーブ》で育った人たちが進学で外に出て魔法を隠さなくちゃならなくなると、そういう考えをもつようになることがあるって」

「まあ、かなりショッキングな体験ではあるね。ぼくらも学校や公共の場ではあからさまに魔法を使うことはできなかったけど、自分たちの町では公然の秘密という感じだった。ちょっとした魔法はいつも使ってたよ。オーウェン以外はね。彼の養父母はそういうことにすごく厳しくて、あいつ真面目だから、彼らの目の届かないところでも絶対にやらなかったな。でも、ほとんどの子どもたちはそうじゃない。だから、大学に行くと、突然それまでのように魔法が使えなくなるという状況に直面する。魔法を自由に使えるのは所属する秘密結社のなかか寮の自室だけだ。それも、ルームメイトも魔法使いである場合に限られる。彼らの多くは、大学ではじめて普通の人たちに囲まれた生活を経験する。すると、自分たちは特別だ、すごいんだと勘違いして、それを隠すことに不満を覚えるやつが出てくるんだ。そういうのが現れると、メンターたちがすぐに動いて指導する。それに、たいていは、はじめて非魔法界の人に対して魔法を使おうとしたときに、相手の強烈な反応を目の当たりにして、なぜ魔法を隠す必要があるのかを理解するんだ。ぼくたちには魔力があるといっても、数では魔力をもたない人たちが圧倒的に勝っているからね」

「いま起きていることの背後にもそういう思考がありそうな感じね。具体的に人物を特定できなくても、プロファイリングの参考になるわ」

ロッドはにっこりする。「すごいな、本物の捜査官みたいだ」

「というより、刑事ドラマを見すぎの人って感じじゃない？　とにかく、背後にいる人の人物像がわかれば、より効果的に動けると思うの」わたしは肩をすくめて続ける。「もちろん、深読みしすぎで、すべてはただ、魔法は悪だと信じている人たちが魔法を排除するためにやってることだという可能性もあるけど。いずれにしても、止める必要があるわ」

「何かわかったら知らせるよ。ところで、土曜は何か予定ある？」

「特にないけど」

「よかった。実は、あとひとつ結婚式用のバンドの候補があるんだ。今度は夜遅くはならないよ。土曜の午後に近所のフェスティバルで演奏するんだ。春の休日に、音楽と屋台料理。きっと楽しいよ」

「魔法界のバンドじゃなきゃだめなんじゃなかった？」

「彼らは魔法界のバンドだよ。でも、非魔法界向けのライブもやるんだ」

「じゃあ、エルフの音楽ではないのね？」

「このバンドは違う。ああ、確かに、この前のは結婚式向きじゃなかったね」

「フェスティバルはちょっと楽しみね。オーウェンにはもう言った？　ラボから引きずり出す必要があるかも」

「それはぼくがやる。きみは友達みんなを連れておいでよ。魔法のことを知らないルームメイトもね。これは完全に普通のイベントのはずだから」

「はず、は禁句よ。それを言うと、たいていそうならないというジンクスがあるの」

「きみがいまそれを指摘したことでジンクスは解けたよ。だから問題なし」


土曜の午後はニタにシフトが入っていることを密かに期待していた。これは完全に普通のイベントでたまたま魔法使いで構成されたバンドが演奏するだけだとロッドは言ったけれど、魔法のことを知らない人を連れていくのはやはり心配だ。でも結局、ニタはその日、仕事がないとのことで、喜んで参加を表明した。となると、ほかのメンバーたちに、彼女が知っているのは故郷でやる普通の結婚式の方だけだというのを言っておかなければならない。こっちでやる魔法の結婚式のことは秘密にしているので、式のためにバンドを雇う話はできないと。

もはや、だれになんの話ができるのか表にしなければわからなくなりそうだ。

ただ、ニタがいると、いまやっている調査が話題になることはないので、オーウェンに何かを隠す必要もなくなる。

ああ、なんだか嫌になる。わたしは基本的に正直な人間だ。でも、仕事上、大切に思っているたくさんの人たちに嘘をつかなければならない。

土曜日は晴天の暖かい日になった。皆、考えることは同じらしく、わたしたちがフェスティバルに到着したときには、開催場所になっているバリケードで囲まれた通りはすでにものすごい人出だった。ブースとブースの間は動くのもままならないほど人でごった返していて、辺りにはビールと肉をローストするにおいが漂っている。

ロッドは人混みをかき分け、わたしたちをお目当てのバンドが演奏しているステージの方へ導く。「メンバーのひとりがぼくの古い友人なんだ」ロッドは言った。本当のことだと思うが、ニタへの説明のためでもあるだろう。

「え？　バンドと知り合いなの？」ニタが目を輝かせる。

「ああ、でも、喜びすぎないで。全然有名じゃないから。地元のクラブやイベントで演奏しているだけだよ」ロッドはわたしの方をちらりと見て続ける。「この先一カ月はライブの予定が入ってないらしい」つまり、わたしたちの結婚式の日は空いているということだ。もっと早くバンドを決めておくべきだったのはわかっているけれど、コレジウムへの潜入調査でそれどころではなかったたし、正直なところ、バンドがいるようなタイプの披露宴にはならないことを願ってもいた。

「この街でやってるってだけで、うちの田舎のバンドより数段イケてるはずよ」ニタが言った。

「自分の知り合いの友達がやってるバンドの演奏を見るなんて、たぶんはじめて。まあ、高校のときのマーチングバンドがあるけど、あれは別よ。わたし自身がメンバーだったんだから」

「実際に演奏を見るまでグルーピーになるのは待った方がいいよ」ロッドは笑った。なんだかあまり期待できそうにない響きだ。この時点でブッキングが可能なのには、それなりの理由があるのかもしれない。

知っている顔がいないか周囲に目を向ける。魔法使いのバンドなら、魔法界の人たちも見にくるだろう。仕事関係の人に会うかもしれないし、反魔法勢力のだれかが来ている可能性もある。彼らの背後に魔法使いがいるとすれば、なおさらのこと。

すぐにひとり知っている人を見つけ、慌ててオーウェンの後ろに隠れる。「嘘でしょ、こんなところで……」

「どうしたの?」ニタが訊く。

「昔の上司がいる」

「どの上司?」オーウェンが訊いた。

「怒るとモンスターになる人」比喩として言った。

「ミミ?」オーウェンが言う。

ニタは背伸びして周囲を見回す。「ほんと? あのミミがいるの? さんざん話を聞いたから、いつかこの目で見たかったの。しゃべるとき牙から毒がしたたるイメージなんだけど、実際はどうなのかしら」

わたしはニタの腕をつかんで引きおろす。「しーっ。彼女の注意を引くようなことはしないで。気づかれたくないの」最後に会ったときのことについてミミがどの程度覚えているかわからない。ドラゴンとの遭遇にわたしが関わっていると思っているなら、彼女を避けなくてはならない。

「ねえ、どれが彼女?」ニタはお構いなしにきょろきょろしているが、とりあえずつま先立ちはやめた。

「三時の方向の赤毛」わたしは言った。

ミミを見つけると、ニタは目を大きく見開いた。「な〜るほど、見るからに手がかかりそうね」

「想像を絶するわ」

「オーウェン? オーウェン・パーマー?」女性の声が聞こえた。聞いたことのない声だ。わたしは本人より先にすばやく振り向いた。嫉妬とか不安に駆られてということではなく、好奇心からだ。オーウェンは社交の場で女性と話すことが——というか、人全般と話すことが——得意ではない。だから、仕事関係ではない女性の知り合いにばったり会うというのは非常に珍しいことなのだ。そして、認めよう、やっぱりほんの少しだけ不安を感じているかもしれない。わたしの頭のなかには常に、自分が本当にこのものすごくハンサムで裕福でパワフルな魔法使いにふさわしいのか問いかける意地悪な声がある。いまは、自分も十分彼の支えになっていると言い聞かせることで、その声を黙らせることができるようになってきたけれど、わたしよりも彼の世界に似合う女性がいるのではないかという不安が完全に消えたわけではない。

　声の主はまさにその不安を助長するタイプの人だった。あと二十センチ背が高かったら、撮影のためにフェスティバルに来たファッションモデルかと思っただろう。小柄で華奢ながら、プロポーションはまさにモデルのそれだ。ヒールの高いブーツ――おそらくオーダーメイドだろう――を履いていてもわたしより小さいくらいなのに、ほっそりとしたしなやかな体つきと長い脚のおかげで背が高く見える。でも、オーウェンの頰にキスするときは、つま先立ちにならなければならなかった。オーウェンは男性の平均値より若干低い方なのに。

「どうしてた？」女性はそう言って、輝く金髪をさっと肩の後ろに払った。驚いたことに、髪は背中側にぴたりと収まり、わたしの髪がいつもそうなるようにふたたび肩の前に落ちることはなかった。「すごく久しぶりね。卒業以来じゃない？　ＭＳＩに就職したって聞いたけど」

　オーウェンはその場に立ったまま、彼女を見つめている。少し赤くなってはいるが、極度の困惑を示すようなものではない。どうも彼女がだれかを思い出そうとしているようだ。驚いた。こんな女性を忘れる男などこの世にいるだろうか。もしかすると、彼女はとても変わったのかもしれない。

「だれかわからないなんて言わないでよ」女性はさえずるように笑った。「あなたの方がわたしよりよっぽど変わったわ」

「マッティ・メイフェア？」彼女にピントを合わせようとするかのように目を細めて、オーウェンはようやく言った。

「あれ、だれ?」ジェンマがわたしにささやく。

「さあ」わたしはささやき返した。

マッティは完璧に並んだ真っ白な歯を見せてにっこりした。「ああ、やっぱり覚えててくれた。でも、わたし、いまはマティルダで通ってるの」マティルダはオーウェンの腕をつかむと、わたしたちの方を向く。「わたしたち、エール大学でクラスメートだったの。まあ、彼にとってわたしは、それほど記憶に残る存在ではなかったみたいだけど」

オーウェンは笑っていない。むしろ気まずそうにしている。再会の喜びはかなり一方的なもののようだ。「マッティ、あ、いや、マティルダ、こちらはぼくの婚約者《フィアンセ》、ケイティと、友人のジェンマ、マルシア、ニタ、そしてフィリップ。ロッドのことはたぶん覚えているよね」

フィアンセという言葉に彼女の目が少し見開かれた。とりわけ、それがわたしをさしていると気づいたとき。急に自分がひどく野暮ったい田舎者に思えてきた。幸い、ロッドがさっと前に出て彼女に片手を差し出したので、わたしは気の利いたセリフを考えずにすんだ。マティルダはしかたなさそうにオーウェンの腕を放し、ロッドと握手をする。「久しぶりだね。卒業後はどうしてたの?」ロッドは言った。

「もちろん、実家の会社に入ったわ」

「元気そうでよかった。じゃあ、人に会う約束があるのでぼくたちはこれで」オーウェンが言う。

マティルダはブランドもののハンドバッグから名刺を出すと、オーウェンに渡した。「ぜひわたしは引っ張られないよう小走りになって名刺を見ることもなくポケットに入れ、彼女に向かって軽くうなずくと、わたしの手をつかんで歩き出した。わたしは引っ張られないよう小走りになる。ほかの面々もつられて歩き出す。

「なかなか興味深いやりとりだったけど――」わたしは言った。「元カノではなさそうね」

オーウェンが身震いするのがわかった。「まさか。そうだったら、いまごろぼくは生きていないよ。彼女、男が別れるなんて言い出したら、即、首をはねかねない」

「お気に入りの人物ってわけじゃないようね」

「かなりスノッブだったからね」ロッドが追いついてきて言った。「彼女と比べたらロイヤルファミリーが庶民的に見えるくらいだよ。いや、実際、彼らより資産はあるかも」

「でも、エリザベス女王って世界でいちばんお金持ちの女性なんじゃないの？」ニタが言う。

「まあ、さすがに彼らより多いってことはないか」ロッドは認める。「でも、彼女の家が相当な資産家なのは確かで、それを隠すつもりもまったくないようだったね」

「彼女はいつも人に話しかける前にまずその人の経済状況をチェックしている感じだったな」オーウェンが続く。「彼女がぼくに向かってあんなにしゃべるなんて、大学時代を通して一度もなかったよ」

「おまえ、ずいぶん出世したからな」ロッドが言った。

「学生のときもああいう容姿だったの？」マルシアが訊いた。

「かなりいじった感じだね」ロッドが答える。

「いじったってどういうこと?」訊かずにはいられなかった。「痩せたとか、歯を矯正したとか、鼻を直したとか、そういうこと?」ロッドが使っているような美しく見せるめくらまし《イリュージョン》だったら、わたしには効かないはず。

「歯は間違いなく直したと思う」オーウェンが言った。「あとは、どうなのかな。とにかく、ずいぶん印象が変わったよ」

「連絡は取り合わないつもり?」

オーウェンは小さく鼻を鳴らす。「まあね。卒業してよかったと思えることのひとつが、彼女のような人たちから離れられたことだから」

どうもそれだけではない気がする。オーウェンがMSIで働いているのを知っているということは、彼女も魔法界の人間だ。どんな問題にせよ、そこには魔法が関わっているような気がする。でも、公共の場で魔法の話をするわけにはいかない。とりわけ、ニタがいっしょのいまは。

マティルダと別れた直後、またもやできれば会いたくなかった人が目に入った。「ああ、まったく、今日はほんとについてないわ」わたしはため息交じりに言った。

「今度はだれ?」ニタが訊く。

「別の元上司、グレゴールよ」

「彼ってたしか……」ロッドはそう言いかけて黙った。グレゴールは魔法界のマフィアとのつながりが発覚し、解雇された。でも、具体的に何か法律を犯したわけではないので、自由に歩き回れるのだろう。こちらは怒ると文字どおりモンスターに変身する元上司だ。「ああ、ほんとだ。気づかれないようにしよう」ロッドは続ける。「解雇したのはぼくだからね」

「それなりの理由があったからでしょう？」ニタが言う。

「そうだけど、機密保持規定によってそれを教えることはできないんだ」ロッドは言った。

人混みのなかを歩いているうち、だれかを避けているのはわたしたちだけではないことに気がついた。すれ違う人の半数くらいがわたしたちから顔を背ける。これだけ多いと、もはや偶然でもこちらの被害妄想でもない。彼らは確かにわたしたちを避けている。オーウェンを見ると、表情が硬い。彼も気づいているのだろう。わたしはつないだ手にぎゅっと力を入れた。どうやら魔法界は依然として、彼に対して疑念を抱いているようだ。

やがて音楽が聞こえてきた。ジャジーなポップスで、四〇年代のスイングバンドが八〇年代のポップスを再解釈したような感じだ。「あ、これね？」ニタが音に合わせて頭を揺らしながら訊く。「いいじゃない！」同感だ。

ようやくステージが見えた。かなりの数の観客がいる。数組のカップルがステージのすぐ前でスイングを踊っている。ほかの人たちも、足先でリズムを取ったり、ビートに合わせて体を揺らしたりしている。こういうバンドが披露宴の会場にいたら、ダンスフロアが空になる心配はなさそうだ。

フィリップだけはあまり感心していないようだ。難しい顔をして、リズムも取っていない。彼の音楽の好みはまだ現代に追いついていないのかもしれない。彼にとってはまだラグタイムあたりがかっこいいのだろう。

でも、フィリップ以外は皆、楽しんでいるようで、披露宴のバンドとしてはよいチョイスのような気がする。わたしも踊りたくなってきたけれど、オーウェンを人前で踊らせるのは酷なので、皆が踊っている姿を眺めて楽しむことにした。

そのとき、テレビ局のクルーが目に入った。フェスティバルにテレビカメラが入るのはよくあることだ。きっと、夕方のニュースの〝今日の出来事〟のようなコーナーで、春の一日を楽しむニューヨーカーの姿を紹介するのだろう。ところが、よく見るとリポーターはカルメンで、いつものカメラマンがいっしょだった。何か魔法行為の情報を得て来たのだろうか。それとも、これは通常業務？

ほかのメンバーたちには何も言わず――ニタがいるので言うことはできない――音楽を楽しむ人たちを眺めるのをやめて、不審な動きに目を光らせる。魔法による不正行為だけでなく、カルメンが免疫者《イミューン》だった場合に目にする可能性のあるものはすべて対象になる。

周囲の木々にガーゴイルの姿はない。観客のなかに明らかに人間ではない者もいなそうだ。帽子で耳を隠したエルフらしき者はふたりほどいるが、妖精の羽は見当たらない。いまのところ免疫者《イミューン》を驚かすようなものは目につかない。

小さく安堵のため息をつく。でも、警戒は解かず、目でカルメンの動きを追う。彼女はいまのところ特に何もしていない。ときおり指をさしてカメラマンに撮るべきものを指示しているが、どれもフェスティバルで普通に目にするような光景ばかりだ。魔法が存在する証拠を探しているのだとしたら、ここでは成果をあげることはできないだろう。

さらに数組のカップルがステージの前に出てダンスに加わった。プロ級のうまさなので、おそらくショーの一部なのだろう。デュラン・デュランの曲に合わせてジルバを踊るのが可能なことを披露しているようだ。観客のなかから次々にカップルが出てきてダンスに加わっていく。それも音楽に合わせてただ自由に動いているのではなく、きちんと振りつけられたダンスだ。

「これ、フラッシュモブじゃない⁉」ニタが言った。「すごいわ！」ニタは体を揺らし、足先でリズムを取る。

オーウェンとロッドとわたしは顔を見合わせた。前にもこういう光景を見たことがある。かつての敵、フェラン・イドリスがマンハッタンのあちこちで騒ぎを起こしていたときだ。イドリスはよく人々を突然踊り出させたりして面白がっていた。ビリッという魔力の刺激を感じて、オーウェンとロッドがわたしたちのまわりに保護幕《シールド》を張ったのがわかった。観客の間に広がっているらしい魔術から身を守るためだろう。フィリップも事態に気づいたようで、シールドに彼の魔力が加わるのを感じた。

まもなく、わたしたちを除くほぼ全員が踊っていた。カルメンの方を見てみる。カメラマンはさすがのプロ根性で踊る観客たちの撮影を続けているが、モニターを見ながら、足はカメラの三脚のそばでダンサーたちと同じステップを踏んでいる。カルメンはまったく動いていない。残念ながら、遠くて表情までは見えない。魔術の影響を受けていないのは免疫者《イミューン》であることの証だと思うけれど、問題は、彼女がこの状況を魔法によるものと見なすか、それともニタのようにフラッシュモブかなんらかの宣伝行為と解釈するかだ。

「驚いた。みんながいっせいに同じダンスを踊るのはミュージカル映画のなかだけだと思ってたけど――」ニタが言った。「現実の世界でもあるのね」

幸い、ニタは目の前の光景に夢中で、バンドのメンバーたちもわたしと同じくらい困惑しているらしいことに気づいていない。彼らは戸惑いながらも演奏を続けている。踊っていないので、自分たちのまわりにシールドを張ったか、魔術をかけた人物が彼らだけ対象から外したかのいずれかだろう。そもそもバンドが演奏をやめてダンスに加わっては魔術の意味がなくなる。曲がスローなナンバーに変わった。でも、ダンスの方はほとんど変わらない。

いったいだれがなんのためにこんなことをしているのだろう。カルメンに魔法が存在することを見せるためなら、これは決してよい方法とはいえない。ほかにいくらでも理由をつけることができる。人々がいっせいに踊り出したからといって、真っ先に魔法を疑う人はまずいないだろう。イドリスがこのてのことをやったのは、自分の力を誇示するためだった。魔力をもたない人々に魔法で意に反したことをさせるのは、魔法界の大きなタブーのひとつだ。

「出どころはわかる？」わたしはオーウェンにささやいた。オーウェンは首を横に振る。「あなたはここを離れた方がいいわ。変な疑いをかけられたくないもの。このあともっとよくないことが起こらないとも限らないし」

オーウェンは一瞬、反論するかに見えたが、理性が勝ったらしく、小さく肩を落として降参の意を示した。オーウェンはポケットから携帯電話を取り出し、待ち受け画面をちらりと見て言う。「ジェイムズからだ。静かなところに移動して出るよ」ロッドとフィリップがうなずき、オーウェンは立ち去った。オーウェンがいなくなってもダンスが続いているのでほっとした。これで彼が無関係であることは明らかだ。

それにしてもいったいだれが——。周囲を見回し、踊っていない人を探す。もっとも、もしわたしがこの魔術をかけるなら、疑われないようといっしょに踊るだろう。ここからいくら目を凝らしても、まわりはカオス状態で、だれが何をしているのか見分けるのは難しい。人々のなかを歩き回れば、魔力の出どころを感知できるかもしれない。

「飲み物を買ってくるわ」わたしは言った。「何か欲しい人はいる?」事情を知っている面々はわたしの意図を察したらしく、皆、首を横に振った。ニタは踊る人たちに夢中で返事すらしない。わたしは仲間たちから離れ、シールドの外へ出た。

まずはグレゴールを探してみよう。MSIと魔法界の権力に対して恨みを抱いていて、腹いせにすべてをぶちまけようとしている可能性はある。そのとき、背後でニタの声がした。「ケイティ、待って! わたしも何か買う!」

まだシールドの内側にいるようなので、わたしは声を張りあげた。「わたしが買ってくるわ! 何が欲しい?」

ところが、彼女はそのままわたしの方へやってくる。「いいの、わたしもいっしょに行く!」

慌ててニタの方へ戻ったが、間に合わなかった。シールドから出たらしく、ニタは歩きながら頭を振りはじめた。続いて体が揺れはじめ、次の瞬間には腕と足を動かして全身でジャイブを踊っていた。ニタが踊っているところは――というか、踊ろうと試みているところは、前にも学校のダンスパーティーやパジャマパーティーで見たことがあるけれど、これほど音を外さずなめらかに踊る彼女を見るのははじめてだ。ニタは自分が何をしているのかわかっていないようだ。ほかの人たち同様、われを忘れて踊っている。

どうしよう。犯人を突き止めなければならないし、いまのところニタの身に危険はなさそうだ。でも、友達をこんな状態のまま放置するのは気がとがめる。ほかの友人たちも魔術の影響を受けずに彼女に近づくことはできない。「ああ、もう！」そうつぶやきながらニタに駆け寄り、腕をつかんで引っ張る。ニタは踊り続けてはいるものの、特に抵抗はしない。というか、気づいてさえいないようだ。

シールドのなかに入ると、ニタは踊るのをやめ、少しの間、ただリズムに合わせて頭を振りながら歩いていたが、やがてぴたりと立ち止まると、顔をしかめてこちらを向いた。「ケイティ、いったい何がどうなってるの？」

11

なんと答えればいいかわからない。彼女に言えることで、かつ信じてもらえそうな言いわけはなんだろう。長すぎる沈黙のあと、わたしはようやく言った。「ダンスに没頭してたんじゃない？　この音楽、つい踊っちゃうわよね」わたしはビートに合わせて体を動かしてみせたが、あくまで即興なので、ほかのダンサーたちの動きとは違う。

「ケイティは踊ってなかったじゃない。わたしが質問するまで」ニタは眉を片方くいとあげる。「それに、わたしは本来ダンスなんて踊れない。少なくともあんなふうには。足でリズムを取るぐらいはするけど、あんなダンス、できるはずがない。ほかの人たちはフラッシュモブの参加者かもしれないけど、わたしは通知を受けてないわ。それなのに、ちゃんと振りつけを知ってた。それに、どうしてわたしたちのグループだけダンスに感染しないの？」

わたしは助け船を求めてロッドの方を見た。彼ならこの手の状況にどう対処すべきか知っているだろう。わたしの理解では、自ら真実を突き止めた人には話していいはずだけれど、何をもって真実を突き止めたとするかがわからない。ニタはまだ〝魔法〟という言葉は口にしていない。ただ何か奇妙なことが起こっていることに気づいただけだ。いずれにしても、理由をでっちあげてごまかすのには反対だ。彼女ならたとえ真実を知っても、魔法界にとって脅威になることはないはず。

　ロッドが何か言おうした瞬間、魔術が解かれたらしく、突然、ダンスが止まった。最初から踊っていた数組のカップルはまだ踊っているけれど、演奏中の曲に合うよう動きを変えている。ほかの人たちは皆それぞれ飲み物や軽食を売るブースの方へ散っていく——紅潮した顔から汗をしたたらせて。突然の激しい運動で心臓発作を起こす人が出なくて幸いだった。奇妙なことに、人々は自分たちが何をしていたのかわかっていないようだ。少なくとも、この状況に困惑している人は見当たらない。まるでずっとトランス状態にでもあったかのような感じだ。ニタを保護幕《シールド》のなかに引き戻したのは間違いだっただろうか。あのままにしておけば、彼女はほかの人たちと同じように魔術が解かれたとき何も覚えていなかったかもしれない。

　でも、わたしはずっとニタに魔法のことを打ち明けられたらいいのにと思ってきた。むしろこれはいい機会かもしれない。当局が彼女に話す口実をつくるためにわたしがわざとやったと思わないことを祈る。

　ニタはさっきまでダンスに没頭していた人たちが何ごともなかったように散っていくのを目で追う。「何これ、どうしてみんな平然としてるの?」ニタは言った。「いったいどういうことなの?」

「話せば長くなるし、ここでは話せない」ロッドが言った。「でも、あとで必ず説明する」

　一瞬、食いさがっていますぐ説明するよう求めるかに見えたが、ニタはしぶしぶうなずいた。

「わかった。じゃあ、あとで。でも、今日じゅうよ」

「ああ、今日じゅうに。約束する」

「絶対だからね」

こちらの危機はとりあえず先送りされたので、わたしは別の大きな問題に注意を戻した。カルメンはダンスの魔術を目撃させる相手として想定されていたのだろうか。もし彼女が免疫者《イミューン》なら、ニタが抱いたような疑問をもつことはないだろう。ニタは自分が魔術にかかったから異常に気づいたのだ。彼女は自分が踊れないことを知っている。にもかかわらず踊ったから当惑した。カルメンの目には、もし彼女が免疫者《イミューン》なら――魔術の影響を受けなかったのだからそう思って間違いないはず――ただのフラッシュモブに見えただろう。魔法が存在することを彼女に確信させるにはもっと明白な証拠が必要だし、彼女が世間を納得させるためにはさらに確実で具体的な証拠がなければならない。魔法が存在することを確実に証明するものとはなんだろう。

わたしの場合は、マーリン本人による説明だった。それはＭＳＩの本社で――城と見まがうようなその社屋に気づく人はいない――魔法の実演を交えて行われた。説明を受ける前、わたしは街なかでさまざまな怪奇現象を目撃していた。たとえば、教会からガーゴイルが飛び立ったり、また舞い戻ってきたりするところとか。一般の人たちが、特殊効果だとか目の錯覚だとか思わずに魔法だと確信するには、どんなものを見せる必要があるだろう。自由の女神を一瞬で消してしまうテレビ番組がある今日、人はちょっとやそっとでは魔法という結論に至りはしない。

そう考えると、疑いの種をまいておくことは効果的かもしれない。「知り合いを見つけたから、ちょっとあいさつしてくる」わたしは友人たちに言った。「すぐに戻るわ」

人混みを縫ってカルメンの方へ行く。たどりつく前に、向こうもわたしに気づいた。「さっきのって魔法と関係あるかしら」カルメンはステージを指さしてそう言いながら、わたしの方にやってくる。

「フラッシュモブだと思ってた」わたしは肩をすくめる。

「わたしもそう思ったんだけど。バンドの宣伝か何かだろうって。だとしたら、なかなかいいアイデアよね。ただ、またプレスリリースが届いてるの。今日ここで魔法が使われるって。さっきのがそうかと思ったんだけど」

「それ、いたずらメールっていう可能性はないの？」

カルメンは顔をゆがめる。「そうよね。でも、わたし自身、いろいろ妙なものを見ているし。それに、これがいたずらだとしたら、ずいぶん手の込んだいたずらだわ。魔法についてのプレスリリースを送りつけて、わたしに目撃させるためだけに毎回大がかりな仕掛けを準備するんだから」カルメンはふと目を細めてわたしを見据える。「そして、その場にはいつもあなたがいるような気がする」

「ちょっと、変なこと言うのはやめて。わたしは結婚式で演奏してもらうバンドの候補として彼らを観にきたんだから」

カルメンはわたしの二の腕をつかんだ。「ちょっとふたりで話せない？」かなりしっかりつかんでいるので、振りほどこうとすればちょっとしたもみ合いになるだろう。

人混み越しに友人たちの方を見る。彼らはこっちを見ていない。カルメンに気づかれずに彼らの注意を引くのは難しそうだ。「友達が待ってるから行かないと」わたしは言った。

「すぐすむわ」カルメンはカメラマンに聞こえないところまで行くと立ち止まった。「どういうこと？　わたしにプレスリリースを送ってくるのはあなたなの？　どうしてこのてのことが起こるところにはいつもあなたがいるの？」

「運が悪いってことかしら」わたしは肩をすくめた。「わたしがどうしてあの集会に行ったと思う？　わたしのまわりではなぜかよく奇妙なことが起こるのよ。わたしをつけてみるといいわ。きっといろんなものが見られるから」しまった、彼女はいまのを挑戦状、もしくは招待状と解釈しただろうか。免疫者《イミューン》のリポーターにつけ回されることだけは避けたい。それこそまさに魔法の存在を世に知らしめる最高の方法だ。「だけど、真面目な話、この街では奇妙なことなんてしょっちゅう起きてるわ。でも、ほとんどの人は気にもとめない。わたしが気づくのは、この街の出身じゃないからよ。そして、この街の人たちみたいによけいなことにいちいち目を向けない習慣がいっこうに身につかないから。あなたは職業柄、普通じゃないことにすばやく気づくよう訓練されているし、そもそもこの仕事を選んだのは、元来好奇心が旺盛だからなのよ、きっと。つまり、わたしたちが奇妙なことが起こる現場に居合わせるというよりは、人よりも奇妙なことに気づきやすいってことじゃないかしら」

「でも、以前は人から魔法の存在を示唆されるなんてことはなかったわ」

「それについてはどういうことかわからないけど……とにかく、わたしはみんなから、いつまでも観光客みたいに驚いていないで、自分のことに集中しなさいって言われるわ」

苦笑するカルメンを見て、ふと、完全な嘘はつかないという自分への約束を破ってしまったことに気がついた。わたしは魔法が存在することを知っているし、魔力をもつ人々に囲まれて暮らしている。そのとき、黒い服を着た人たちが人混みを縫っていくのが見えた。ニューヨークでは特に珍しい光景ではない。ほぼすべての人が黒を着ると言ってもいいような街だ。ただ、あの黒服にはほかとは違う一種独特の黒さがある。おそらく公共の場での魔法行為を調査するために評議会《カウンシル》が送り込んだ人たちだろう。オーウェンを別の場所へ行かせておいてよかった。

「ねえ、ほんとにもう戻らないと。わたしたち、ちょうど帰ろうとしてたところなのよ」

「この件については本当に何も知らないのね？」

「知ってるって言えたらいいんだけど」これは百パーセント本当のことだ。

カルメンはわたしの腕を放した。「そう。でも、何かわかったら知らせてくれるわよね？」

「もちろんよ」そう言うと、また何か訊かれる前に急いで歩き出し、ロッドたちのところへ戻った。

ニタは相変わらず眉をひそめ、あらゆるものを疑わしげに見ていた。わたしが目配せすると、ロッドは言った。「このセットはこれで終了のようだね。メンバーたちに会いにいこうか」

ニタのしかめ面が笑顔に変わる。「行く行く！　でも、あとで説明は聞くからね」

ニタが皆の先頭に立って歩き出すと、ロッドが小声でわたしに訊いた。「リポーターはなんて言ってた?」

「彼女、ダンスの魔術にかかっていなかったから、免疫者《イミューン》であることはほぼ間違いないわね。それから、わたしのことを疑いはじめてる」

演奏が終わり、メンバーたちがサウンドシステムから楽器のコードを抜こうとしていたとき、黒服の男たち《メン・イン・ブラック》がいっせいにステージにあがった。彼らがスタッフでないことは確かだ。

「評議会《カウンシル》の連中だ」ロッドが言う。

「だったら、ニタを近づけない方がいいわ。謎のメン・イン・ブラックまで出てきたんじゃ、あとですることになってる説明がますますややこしいものになりそう」

「わかった。ぼくに任せて」ロッドはそう言うと、前を行くニタに駆け寄る。「紹介はもう少しあとにした方がよさそうだな。彼らいま、プロモーターたちと話すみたいだから」

「あら、それは邪魔しちゃまずいわね」

わたしはジェンマとマルシアに視線で合図を送る。これからおそらく評議会《カウンシル》の人たちと話すことになるが、ニタの前でそれはしたくない。彼女はいま、中途半端に知りすぎている。「あっちにスノーコーン(紙コップに入れたかき氷)のスタンドがあるわ」ジェンマが言った。「だれかいっしょに行かない?」

「いいわね、行きましょ」マルシアが続く。「ニタもどう?」

「そうね」ニタは言った。「バンドの手が空くまで、食べながら待ってよっか。ケイティは?」

「わたしはいいわ。みんなは行って」

彼女たちがいなくなると、ロッドとわたしは急いで黒服の男たち《メン・イン・ブラック》がバンドのメンバーを尋問しているところへ行った。法執行官たちのなかにマックの姿が見えて、少し緊張が和らいだ。少なくとも、彼がわたしたちに気づいてこちらにやってくるまでは。「やはりきみたちがいたか」マックは皮肉っぽく言った。「オーウェンは？」

オーウェンは来ていないと言いたかったが、簡単にばれる嘘はやめた方がいい。「少し前に帰ったわ。ダンスパーティーがまだ進行中のときに。もし疑っているなら、彼はまったく無関係よ」

「関係しているとは思っていない。これは彼のスタイルじゃないからな。でも、世間がどう思うかはまた別だ」

「コレジウムの元関係者を少なくともひとり見かけました」ロッドが言った。「組織を潰されたことへの報復かもしれない」

「それもひとつの可能性ではある」マックは認めた。

「それから、だれかがあのテレビリポーターに魔法の存在を暴露しようとしているみたい」わたしは言った。「やっかいなことに、彼女はどうやら免疫者《イミューン》よ。だれかが彼女に魔法の存在が明らかになるというプレスリリースを送っていて、予告された日時にこういうことが起こるの。いっそのこと彼女に真実を教えたらどうかしら。正しい知識をもたせて、こちらの見地を伝えれば、ある程度行動をコントロールできるんじゃ――」

「論外だ」マックは言った。

「でも、免疫者《イミューン》にはいつも真実を伝えるじゃない！」

「そうする理由があるときだけだ」

「でも、このままだと、彼女は別の方法で突き止めることになって、それは魔法界にとってよくない結果をもたらしかねないわ」

「それはわれわれが考えることで、きみたちは心配しなくていい」マックは言った。「一応、警告しておくと、おれが今日オーウェンに話を聞くことはないが、おそらく月曜にジェイベズ・ジョーンズがオフィスに行くことになるだろう。彼はオーウェンを非難する口実を探している」

「どうして？」わたしは訊いた。「彼はもう何度も潔白を証明してきたわ。わが身の危険を顧みずに何度も魔法界を救ってきた。魔法界を乗っ取ろうと思えば乗っ取れたのに、決して自分の能力を悪用することはなかった。なのに、あなたたちは彼があのふたりの子どもだというだけで疑いの目を向け続ける。彼は両親に会ったことさえないのに」

「彼らが魔法界をどれほど騒がせたかきみは知らない」

「彼は言ってみれば、ルーク・スカイウォーカーだわ。ダース・ベイダーのことでルークを責める人はいないでしょう？」

「それはなかなか興味深いたとえだな。覚えておこう。ところで、リポーターはプレスリリースの送り主について何か言ってたか？」

「いいえ。彼女も知らないみたいだった。でも、それも妙な話よね。匿名のプレスリリースなんてあまり聞いたことがないわ。プレスリリースを出すのは、通常、自分たちのことを知ってほしいからでしょう？　それから、もうひとつわからないのは、彼女が単にこうした企てに招待されているだけなのか、それとも企て自体が彼女個人を対象にしたものなのかということ」マックにどこまで話すべきだろう。もっとも、わたしも各反魔法グループについて大して知っているわけではない。

「ほかに不審な人物はいたかい？」マックは訊いた。

「群衆の半分は魔法界の人たちですね」ロッドが肩をすくめて言った。「さっきも言ったように、コレジウムの元関係者もいました。とにかく、多くの人がオーウェンを避けようとしていましたよ」

「わたしの昔の上司がいたわ。去年の夏、あのブローチを手にした人。魔力はもっていないけど、あの経験をきっかけに真実を突き止めて、それを暴露するために反魔法グループのどれかと共謀しているという可能性もなくはないわ」

「わかった。こっちで監視する」マックはうなずく。「どれが彼女だい？」

わたしは群衆のなかを見回し、ミミを見つけて指さした。彼女が踊るところを見逃したのが悔やまれる。「気をつけて。彼女、魔力はなくてもかなり手強いから」

ミミのせいにしたいのは山々だが、正直、彼女が関わっているとは思えない。たとえそうだとしても、共犯がいるはずだ。それにしても、いったい黒幕はだれなのだろう。

今日はもうここにいても、わかることはあまりなさそうだ。犯人はおそらく評議会《カウンシル》の黒服が現れた時点でいなくなっているだろう。この先はニタのことに集中した方がいい。「ニタには真実を告げる必要があるわ」わたしはロッドにささやく。「彼女が体験したことはいまさらどう取りつくろっても説得力に欠ける。彼女に魔法の存在を隠そうとすること自体、わたしに言わせれば無理があるもの」

「そうだね。真実を明かすための条件はクリアできてると思う」ロッドは言った。

「どういうふうに話す？　ここはあなたたちに任せるのがいいわよね。わたしはどう説明すればいいかわからないし、魔法を使ってみせることもできないから」

「秘密を開示するときのノウハウはあるよ。これからオーウェンの家に集まろう。あいつには連絡を入れておく。きみは女性陣を呼んできて」

わたしはスノーコーンのスタンドから戻ってくるマルシアとジェンマとニタに向かって言った。「そろそろ行きましょう」

「バンドには会えそうにないのね？」ニタが言った。

「今日は難しそうね。でも、そのうちまた機会はあるわ」たとえばわたしの結婚式とか。ニタはもう来ることができる。

「さっきの件、忘れてないからね」ニタは釘を刺す。「ちゃんと説明してもらうわよ」

「わかってるわ」

「今日じゅうよ？」スノーコーンのシロップでブルーベリー色に染まった唇のせいで、ちょっと人相が悪くなっている。

「ええ、今日じゅうよ」

ロッドが寄ってきて、わたしに小さくうなずいた。話はついたらしい。「いまオーウェンから連絡があって――」ロッドは皆に向かって言う。「ジェイムズに頼まれたことがあって家に戻ったそうなんだけど、みんなを招待したいって言ってる。ピザでも取って映画を見ようって話になったんだけど、どうかな」

ニタが疑わしげに目を細めたので、わたしは急いで言った。「そしてもちろん、例の話もするわ。大丈夫、この件について説明するなら、たぶんオーウェンがいちばん適任よ」

「彼も関わってるの？」

「今日起こったことには関わっていないけど、ある意味、この分野のエキスパートだから」

「へえ、なんか意外。オーウェンがダンスが得意だとは知らなかったわ」

オーウェンの家は見違えるほど片づいていた。ハウスクリーニングの魔術を使ったに違いない。いつもダイニングテーブルやソファーの上に積み重なっている本や書類の山がきれいになくなっている。いま、二階のゲストルームのドアを開けるのは危険かもしれない。「やあ、先に帰ってきてしまって申しわけない」玄関のドアを開けたオーウェンは、わたしたちを招き入れながら言った。

「ジェイムズは大丈夫？」わたしは訊いた。

「ああ、ちょっとぼくに調べてほしいものがあっただけだよ。それじゃあ、さっそくピザを取ろうか。それとも、もう少しあとがいい？」

「説明が先よ。ピザはそれから」ニタがきっぱりと言った。

「とりあえずピザを注文して、来るのを待ちながら話すというのはどう？」マルシアが提案する。

「それはいいアイデアだ」ロッドはマルシアの頰にキスをした。

ピザの注文を完了すると――魔法が存在することの説明より複雑な作業だったかもしれない――オーウェンがみんなに飲み物やスナックは欲しいか訊いた。「いいえ、わたしが欲しいのはさっきのことの説明」皆が答える前にニタが言った。かえってそれでよかったかもしれない。さもなければ、皆、何かしら口実を見つけていつまでも時間稼ぎをしていただろう。寝る時間を引き延ばすために、水が飲みたいと言ったり、絵本を読んでと言ったり、モンスターがいないか見てきてと言ったりする小さな子どものように。

オーウェンはロッドをちらりと見ると、両手をすり合わせ、髪をかきあげてから、ついに言った。「実は、きみが今日体験したのは魔法なんだ」

ニタはぎょっとする。「やだ、そんな説明は想定してなかったわ。冗談でしょう？」

オーウェンはロッドとわたしを順番に見る。ロッドとわたしはともにうなずいた。オーウェンはひとつ深呼吸してから続ける。「じゃあ、きみはなんだと思ったの？」

ニタは肩をすくめる。「わかんないけど、マインドコントロールか何か？」

「そうだね。ただし、魔法によるマインドコントロールなんだ。だれかが魔術をかけて人々にあのダンスを踊らせた」

「一種のトランス状態でね。だからわれに返ったとき、疲れは感じても何も覚えていなかったんだ」ロッドがつけ足す。

「じゃあ、どうしてあなたたちはかからなかったの？　それに、わたしは踊ったことを覚えてるわ」ニタは訊いた。

「それは……」オーウェンは意を決したように言った。「ロッドとフィリップとぼくは魔法使いなんだ。ぼくたちはこのてのことに経験がある。だから魔術だと気づいたとき、みんなのまわりに保護幕《シールド》を張ったんだ」

「わたしは魔法にかからないの」わたしはすぐさまあとに続く。「だからシールドから出ても平気だった。でも、あなたはそうじゃないから、わたしを追ってシールドから出たことで魔術にかかってしまったの。わたしがシールドのなかへ連れ戻したので、魔術は解けた。あなたが踊ったことを覚えているのは、魔術の最後の部分、おそらくそこに記憶を消す魔術が仕込まれていたんだと思うけど、そこを経ずに魔術から解放されたためだと思う」

ニタはわたしたちを見回す。「冗談よね？　これ、ドッキリか何か？　魔法使いって、あなたたち、ハリー・ポッターってこと？」

「ちょっと違うかな」オーウェンが言った。「魔法を学ぶための特別な学校があるわけではないんだ。ぼくたちは普通の学校に行く。魔法は課外活動だよ」

「この国では、ということだけどね」ロッドが訂正する。「イギリスにはたしか、魔法専門のエリート寄宿学校があったはずだ」

「それから、魔法を使うのに杖《ワンド》は必要ない」オーウェンはそう言うと、片手をあげて指を動かす。ワインボトルが手のなかに現れた。

ニタは小さく声をあげて体を引き、ソファーの背に倒れ込む。「何、いまの！　え？　どういうこと？」

オーウェンはもう一方の手でボトルに触れる。するとワインボトルは炭酸飲料の瓶に変わった。

「あ、だめ、ワインに戻して。あとで必要になりそうだから」ニタはそう言うと、ジェンマとマルシアの方を向いた。「あなたたちは何？　魔女？　女魔法使い？」

「〝魔法使い〟は性別を問わず使える言葉だよ」ロッドが言った。

「わたしたちは完全に普通の人間よ。あなたと同じ」ジェンマが言った。

「でも、魔法のことを知ってるのよね」

「なんていうか、知らざるを得ない状況になって」マルシアが言った。「わたしが悪い魔法使いに誘拐されたの。おかげで、かなり乱暴な形で知るはめになったわ」

「通常は外部の人に魔法の存在を明かすことは許されていないんだ」オーウェンが言う。「例外は、その人が自力で知った場合と、知らずにいる方が知るより危険だと判断される場合」

ニタはすばやくわたしの方を見る。「じゃあ、ケイティは？」

「さっきも言ったように、わたしには魔法が効かないの。わたしのように魔法に免疫をもつ人は免疫者《イミューン》と呼ばれていて、魔力をもつ人たちにとっては貴重な存在なの。それで、魔法の会社で働くようになったんだけど、そのためにマルシアとジェンマまで引っ張り込むことになってしまった。マルシアが魔法界の悪いやつに誘拐されて、ジェンマも巻き込まれて、それでふたりも魔法について知ることになったの」

「じゃあ、ずっとそういうことだったのに、わたしには何も言ってくれなかったわけ?」

「言えなかったのよ。許可は求めたわ。あなたが何か見たり聞いたりすることは予想できたし、どうせならうまく知れるよう誘導してあげた方がいいと思ったんだけど、絶対に言ってはいけないと言われたの」

「違反にはかなり厳しい罰則があるんだ」ロッドが言った。「ケイティは仕事を失うことになったかもしれない。でも、今回は、きみ自身が魔法を目撃した証拠があるから、ぼくたちが責任を問われることはない。落ち度は公共の場で隠さずに魔法を使った者にある」

「去年、コブに戻ってたときのことは?」ニタは訊いた。「あれもそういうことだったの?窓が消えたり、うちのモーテルに変な男たちが泊まったり」

わたしはうなずいた。「悪い魔法使いが町に来てたの」

「そんなこと何も言わなかったじゃない!」

「あのとき、あなたは魔法に気づいてなかったわ」

「妙なことが起こってることには気づいてたわよ」

「あのときは、とにかく普通でいようと必死だったの。誘拐事件のすぐあとだったから。少なくとも部分的にはわたしの仕事のせいで、友人がトラブルに巻き込まれてしまった。同じことを繰り返さないためにも、あなたを巻き込みたくなかったの。でも、ここにははるかに多くの魔法が存在する。避け続けるのは難しいわ」

ニタは立ちあがり、手のひらをジーンズで拭いた。「何をどう考えればいいかわからない。でも、とにかく頭を冷やして考えないと」

「もうすぐピザが来るわ」ドアに向かって歩き出したニタにジェンマが呼びかける。「食べていかないの？」

「仲間うちの集いを邪魔する気はないわ」ニタはそう言い捨てて出ていった。

わたしは急いであとを追う。「のけ者にしようとしたわけじゃないの」正面玄関の前の歩道でニタに追いつき、わたしは言った。「これは途方もなく大きな秘密なのよ。ジェンマやマルシアに話したのはわたしじゃない。危険にさらされなければ、彼女たちが知ることもなかったわ」

「いっしょに学校に行ってたころは知らなかったのね？」

口をきくのを拒否しないのはよい兆候と考えていいだろう。「そうよ。ニューヨークに来て一年くらいしてから知ったの」

「だれがあなたに教えたの？」

わたしはオーウェンのタウンハウスの方に頭を傾ける。「オーウェンとロッドよ。さっきも言ったように、わたしがもつ魔法に対する免疫は彼らにとって貴重なの。魔法を使うときは通常、魔法で一般の人には見えないようにするんだけど、わたしが本来見えないはずのものに反応していることに気づいて、あえてわたしの前で魔法を使ってテストをしたの。その後、わたしは仕事の面接に呼ばれて、そこですべてを明かされたわ。厳密には彼らのボスが教えてくれたんだけど、きっかけをつくったのはオーウェンたちよ」ボスがマーリンだということはまだ言わないことにした。一度に処理できる情報量には限度がある。

ニタの腕に手を置く。振り払われなかったのでほっとした。「本当に信じがたいことだと思うけど、でも、あなたに知ってもらえてよかった。もういろいろ隠さなくてすむわ。それに、これからはいっしょに楽しいこともたくさんできる。彼らのパーティーはすごいのよ」魔法の結婚式のことを言うのは、彼女がもう少し落ち着くまで待った方がいいだろう。内緒にされていたことを知るのはショックに違いない。わたしが彼女ならきっと傷つく。

「パーティーがあるの？」

「そうよ。魔法の音楽もよ」

「少し前に妙な仕事に就いたのも、これに関係があるの？」

「そう、あれはおとり捜査だったの」

「おとり捜査⁉　まじで⁉」

「そうよ。実はわたし、警備部門で働いてるの。で、目下の懸案事項のひとつが、魔法を世の中に暴露しようとしているやつがいることなの」

「それって、まずいことなのよね？」

「そうね。魔法を秘密にするには、魔法界の人々の自制が不可欠だわ。秘密じゃなくなれば、魔法の悪用を抑止する力も弱くなる。それに、魔法の存在を知った一般の人たちがよい反応を示さないことは十分に考えられる。それに対して、もし魔法使いが反撃すれば、状況はいっきに悪化するわ。そして、気づいたときには悪い魔法使いが世界を支配しているってことにもなりかねない。だからこそ秘密厳守のルールがあるの。だれがやったにせよ、今日のフェスティバルでの行為は、さまざまな理由から厳罰の対象になるわ」

「つまり、わたしみたいな人に秘密を明かすことは、間接的にヴォルデモートに世界征服のチャンスを与える可能性があるってこと？」

「そうね。そのての輩を何人か相手にしてきたわ」

「オーウェンは何をしてるの？」

「魔術の仕組みや機能について研究してるわ。彼はその分野のエキスパートよ」

ニタはもう一度オーウェンの家を見あげる。「これみんな、ほんとにほんとのことなの？」

「本当のことよ。誓うわ」ピザの配達員がオーウェンのタウンハウスの階段をのぼっていくのが見えた。「ピザが来たみたい。戻っていっしょに食べない？」

ニタはため息をつく。「そうね。のけ者にされたことについてはまだ釈然としないけど、お腹空いちゃった」

オーウェンの家に向かって歩きはじめると、ニタは言った。「魔法を暴露しようとしてる人について、見当はついてるの?」

「ううん。でも、だんだん大胆になってきてる。だから一刻もはやく突き止めないと」

12

週末はほとんどの時間を魔法についてのニタの質問に答えることと決して他言しないよう念を押すことに費やした。彼女が秘密を漏らした場合どうなるのかはわからない。魔法使いではないので、彼女に魔法界の法律は適用されないはず。とりあえず、魔法についての記憶をすべて消されるかもしれないと言っておいた。それでも彼女が舞いあがってうっかり口にしてしまうことが心配だが、仕事以外の時間のほとんどはわたしたちと過ごすので、まあ、大丈夫だろう。

月曜日、会社に行くと、公共の場における一連の魔法行為の犯人を特定することに集中した。フェスティバルで観客に魔術をかけた人物はきっと現場にいたはず。ニタとカルメンへの対応で、あの日は調査を続けることができなかった。幸い、わたしたちはマンハッタンに設置されているほぼすべての防犯カメラにアクセスできる。さっそくフェスティバルの会場付近にあるカメラの映像を見はじめる。

実際にやってみると、刑事ドラマで見るほど簡単な作業ではないことがわかった。ドラマではたいてい五秒ほど群衆の映像を見るだけで、刑事のなかのだれかが知っている顔や犯罪を犯している人物を見つける。でも、現実は、大勢のなかからひとりの人物を特定するのは、その人がよほど目立つ動きをしていないかぎり、非常に難しい。それに、ドラマのように簡単にズームインすることはできない。基本的にカメラに映った状態がすべてで、それは自分が見たい部分に都合よくピントが合っていたりはしない。昨日の出来事をはじめから終わりまでふたつの異なる角度から見たが、魔術をかけているような動作をしている人は見つからなかったので、今度は探す人物を具体的に決めて見てみることにした。

まずはやはり、グレゴールだろう。彼は常に信用ならないところがあった。かつて、無許可で行った魔術の実験で怒ると鬼に変わる体質になり、研究開発部から追い出されている。そして、少し前には、長年、魔法界のマフィアとつながっていたことが発覚した。どれくらい深く関わっていたのかはわからないが、彼がこの会社に採用されたのは組織とのコネクションがあったからで、MSIが彼らと対決したときには彼ら側についた。そういう人なら、魔法界のルールを破り、魔法の存在が発覚するような状況をつくって、魔力をもたない人々を支配しようとしても意外ではない。

だいたい、グレゴールがビッグバンド風にアレンジされた八〇年代のポップスに興味があるとは思えない。いや、どんな形のポップスにも――というか、楽しいこと全般に。彼がフェスティバルに来ていたのは、何か別に目的があるからに違いない。

グレゴールが映っていないか、あらためて監視カメラの映像を見直す。彼が怒りに駆られる瞬間があればいいのだけれど。角の生えた緑色の鬼はかなり目立つはず。残念ながら緑色の肌をした人は見当たらないので、個別に顔を確認していくしかない。鬼になっていないときの彼の顔にはこれといった特徴はない。ひとつ識別の助けになりそうなのは、彼がライブを見に集まった観客の大半の年齢層よりやや上であることだ。

ダンスが始まると、皆が動き回るので、探すのはますます難しくなった。彼が魔術をかけているのだとしたら、おそらく踊っていないだろうと思い、何人かいる踊っていない人たちを見ていく。片方の映像にはわたしたちのグループが映っていた。画面の端の方にいて、ダンスには加わっていない。もしこれが自分たちでなければ、正直、怪しく思っただろう。携帯電話をチェックしてその場を離れるオーウェンは、なかなか真に迫る演技をしている。この映像を見るかぎり、電話を受けたふりをしているような印象は受けない。当局は電話がかかってきたことを確認するために通話記録を調べるようなことまでするだろうか。

ついにグレゴールを見つけた。信じられない光景に思わず早戻しして再確認する。彼は魔法がかけられる前から踊っていた。うまくはない。でも、それなりの足さばきで、何よりとても楽しんでいるように見える。魔法の影響下に入ると、表情はさらによくなり、ダンスのレベルもあがった。自分の体が理想どおりに動くことに喜びを爆発させているように見える。その姿は、一瞬、ほほえましくさえ見えた。こんなにうれしそうにダンスに身を任せられるなら、もしかするとそこまで悪い人ではないのかもしれない。これは魔術の影響だけではないはず。ほかの人たちは皆、魔術によってむりやり踊らされている感じだけれど、グレゴールだけは心から楽しんで踊っているように見える。

わたしは椅子の背にもたれて、ため息をつく。犯人がグレゴールである可能性はかなり低くなった。彼でないとしたら、だれだろう。

もう一台のカメラの映像を見てみる。比較的すぐにミミを見つけたが、ダンスが始まる前にステージ付近からいなくなった。何が起こるか知っていて、むりやり踊らされる前にその場を去ったという見方もできる。でも、この件に関わっていて何が起こるか知っているなら、そもそもそこへ行くだろうか。彼女は魔法が使えないのだから現場にいる必要はないし、共謀者をサポートするために駆けつけるようなタイプでもない。

もう彼女の部下ではないのに、こうちょくちょく遭遇するというのも、考えてみると若干恐いことだ。ふたりの運命はある種の糸でつながっているような気さえしてくる。定期的に会う定めになっているのではないかと。ただ、ミミを疑うのはやはり無理があるだろう。なにしろ彼女は、単に魔力をもたないだけでなく、きわめて危険な魔法の石のもち主になり、チャリティーガラにそうとは知らずにエルフのバンドを雇い、ドラゴンの巣窟に閉じ込められるという体験をたった一日ですべてしたにもかかわらず、魔法の存在にまったく気づかずに生還した人だ。ミミがフェスティバルにいたのはきっと、ただ単純に〝世間はせまい〟ということなのだろう。

防犯カメラの映像で好きではない人たちを探しているうち、ふと無意識にマティルダを見つけようとしている自分に気づいた。オーウェンは彼女が好きではないと言ったし、明らかにファンではない態度を取っていたけれど、ついライバルというか、ライバルの代表のような感じで見てしまう。オーウェンは魔法界の女性たちから理想の結婚相手と見なされている。少なくとも、彼の本当の両親のことが公《おおやけ》になるまではそうだった。クリスマスに彼の養父母の家を訪ねたときには、町じゅうの独身女性から手づくりのお菓子が届いたり、彼を巡って女性たちがつかみ合いの喧嘩を始めるのを目の当たりにもした。喧嘩の一部は魔法によって誘発されたものではあったけれど。

いまでも魔法界には、わたしの立場をねらう裕福で美しい女性たちがたくさんいる。あの女性もそのひとりだろうか。オーウェンが彼女のためにわたしを捨てることは想像できないけれど、彼女が彼を奪うために何をしてくるかはわからない。

彼女はとても小柄なので見つけるのは容易ではない。普通の体格の人でも彼女をすっぽり隠してしまう。踊っている観客のうち特に上手な人たちのなかに彼女の姿を探してみる。彼女みたいな人はダンスもうまいに決まっている。軽やかに揺れる完璧なブロンドはかなり目立つはず。きっと彼女のまわりだけシャンプーのコマーシャルのように見えることだろう。もちろん、彼女はテレビで宣伝するようなシャンプーは使わないだろうけれど。きっとサロン専売品しか、それも高級サロンのみに卸されているものしか使わないのだ。いや、彼女なら自分のためだけに特別にブレンドされたシャンプーを使っているかもしれない。

結局、踊っている人たちのなかに彼女の姿は見つからなかった。妙だ。踊っていないのだとしたら、どうして？　わたしたちがしたように、自分のまわりに保護幕《シールド》を張ったのだろうか。それとも、彼女が魔術をかけていた？

見当違いの嫉妬から彼女を探しはじめたけれど、もしかするとこの線はあり、かもしれない。

群衆の端を映した映像に戻ってみる。そこには何人か踊っていない人たちがいる。さっきは自分たちの姿を確認しただけだったけれど、今回はほかの人たちも注意して見てみる。最初、彼女は見当たらなかったが、男性がひとりダンスに加わるために移動すると、そこに完璧なブロンドヘアの小さなスーパーモデルが現れた。彼女はつま先でリズムを取ることすらしていない。そして、指が何やら奇妙な動きをしている。片方の手は体の横に垂らし、もう一方はショルダーバッグのストラップをつかんでいるが、両方の手の指が細かく動いている。二台のキーボードでエアピアノを弾いているかのように。唇もかすかに動いている。曲に合わせて歌っているのではない。魔術をかけているのだ。

かなり怪しいけれど、決定的ではない。魔術から身を守るためにシールドを張っているとも考えられる。ダンスが始まる前まで映像を戻してみたが、男性が動くまで彼女の姿は隠れていて見えない。もうひとつのカメラの映像を見てみたが、やはり彼女が魔術をかけはじめるのがダンスの始まる前なのかあとなのかはわからなかった。

「ああ、もうちょっとそっちに動いてよ、お願い」邪魔になっている人に向かって思わずつぶやく。

「そう言うと、何か効果があるの？」オフィスの入口から声がして、見るとトリッシュが立っていた。

「いいえ。でも、試しに言ってみたの」

「何か見つけた？」

わたしは映像を戻してトリッシュに見せる。「これ、この前フェスティバルで起こったことなんだけど、だれかがライブの観客に突然踊り出す魔術をかけたの。事前にあのテレビリポーターに魔法が使われることを予告して。でも、この女性は――」映像に映るマティルダを指さす。「踊っていないだけではなく、何か魔術をかけているように見える」

トリッシュは画面に顔を近づける。「あなたたちのグループも踊ってないじゃない」

「ええ、オーウェンたちがシールドを張ったから。で、彼女も同じようにシールドを張ろうとしているのか、それともダンスの魔術をかけているのが彼女なのか、見極めようとしているんだけど、ダンスが始まる前の映像では彼女の前に人がいて、いつ魔術をかけはじめたのか確認できないのよ」

「この人のこと知ってるの？」

「名前はマティルダ。彼女の家はかなり裕福で力があるらしいわ。オーウェンとロッドの大学時代の知り合いなんだけど、ふたりともあまり彼女を好きではないみたい。フェスティバルで偶然会ったとき、彼女、オーウェンに猛アピールしてた。でも、大学時代は話しかけられたことすらなかったってオーウェンは言ってたわ」

「で、彼女が犯人だとちょうどいいわけね」トリッシュはにやりとする。「ライバルを蹴落とすにはそれもひとつの方法ね」

「そうじゃないけど。疑わしい人をひとりずつチェックしていくときに、なんとなく彼女のことも探してみたの。ほとんど好奇心からね。そしたら、なんか変な動きをしているのがわかって。でも、まあ、彼女が犯人なら、それはそれでかまわないけど」

「あんなふうに揺れる髪のもち主は、少なくともちょっとは悪の部分があるはずよ。この湿度でまったくうねらずにさらっさらの髪を維持するなんて、悪魔と契約でもしてなきゃ不可能だわ」

「でしょう？　これ、サムに見てもらうわ」

メッセージをつけて映像をサムに送ると、びっくりするほどはやく返事がきた。それも、かなり厳しい口調のものが。〝決定的な証拠がないかぎり犯人扱いは絶対にするな。連中は弁護士がついてる弁護士を雇うようなやつらだ。もちろん魔法使いのな。連中とはもめるな〟

そんなことを言われると、かえって調べたくなる。でも、サムの言うこともわかる。もし疑念に気づかれたら、彼女を捕まえるチャンスは消えるだろう。彼女なら証拠を消す手段はいくらでももっているだろうから。

では、どうする？

まずはリサーチだ。彼女についてはオーウェンから聞いたことしか知らないので、とりあえず、名字で調べてみる。メイフェア家はマンハッタンやそのほかの場所にたくさんの不動産を所有しているようだが、個人所有の不動産の一部が売りに出されていた。どういうことだろう。もう世界各地のリゾートビーチで週末を過ごすつもりはないということだろうか。それとも現金《キャッシュ》が必要になった？　家族が経営するのは魔法界向けの旅行会社らしい。魔法のホテルに魔法のリゾート、魔法の交通手段などを扱っている。なるほど、これなら所有不動産のダウンサイジングもうなずける。ホテルを所有しているのに、なぜ別荘をもつ必要があるだろう。

　それにしても、魔法のホテルとはどういうものだろう。魔力をもつ人たちはたいていのものは魔法で出すことができる。だからルームサービスの必要はない。魔法のホテルがほかのホテルと違う点として唯一思いつくのは、ゲストが全員、魔法界の人だということ。そのため、覆い《ヴェール》をまとう必要はなく、ありのままの自分でいられる。それは確かに大きな魅力だろう。魔力をもつ人たちは魔力のおかげでたいてい裕福だから、ターゲットとなる市場はかなりハイエンドだ。

　とはいえ、やはり規模は限られていて、莫大な富を築けるようなビジネスではない。もともと世襲財産があって、この仕事はまずまず利益の出る趣味だというのならわかるけれど。残念ながら、魔法界の会社は株式公開していないので、経営状況を知るための財務情報はない。ああ、はやくも行き詰まった。彼らはおそらく魔法界の各方面にコネがあるだろう。不用意に聞き回れば、わたしの言ったことが彼らの耳に届く可能性は十分ある。

　求めている情報が手に入るかもしれない場所がひとつある。わたしはプロフェット&ロスト《予言・失せ物捜査》部へ向かった。それは奇妙な部署で、百パーセントあてにできるわけではない。でも、たとえマティルダの家族とそのビジネスについてすべてを言い当てることはできなくても、関連するゴシップなら相当もっているような気がする。ただし、話はこっそりする必要がある。ミネルヴァのことは信用しているけれど、ほかのスタッフについてはわからない。

　オフィスに到着したとき、ミネルヴァは水晶玉をのぞき込んでいて、わたしが来たことに数秒間気がつかなかった。「あらまあ、ケイティ、これは驚いた」ミネルヴァは言った。「あなたの姿、心的視界にまったく見えていないわ」

「いつも？　それとも今回だけ？」

ミネルヴァは顔をしかめる。「いつもそうなら、これまで気づかなかったのは変よね」

「もしかすると、いままでわたしについては何も予見する必要がなかったってことじゃない？」

「いつもはオーウェンを通してあなたのことを読むからかもしれないわ。でも、いまあなたがやっていることは彼とは関係がない」

「そうね、少なくとも直接的には。ふたりだけで話ができる？」

「もちろんよ」ミネルヴァは片手を振ってドアを閉めた。続いて、赤い紗のカーテンが部屋を囲むように閉まる。「こうすると雰囲気が整うだけでなく、だれかに聞かれる心配がまったくなくなるの。さあ、話しましょう」

「わたしが公共の場での一連の魔法行為について調べているのは知ってるでしょう？」そう切り出してから、調査の進捗状況と疑念について説明する。「マティルダとメイフェア家についてわかることはあるかしら」

「彼女の髪の毛はもっていないわよね」

「髪の毛が体につくほど近くには寄らなかったわ。でも、そもそも彼女の辞書に抜け毛なんて言葉はないような気がする。どうして？　魔術に必要なの？」

「体の一部があると助けになるわ。それに、根元を確認してみたかったし。あんな色が地毛であるはずないもの。ま、それはいいとして、では、とりあえずできる方法でやってみましょう」ミネルヴァは水晶玉の上に手をかざし、目を細めてのぞき込む。それから、水晶玉をもちあげて振り、別の角度からまたのぞき込む。「彼女のまわりに影があるわ。でも、それが何かはよくわからない。それから、お金の問題を抱えているのを感じるわ」

「個人所有の不動産の一部が売りに出されているの」

「おそらくこれが理由ね。問題が発生したのはごく最近のようだわ。何かが断ち切られたみたい……何か、有益なコネクションが」

「大口の顧客かしら」

「そうかもしれないわね。怪しげなコネクションだけど、失ったのは大きな痛手になったようね」

最近魔法界で起こった一部の人に深刻な財務的影響を与え得る大きな変化といえば——。

「コレジウム？」

「それについては噂を聞いたことがあるわ。魔力による洞察ではなく、あくまでゴシップだけれど。エリアスが……ああ、マティルダの父親よ、彼が組織の一員だったかどうかはわからないけれど、コレジウムは宿泊や旅行の際、もっぱら彼らのサービスだけを使っていたようね。コレジウムにとって彼らのホテルは、安全に商談や打ち合わせができる場所だったのよ」

「でも、コレジウムに潜入していたとき、わたしたちは普通のホテルを使ったわ」

「それはあなたのボスが組織に内緒で動いていたからよ。上司に知られないようそうしたんでしょうね。それに、彼らのホテルのほとんどは海外にあるの。ニューヨークにはないわ。コレジウムとの契約でいちばんお金になったのはプライベートジェットね。次元を超えてつながる社屋があるのだから、コレジウムには旅行会社のサービスなど必要ないと思うでしょうけど、実際のところ、彼らは通常の移動手段でかなりあちこち動いていたわ。その多くは資金洗浄のためでしょうね。コレジウムが消滅したことで、メイフェア家は大きな収入源を失ったと考えられるわ。贅沢《ぜいたく》が身についているから、すぐにお金が足りなくなったんでしょう。それで不動産を売りはじめた。ほとんど使うことのない、月々の維持費が一般人の住宅ローンの年額より高いアパートを何軒も所有していると、お金はあっという間になくなるものよ」

「となると、彼らには魔法の存在を暴露する動機があるといえるわね。非魔法界の人たちに対して優位にビジネスができる」

「そして、新たな市場の確保にもつながるわ。魔法の存在を知ったばかりの人たちの目に、魔法のホテルがどれほど魅力的に映るか考えてみて。あるいは、魔力をもたない億万長者が魔法で旅行することにいくら払うか。ケイティ、いいところに目をつけたわね。でも、くれぐれも慎重にね」

「ええ、気をつけるよう言われてるわ。彼らが企んでいることについて証拠になるようなものは見えない？」

「いいえ、残念だけれど。それに、わたしが見たものは正式な証拠として認められないの。そのときどきに向かうべき方向を示すことはできるけれど、あとはあなた自身が証拠を見つけて論証しなければならないわ。それから、評議会《カウンシル》と話すときは十分に気をつけて。彼らに提示した証拠はブラックホールに消えるかもしれないから。それどころか、へたをすると曲解されてあなた自身の足をすくう可能性もあるわ」

「わかった、覚えておく」わたしはそう言って立ちあがる。「いろいろありがとう」

「彼女とオーウェンのことは心配無用よ」

「わかってる」

「頭ではわかっているけれど、ここではどうかしら」ミネルヴァは拳《こぶし》で自分の胸をたたく。

「彼はあなた以外眼中にないわ。彼女は誘惑してくるかもしれないけれど、望みはないわね。恋の魔法ですら、彼には効かないような気がするわ」

「それは心強いわ」

少し勇気を得て自分のオフィスに戻る。方向性は間違っていない。あとはメイフェア家が言い逃れできないような確固たる証拠を手に入れることだ。現時点では、財政難を示唆する情報と、動機に結びつきそうな闇組織とのつながりの噂と、決定打とはならない防犯カメラの映像しかない。マティルダや彼女の交友関係についてオーウェンから聞き出せることはないだろうか。でも、この件に彼を引き込むのはためらわれる。トラブルに巻き込みたくはない。オーウェンの旧友の方はなんの迷いもなく彼を陥れるような気がするだけに——。

デスクに着くや否や、ボスとのミーティングへの招集がかかった。フェスティバルのことだろうか。それとも、まさかミネルヴァが話した？

マーリンのオフィスに行くと、ロッドとオーウェンだけがいて、評議会《カウンシル》の担当官の姿はなかった。マーリンはかなり険しい表情で、わたしに座るよう手で示した。「いったい全体、あなたがたは何をしようとしているのですか」わたしが完全に腰をおろさないうちに、マーリンは言った。

「なんのお話か、もう少し具体的に言っていただけますか?」ロッドが訊いた。

「そのような時間はありません!」マーリンはすかさず言った。

わたしたちが何も言えないうちに、社長室のドアが開き、ジェイベズ・ジョーンズが入ってきた。相変わらず恐ろしく特徴のない人だ。「ああ、皆さん、おそろいですね」ジョーンズはそう言うと、マーリンの反対側に彼と向かい合う形で座った。なるほど、これはミーティングではなく尋問のようだ。ロッドとわたしも呼ばれたということは、オーウェンだけを対象にした魔女狩りではないと思いたいが、彼が調査の対象になっていることにかわりはない。

ジョーンズは悠揚とブリーフケースを開き、フォルダーを取り出して、フォルダーのなかの書類をめくっていく。必要な書類を確認し終えると、何も書かれていない用紙と万年筆を取り出し、用紙の上部に丁寧に記入しはじめる。わたしたちはただひたすら黙ってその様子を見つめている。こちらを緊張させるためにわざとやっているのだろうか。その手にはのらないと思っても、緊張しないよう自分に言い聞かせるのは簡単ではない。緊張しまいとすると、かえって緊張するものだ。

オーウェンは青ざめている。これではひとことも発さないうちから、やましく見えてしまう。勇気づけようとほほえんでみたが、顔がこわばって、逆にしかめ面をしたように見えたかもしれない。マーリンがあまりにじっとしているので、だれかが彫像に変えたのではないかと心配になってくる。瞬きひとつせずにジョーンズのいつもの作業を見つめている。ロッドだけが比較的リラックスしているような感じだ。椅子の背にもたれ、空想にでも耽っているように宙を見ている。でも、ひじかけをつかむ指の関節が白くなっているので、彼もやはり緊張しているらしい。

ジョーンズは書類に視線を落としたままようやく口を開いた。「ふうむ、どうやらあなたたちはまたしても不審な出来事の現場にいたようですね」ジョーンズは顔をあげ、わたしたちを順番に見ていくと、最後にオーウェンに言った。「知っていることを話してくれますか？」「お話しできることはさほどありません」オーウェンは答える。平静を装ってはいるが、口調が硬い。「起こったことを目にしただけです。だれがやったのかはわかりません」

ジョーンズは片手を翻《ひるがえ》す。するとキャビネットのドアが開き、テレビが現れた。スイッチが入り、画面にライブの観客の映像が映し出される。わたしが見た防犯カメラのひとつと同じものだ。皆が踊っているなかでわたしたちのグループだけがその場にじっと立っている。「ふうむ」ジョーンズは言った。「あなたたちはだれも魔術にかかっていないようですね」

ロッドが座ったまま姿勢を正す。「よく見ていただければわかると思いますが、ぼくたちも少しの間、足でリズムを取っています。その後すぐに魔法が使われていることに気づいて、保《シ》護幕《ールド》を張ったんです。この日は非魔法界の人たちもいっしょで、そのうちのひとりは魔法のことを知りません。ちなみに、シールドはぼくたちの周囲にいる人たちも守っています。ですから魔術にかかっていないのはぼくたちだけではありません」

わたしは思わず声をあげそうになった。さっきカメラの映像を見たときにはそのことに気づかなかった。マティルダはわたしたちからそう遠くないところにいる。彼女はわたしたちのシールドのなかにいたのだろうか。それとも自分のシールド？　それとも、やはり彼女がダンスの魔術をかけていた？　あ、でも、彼女より近くにいる人が踊りはじめた。ということは、彼女がいるのはわたしたちのシールドの外だ。いずれにしても、マティルダを犯人とするわたしの説はまだ根拠が弱すぎる。

「ふうむ、つまり、あなたがたは非魔法界の人間に魔法のことを明かしたということですか？」

「わたしのルームメイトたちです」わたしは言った。「二年前にフェラン・イドリスがルームメイトのひとりを誘拐して、その際、彼女たちは魔法の存在を知りました。わたしたちは起こったことを説明しただけです。いまでは彼女たちも魔法界に深く関わっています」あらたにニタも知ったことを報告するのに何か取るべき手続きがあるのかどうか、あるのだとしたら、だれかがすでにそれを行っているのかどうかわからないので、その辺は濁しておく。理論的には、いまのわたしの説明はルームメイト全員にあてはまる。ニタについては、土曜のフェスティバルで知ったばかりだとしても。

「ふうむ」ジョーンズは書類にメモを取りながら言った。「それについては調べる必要がありますね。彼女たちに話す許可は取ったのですか?」

「ケイティが言ったように、彼女たちはすでに魔法を目撃してしまったんです」オーウェンが言った。「ぼくたちは彼女たちが見たものの説明をしたにすぎません。魔法であることはあまりに明白で、ごまかしようがありませんでした」

「この件についてはあとで調べさせてもらいます。今日来たのはそのためではありませんからね」ジョーンズは本当にあとで調べる旨メモをすると、先を続けた。「ミスター・パーマー、あなたはダンスが始まったあとすぐにその場を離れていますね」

「電話が入ったので、音楽のないところで受ける必要があったんです」

「だれからの電話ですか?」

「養父のジェイムズ・イートンです」

「ふうむ。着信記録を見せていただけますか? こちらで入手することもできますが、いま協力していただく方がずっと簡単なので」

わたしの顔はいま血の気が引いているに違いない。あの電話はかかってきたふりをしただけだ。ばれたら心証はかなり悪い。ところが、オーウェンは特に動揺する様子もなくポケットから電話を取り出すと、ジョーンズに渡した。ジョーンズは電話を見て、「ふうむ」と言うと、オーウェンに返し、何やらメモを取った。「しかし、あなたが立ち去ったのは電話が入る直前ですね」

「監視カメラのタイムスタンプは正確なんでしょうか」ロッドが訊いた。「カメラの時間が携帯電話のそれと完全に同期しているとは思えませんが」

「ふうむ、確かにそうですね」

「まさかオーウェンがあの魔術をかけたと思っているわけじゃないですよね？」これ以上黙っていることができなくなり、わたしは言った。「公共の場で魔力を顕示するなんて彼のスタイルじゃありません。しかもダンスだなんて。披露宴で踊るファーストダンス（結婚披露宴で新郎新婦が最初に踊るダンス）のためでさえレッスンを受けるのを嫌がるくらいなのに」

「そうです」若干頬を赤らめながら、オーウェンは言った。「ダンスは苦手なので」

「ふうむ、しかし、あなたは踊ってはいませんでしたよ」

「踊れない人があんな振りつけを思いつけるはずがありません」わたしは言った。

オーウェンはますます赤くなる。「実は、子どものときコティヨン（十九世紀にフランスで大流行した三拍子のダンス）のコースを受けさせられたことがあるので、一応ステップは知っているんですが、もう何年もやっていないし、特に好きでもありません」

残念ながら、オーウェンは足の届かない位置に座っているので、足首を蹴って黙らせることができない。ジェイベズ・ジョーンズはここまで正直な人が犯人であるはずはないと考えるタイプではないだろう。いまの発言も彼にとっては犯行の可能性を示唆する情報のひとつにすぎないはずだ。

ずっと黙っていたマーリンが口を開いた。「何か具体的に申し立てを行うつもりなのですか、ジェイベズ」

「単なる調査です」史上最強の魔法使いのひとりを苛立たせているというのに、ジョーンズに臆する様子はまったくない。「ただ、容疑者はあまり多くありませんし、ミスター・パーマーがきわめて怪しく見えるのは事実です」

マティルダのことを言ってみたくなったが、思いとどまった。まだ時期尚早だ。確固たる証拠が見つかってからでなければ口にすべきではない。だれかほかの名前を提示してオーウェンへの圧力を少しでも減らしたいところだけれど、ここは我慢が必要だ。

ジョーンズはテレビ画面に向かってふたたび手を振った。「もう少し見てみましょうか」

にわかに緊張が高まる。この映像はわたしが見ていないアングルのものだ。ジョーンズには独自の情報源があるのだろうか。カメラはわたしが友人たちから離れ、踊る人々のなかを抜けていく様子をとらえていた。わたしのあとをニタが追いはじめる。これを見ると、シールドの境界がはっきりとわかる。ある地点を過ぎるとニタが踊り出すからだ。踊るニタをわたしがシールドのなかへ引き戻す。「ご友人は何かおかしいことに気づいたようですね」ジョーンズは言った。

「ええ、だれかが公共の場において無認可の魔法行為を行ったせいで」ロッドが言う。

「魔術には忘却の作用が組み入れられていたようですが、ミス・チャンドラーの行動によってそれがご友人に対して働くことはありませんでした」

「ちょっと！　だれか知らない人がかけたわたしにはどうすることもできない魔術によって友人が異常に気づいたのは、わたしのせいだと言うんですか？」思わず身を乗り出す。ジョーンズがかすかに体を引いたのを見て、少しだけすっとした。「わたしは彼女を安全な場所に連れ戻したんです。魔術が解かれたときにダンスのことを忘れるようになっているなんて、知るわけないじゃないですか」

「ふうむ、彼女に魔法のことを話したのですか？」

「書類は今朝、提出しています」ロッドが言った。「彼女が目撃し、体験したことを報告しました。彼女が知った責任はすべて魔術を行った者にあります」

「ふうむ、ほかにも対処の仕様はあったように思いますが……。それから、ミス・チャンドラーはテレビ局のリポーターとも話をしていますね」

「追及をそらすためです」わたしは言った。「彼女は魔法行為が起こることを予告したプレスリリースを受け取っていたんです。だいたい、だれかが魔法の存在を世の中に暴露しようとしているときに、すでに魔法関係者と暮らしている人物が魔法について知ったか否かにそんなにこだわるなんて、どうかしてます。そんなことに費やしている時間はないんじゃないですか？」

ジョーンズは眉を片方かすかにあげた。彼にしてはかなり感情をあらわにしたといえる。

「そうですか？　わたしとしては何かをつかみつつあるつもりですが」

13

すぐに後悔したが、もう遅い。ジェイベズ・ジョーンズを怒らせてしまった。これで彼は意地でもわたしたちと一連の不正な魔法行為を結びつけようとするだろう。一刻もはやく確固たる証拠とともに真犯人を見つけなければ。オーウェンを執拗《しつよう》な監視から解放するためにも。

「もう少し言葉を選ぶ必要はあったかと思いますが――」マーリンが冷ややかに言った。「ミス・チャンドラーの言ったことは、ある意味、的を射ています。あなたが今日ここに来たのは、必ずしも公共の場におけるこれらの魔法行為の犯人を見極めるためではなさそうですな」

わたしは息をのんでジョーンズの反応を待ったが、彼はただ「ふうむ」と言っただけだった。〝ふうむ〟を彼の顔の前からはたき落としたい衝動に耐えるため、両手をお尻の下にはさみ込む。ジョーンズはいくつかメモを取ると、書類をめくり、顔をあげずに言った。「あなたがたはもう戻ってけっこうです」

マーリンの頬がぴくりとする。彼のオフィスで勝手に解散を命じるとはかなりの厚かましさだ。マーリンは言った。「ミス・チャンドラー、ミスター・パーマー、ミスター・グワルトニー、ご苦労様でした」わたしたちはマーリンがそう言ってから、はじめて立ちあがった。駆け出したい気持ちを抑えて、胸を張り、ゆっくりと社長室を出る。マーリンとジェイベズ・ジョーンズはこのあとどんな言葉を交わすのだろう。

「それ、防音扉よ」ドアが閉まると同時に立ち止まって耳を澄ますわたしに、トリックスが言った。そして、わたしたちの怒りに満ちた表情を見て続ける。「そんなにひどかったの。今日はおそらくこのまま居座るんじゃないかしら」

「いったい彼は何がしたいの？」わたしは言った。

どちらかというと苛々の発散のために言ったのだが、オーウェンは律儀に答えた。「魔法界にとって脅威となるかもしれないことを調査してるんだよ」魔女狩りの標的にされているというのにずいぶん理性的だこと。

「そうだけど、でも、彼は最初からあなたに照準を合わせてるわ。まるっきり軌道を外れてる。これじゃあ、だれのためにもならないわよ」

「それにしても、どうしてあんな結論に至るんだろう」ロッドが言った。「現場にいたこと以外、おまえとあの魔術を結びつける証拠は何もないのに」

「何かほかにねらいがあるのかもしれない」オーウェンは言った。「ぼくを疑っているという体裁をつくることで本物の犯人を油断させようとしているとか」

わたしの第一容疑者についてわかっていることを考えると、確かにその可能性もなくはない。彼らも同じ人物を疑っているのだろうか。ジェイベズ・ジョーンズにそこまで狡猾になれるほどの独創性があるようにはとても思えないけれど。それとも、あの徹底した個性のなさは、最高の捜査官がもつ究極の隠れ蓑《みの》ということ？

ジョーンズが狡猾で独創的であるかどうかはさておき、わたしはそうなる必要がある。真の捜査をカモフラージュするために、わかりやすい容疑者を追うふりをするのは有効かもしれない。だれがいいだろう。グレゴール？

「前回の任務で掘り出した社員のファイル、もう一度チェックしたいんだけど、いいかしら」それぞれのオフィスに戻るためにいっしょに階段をおりながら、わたしはロッドに言った。

「コレジウムとつながっていた人を疑ってるのかい？」ロッドが訊く。

まさにそのとおりだが、社内でその話をするわけにはいかない。「いくつか考えていることがあるの。そうだ、今夜いっしょに食事しない？」オーウェンの方を向いて続ける。「あなたの家で」

「うちはいまちょっと散らかってるから――」オーウェンはそう言いかけたが、すぐにこちらの意図に気づいたようだ。「ああ、そうだね、いいよ。この三人だけ？」

「ええ、とりあえず三人で。ほかのみんなはできるだけ巻き込みたくないから」

オーウェンの家で秘密の会議を開くには、彼も定時に帰る必要がある。仕事の虫が珍しく五時に退社したら怪しく見えるだろうか。結婚式の準備という名目が、理由として十分であることを祈る。

オーウェンとわたしは途中で中華料理をテイクアウトし、いっしょに家に帰った。わたしたちが着いた直後に、ロッドもやってきた。「なんの話だろうと思ってるでしょう？」それぞれが皿に料理を盛りつけるのを待って、わたしは言った。

「ああ、すごくね」ロッドが言う。

「犯人じゃないかと思う人がいるの」

「ジェイベズ・ジョーンズに尋問されているときにどうして言わなかったの？」

「まだ公表できる段階じゃないから」

「それは気になるな」オーウェンが言った。「だれ？」

「マティルダ・メイフェア」わたしは高らかに宣言した。

どちらも反論したり見当外れだと笑ったりしないので、少し驚いた。「なるほど……」オーウェンはうなずく。「でも、どうしてそう思ったの？」

「彼女が踊っていないことに気づいた？　ジョーンズが見せた映像で、彼女はわたしたちのすぐ後ろにいたの」

「ぼくたちが張った保護幕《シールド》のなかにいたのかもしれない」ロッドは言った。

「わたしたちと彼女の間にいた人たちは踊ってたわ。マティルダは魔術をかけるような動作をしていたんだけど、いつ始めたのかはわからない。自分を守るためにシールドを張っていただけなのか、それとも、ダンスが始まる前からその動作をしていたのか」わたしは会社から借りてきたラップトップを開き、映像を出した。魔法使いたちは画面をのぞき込む。

「魔術をかけているね」オーウェンが言った。「でも、なんの魔術かはこの映像だけではわからないな」

「まだあるの。彼女の家のビジネスがコレジウムの解体後、急激に悪化してるわ。いまは不動産を売ってしのいでいるみたい」

ロッドがあごを撫でながら言う。「彼らが魔法を公《おおやけ》にしようとしていると思うのかい？」

「そうすれば、新たな市場を獲得できる可能性があるわ。わたしたちずっと、動機はイデオロギー的なものだと思ってきたけど、案外、単にお金の問題なのかも。お金の動きを見れば真実がわかるっていうやつ？」

「それで、もし、魔法を暴露したのが秘密に気づいた反魔法グループだということになれば、メイフェア家は責任を問われない」オーウェンが言った。「ぼくのせいにできればなおいい」

わたしは思わず息をのむ。「彼らがそこまで意図的にやっているとは考えなかったわ。彼女、あなたを標的にしているのかしら」

「一連の出来事の多くはぼくが近くにいるときに起こっている。その点についてはジョーンズは正しい。ただの偶然ではないかもしれない」

「かなり複雑な状況になってきたわ。慎重に動くよう言われてるの。疑念を口にするのは、たとえMSIのなかであっても、確実な証拠を得てからにするようにって」

「どうやって証拠をつかむつもり？」オーウェンが訊く。

わたしはため息をつく。「そこが難しいところなんだけど。でも、あなたが標的になっているなら、その方が楽といえば楽ね。あなたのまわりだけ注意して見ていればいいんだから」

「ぼくをエサに使うということ？」オーウェンは眉を片方あげる。

「あら、それは思いつかなかったけど、悪くないアイデアかも」わたしはからかう。「それから、リポーターのカルメンに情報を送ってくるのがだれかを探るのも手だわ」

「メイフェア家なら、そう簡単に証拠は残さないはずだよ。以前ほど裕福ではないかもしれないけど、まだばらまける金はそれなりにあるはずだ」ロッドが言った。「おそらく自ら手を汚すことはないだろう。マッティもライブの会場にはいたけど、ほかの現場には行っていないような気がする」

「調べてみる」わたしは言った。「ほかの出来事の映像を見たときは、まだ彼女のことを知らなかったから、たとえ映っていても気づいてないわ」

「彼女に連絡を取ってみようか」オーウェンが言った。「名刺をくれたわけだから、ぼくからの連絡を待っているかもしれない」

「だけど、おまえを陥れようとしているなら、どうしてわざわざ姿を現したんだろう」ロッドが言う。「フェスティバルで再会しなきゃ、彼女を疑おうなんて思いもしなかっただろうに」

「そうよね」わたしは言った。「でも、オーウェンと連絡を取り合えるようになれば、彼の居場所を把握しやすくなるわ。ここまではラッキーだったようだけど」

「ものすごくラッキーだよ」ロッドは顔をしかめる。「彼女、おまえが行く場所をどうやって知ったんだろう」

「通勤経路を知るのは難しくないよ」

「でも、時間は?」わたしは言った。「あなたの場合、かなり不規則だわ。ただ、ナイトクラブの入口での騒動については、その直前、魔法界のクラブに一連の魔法行為に関わっている可能性のある人たちがいたから、彼らのひとりがわたしたちをつけて、ナイトクラブの近くまで行ったところで騒ぎを演出したということは考えられる。でも、公園での自転車の件とフェスティバルの件は、あなたが来ることを事前に知って仕掛けるのは簡単じゃないわね」

「車が消えた件はぼくとはまったく接点がなかった。きっとぼくがいないところでほかにいくつもこのてのことは起こっているんだろう」オーウェンは言った。「やはり意図的に標的にしたというより、偶然と考えるのが妥当かもしれないな」

「そうね。そして、それがきっと、今回、彼女があなたに近づいた理由なんじゃないかしら。あなたに疑いがかかっていることを知って、責任をあなたに負わせることにした。コーヒーでもお酒でも事前に約束して彼女に会ったら、きっとそのすぐそばで大がかりな魔法行為が発生するような気がするわ」ふとひらめいて、思わず声が大きくなる。「で、そこへ例のリポーターが予告を受けて来ていたら、かなり面白いわね。有力な手がかりが得られるかもしれない」

「やっぱりぼくをエサに使うんだ」オーウェンはにやりとした。

「あなたのアイデアよ」一応言っておく。「あなたは現れる必要ないわ。途中で緊急事態が発生して来られなくなるの」

「でも、証拠としてはまだ弱いな」ロッドが言った。「きみの疑念は裏づけられたとしても、ぼくたちには文書で提出できるような証拠か、もしくは犯行現場を押さえることが必要になる。それも複数の目撃者がいる状況でね。彼らが買収されないようにすることも重要だよ。彼らの証言が聴聞の前に劇的に変わる可能性は大いにある」

「何かほかにアイデアがあるの？」つい問い詰めるような口調になる。

ロッドは肩をすくめた。「これはぼくの専門分野じゃない。捜査官はきみだよ」

わたしは料理をつつきながら考える。「やっぱり彼女に電話するのは待って」オーウェンに言った。「学生時代は特に友達だったわけじゃないのよね。それに、彼女が名刺をくれたときもあなたは乗り気な態度は見せなかった。にもかかわらず、会った二日後に突然連絡してきたら、不審に思われるかもしれない。しかも、評議会《カウンシル》の調査を受けた直後だし。当面、わたしは魔法界のほかの活動家たちを調査するふりをするわ。案外、何か手がかりがつかめるかもしれない。ない。そうでなかったとしても、とりあえず彼女に照準を合わせているようには見えないわ。もし、彼女が本当にあなたに会う必要があるなら、また偶然出くわすような状況をつくると思う。あるいは、番号を調べて電話してくるわね」

「で、おまえは外では十分気をつけるように」ロッドがつけ足す。「くれぐれも疑いをかけられかねないことはしないようにな」

「じゃあ、ずっと家や会社にいていいんだね？」オーウェンがうれしそうに言う。

「ご褒美みたいに言うなよ」

「わたしもそれは素敵なアイデアだと思うわ。バンドはもう決まったし、特に出かける必要はないもの」

「でも、遊びには行くだろう？」

「出かけなくても楽しいわ」わたしはにっこりする。

「バンドって決まったの？」オーウェンが訊いた。

「ええ、フェスティバルのバンドがいいと思うの。あのあといろいろあったから、言うのをすっかり忘れてた。どう思う？」

「そうだね、いいんじゃないかな。あれならみんなも踊りやすそうだし」オーウェンはにやりとする。「たとえ魔法に強制されなくても」

「そういえば、あなたが踊れるなんて聞いてなかったわ」

「レッスンを受けさせられただけだよ。それと踊れるのとは別だから」

「結婚式のためにちょっと練習してみたら？」

「そうだよ、オーウェン、結婚式のために」ロッドが加勢する。そして、立ちあがってステレオまで行き、積み重なったCDのなかから一枚選んでプレーヤーにセットした。ビッグバンドのスローな曲が流れ出す。「まったく同じではないけど、本番に演奏されるのもこんな感じだ。ちょっとやってみろよ」

今度はわたしが尻込みする番になった。「オーウェンはレッスンを受けてるけど、わたしは一度もダンスを習ったことがないわ」

ロッドはわたしの手を取り、椅子から立ちあがらせる。「フォックストロットだ。すごく簡単だよ。ほら、スロー、スロー、クイック、クイック。きみの動きは、後ろ、後ろ、横、横」

動きはぎこちないものの、とりあえず、転んだりロッドの足を踏みつけたりせず、リビングルームを一周できた。ダイニングテーブルまで戻ってくると、オーウェンがロッドの後ろに立ち、肩をぽんとたたいて言った。「いいかな」

オーウェンが片手をわたしの背中にあて、もう一方の手でわたしの手を取ると、急に緊張が増した。なぜかはわからない。わたしが結婚するのは彼なのに。たぶん、オーウェンが相手だと、よりちゃんと踊らなければと思うからかもしれない。自己評価に反して、オーウェンはかなり上手だった。動きはロッドよりスムーズなくらいだ。ふたりの相性も悪くないようだ。いつのまにか彼の腕のなかでステップを踏むことに熱中していたらしく、曲が終わり、ロッドの「ほうら、難しくないだろう？　もう一曲かけようか？」という声で、われに返った。

「いや、今日はこれでいいよ」わたしが答える前に、オーウェンが言った。正直、このまま踊り続けたいような気がしないでもない。思いのほか気持ちがよかった。

「どうしてそんなにダンスを嫌がるの？」テーブルに戻りながら訊く。「すごく上手じゃない」

「こいつは視線を浴びるのが嫌なんだよ」ロッドがかわりに答えた。

「それは困ったわね。結婚式なんて、新郎新婦の一挙一動に視線が集中するんだから」わたしは言った。「仕事のプレゼンだと思うことね。開発した新しい魔術を披露しているんだと思うの」

「確かに、ダンスの魔術には市場があるかもしれないな」オーウェンは言った。目がきらりと光る。何かひらめいたときのサインだ。

「いやだ、やめて。いままさに、だれかが思いついたダンスの魔術のせいで困ったことになってるんだから」

「むりやり踊らせる魔術じゃないよ。うまく踊れるよう手助けする魔術だ。ダンス初心者のための補助輪のような、あるいはオートパイロットといってもいいかな。結婚式で披露するのは悪くないアイデアかもしれない。ゲストへのサービスだよ」

反論しようとしたら、ロッドがわたしの肩に手を置いて耳もとでささやいた。「しーっ。新しい発明品のデモンストレーションだと思わせるのが、こいつに人前でファーストダンスを踊らせる唯一の方法かもしれないよ」

「わたしには効かないってこと、彼、わかってるわよね？　魔術の助けが欲しいのはむしろわたしの方だわ」

電話が鳴って、会話が中断した。オーウェンが電話を受けにいく。わたしはなるべく耳を澄まさないようにして料理を食べる。相手がだれかはわからないが、あまり楽しそうな口調ではない。返事の多くは抑揚のないひとことで終わっている。何かの世論調査かもしれない。彼はほとんどの人がするように即座に断って切ることができないのだ。

電話を終えて戻ってきたオーウェンは少し青ざめていた。いったいどんな世論調査だったのだろう。「どうしたの？」

「マッティからだった」呆然とした様子でオーウェンは言った。「会って近況を語り合いたいって」

「ほうらね！　やっぱり何か企んでるのよ」

「そうかもしれない」オーウェンは言った。「ほかにぼくに会おうとする理由は思いつかないよ。もし、ぼくの仕事上の成功を知って考えを変えたなら、一年以上前に接触してきたはずだ。両親のことが公になる前にね。もし、友人として支えになろうとしているなら、去年手を差し伸べてきただろうし」

「で、あなたはなんて言ったの？」

「明日、ランチはどうかって」

「本当にいいのか？」ロッドが訊く。

「さっきはぼくをエサに使う話をしてたじゃないか」

わたしは背筋を伸ばす。「わかった。作戦を立てましょう。ロッド、あなたはめくらまし《イリュージョン》の達人よ。姿を変えて現場に行って、彼女を監視することはできる？　警備部に協力を求めるのはまだ不安だわ。でも、元ホームレスのふたりなら大丈夫かもしれない。店の外に潜んでいてもらうの。彼らは彼女の家のことや魔法界の利害関係について何も知らないから信用できる。わたしは彼女に会ってるから――まあ、おそらくわたしの顔なんて覚えていないだろうけど――慎重を期してトリッシュに行ってもらうわ。現場には免疫者《イミューン》もいた方がいいと思うの。それから、カルメンに接触してプレスリリースを受け取ってないか探ってみる」

「彼女、何をすると思う？」オーウェンはどこか面白がっているような口調で訊いた。

「新たな魔法行為の濡れ衣を着せようとしている気がする。だから、あなたは直前になってそのランチには行けなくなるの」

準備の時間はあまりない。結局、警備部の新メンバーを使うことはやめた。入ったばかりの彼らがサムに隠しごとをしなければならなくなるのは、やはりよくないと思ったからだ。一方、トリッシュは張りきって偵察ランチに同意した。彼女は、めくらまし《イリュージョン》で別人になったロッドとともに、店内でマティルダを見張ることになる。

わたしの役目はもう少し複雑だ。カルメンに連絡して、魔法行為に関するプレスリリースをあらたに受け取っていないか尋ねなければならないのだが、問題は口実だ。わたしはこれまで彼女の疑念をすべて鼻であしらっている。あれだけ信じていない態度を取りながら、いまさら興味を示すのはいかにも不自然だろう。

解決策は、翌朝、自らやってきた。地下鉄の駅に入ろうとしたとき、チラシを渡された。見ると、〝あなたの世界観を変える公開イベント〟なるものの告知だった。今夜、市庁舎《シティホール》前の広場で開催されると書いてある。これはカルメンに電話する口実になりそうだ。

携帯電話にテレビ局の番号を入力してあるので、オフィスに着くと、さっそく電話した。幸い、彼女は局内にいた。「もしもし、キャスリーンです。集会と、あと先日、フェスティバルのライブでも会った──」どうか覚えていますように。

「ああ、どうも。何かあった?」カルメンはやや警戒したように訊く。

「どうせきっとばかばかしいものだと思うんだけど、今夜、市庁舎《シティホール》前でやるイベントのチラシをもらったの。それで、その後、あなたのところに何か告知するプレスリリースはきていないかと思って」

「きてないわ。それはなんのイベントなの？」

「何やらこちらの世界観を変えるものらしいわ」場所がＭＳＩの本社に近いのが若干気になる。

「彼ら、あなたにプレスリリースを送るのはやめたのかもしれないわね。今日は特に何もない感じ？」

「予告を受けたものはないわね。そのイベント、行くの？」

「そうね、ちょっと見にいってみるかも。職場からわりと近いし」

「じゃあ、もし行けたら現地で会いましょう」

「そうね」

電話を切り、少しほっとした。もしマティルダが黒幕で、オーウェンをはめようとしているなら、カルメンがその場に来るよう仕向けたはずだ。もしかすると、彼女は本当に昔の級友に会いたいだけなのかもしれない。家族がお金と名声を失いつつあることで、オーウェンの置かれた状況に共感できるようになったのかも。あるいは、オーウェンをダークサイドにヘッドハントするつもりなのかもしれない。

約束の時間の一時間ほど前、わたしはランチをする予定のレストランのまわりを歩き、魔法で何か隠されていないかチェックした。怪しいものが何も見つからなかったのは、果たしてほっとすべきことなのか、むしろ警戒すべきことなのか。店の近くに魔法生物は潜んでいないようだし、反魔法集会の参加者や魔法行為の現場で見かけた人も特に見当たらない。こうして物陰に立って店の入口を見つめ、あわよくば窓からなかの様子をうかがおうとしているわたしが、おそらくこの一帯でいちばん怪しく見える人物だろう。マティルダがやってきた。完璧なブロンドが肩の後ろで揺れている。約束の時間より少し早いけれど、ロッドとトリッシュはすでになかにいる。

　ここからは彼女が何をするかの観察だ。そろそろオーウェンが彼女に電話をし、急用ができた旨を伝えて謝ることになっている。

　だから、オーウェンがレストランに向かっていくのが見えたとき、思わず〝何してるの？違うでしょ！〟と叫びそうになって、自ら作戦を台無しにするところだった。確かにリポーターは来ていないし、いまのところ問題を起こしそうな人たちも見当たらないけれど、だからといって勝手に計画にない行動を取っていいわけではない。だいたい、無謀だと言っていつもわたしを責めるのは彼の方ではないか。

　ロッドとトリッシュがなかでうまく対処してくれることを祈る。ここからはふたりとも見えないけれど、オーウェンがテーブルをはさんでマティルダの向かい側に座るのは見えた。ランチが終わるのを待つのはまさに苦痛以外の何ものでもなかった。ふたりが豪華なランチを食べているのを窓越しに見ながら、ひとり外で乾いたサンドイッチにかぶりついていると、自分が可哀想なマッチ売りの少女のように思えてくる。計画を勝手に変更したのは何か考えがあってのことだろうけれど、やはり気に入らない。もはや嫉妬はまったくない。でも、彼が利用されることには怒りを感じる。彼女がオーウェンを利用しようとしているのは間違いない。知りたいのは、その理由と方法だ。

二時間ほどたって、ようやくふたりが店から出てきた。オーウェンが紳士的にマティルダのためにドアを押さえている。彼女はやけにこれ見よがしな両頬へのダブルエアキスをすると、方向転換して歩き出す。このまま彼女をつけるか、オーウェンを問いただすか迷ったけれど、マティルダがタクシーに乗って走り去ると、彼の方からこちらに来たので、自分で決める必要はなくなった。

「いったいどういうこと？　あなたは現れないはずでしょ？」

「作戦変更だよ」オーウェンは言った。平然と言ってのけたわりには、首から額にかけてみるみる赤くなる。「何も起こらないことはほぼ確実だった。大がかりな魔法行為を仕組んでぼくに罪を着せるには、この店はプライベートすぎるし、メディアもいない。きみが周囲をチェックしても、何も出なかった。となると、もしかしたら何か別の理由があるのかもしれない。あるなら、知っておくべきだと思ったんだ」

「それで？」

「特にこれといった理由はないようだった。少なくとも、ぼくの受けた印象では。ただ古い友人と話がしたかっただけみたいだ」

「でも、あなたたち別に友達じゃなかったんでしょう？　会って何を話すっていうの？」

「同じクラスを取ったことがあるし、共通の友人もいる。話題のほとんどは彼らについてだったよ。どこに住んでいて、何をしているとか。あと、結婚式について訊かれた」オーウェンはかすかにほほえむ。「ぼくにプロポーズをする勇気があったことに驚いているようだった。学生時代、ぼくは女の子をデートに誘うことすらできないやつだと見られていたらしいから」オーウェンは会社に向かって歩き出した。頭を切りかえるのに一瞬遅れて、慌てて追いかける。

「じゃあ、彼女は本当に昔話をしたかっただけなの？　つき合いらしいつき合いもなかったのに？」

「それが、どうやらぼくが思っていたよりこちらに関心があったみたいなんだ。ぼくについてはいろいろゴシップや臆測があったらしいよ。興味をもってくれる女の子たちも意外に多かったみたいだ。でも、ぼくがまったくサインに気づかないから、皆、しびれを切らしていたらしい。わかっていれば、ずいぶん違った学生ライフになったかもしれないな。まあでも、もしそうだったら勉強に集中できなくて、成績の方も違っていただろうけどね」

「彼女、本当に、学生時代のあなたがいかにキュートだったかって話と、結婚することに驚いたって話しかしなかったの？」

オーウェンは肩をすくめる。「彼女、変わったのかもしれない」

マティルダの家のことを思い出させようかと思ったが、やめておいた。それは公道を歩きながらする話ではない。本当に昔のよしみで会いたいと思っただけなのだろうか。釈然としないのは、嫉妬からではない気がする。でも、残念ながら、嫉妬しているような印象を与えずに、これ以上食いさがるのは難しい。

会社に到着し、ロビーを歩いているとき、ロッドとトリッシュも戻ってきた。一瞬、ロッドがオーウェンに詰め寄るかに見えたが、思いとどまったようだ。「あとで話そう」ロッドはそう言ってオーウェンをにらみつける。「今夜、おまえの家に集まって話し合うぞ」

「今夜はだめだわ」わたしは言った。「ちょっと用事があるの」

「話し合うことは特にないよ」オーウェンが言った。「誤認警報だった。本当にただのランチだったよ。会って久しぶりに話がしたかったらしい」

「話って何を話すんだよ」

オーウェンはそれには答えず、わたしに向かって言った。「今夜の用事って？」

「また反魔法の決起集会があるらしいから、ちょっと見にいってくるわ。たぶん大したものじゃないと思うけど。カルメン・ヘルナンデスもプレスリリースを受け取ってないくらいだから」

「それでも、見張りは置いた方がいいな」オーウェンは言った。

「おまえはどこにも行かないぞ」ロッドが先に言ってくれてほっとした。「こっちが安全確認の連絡をするまではオフィスから一歩も出るな。家に帰るのもだめだからな。ずっと社内にいるんだぞ、証人になる人たちといっしょに」

「イエス、サー！」オーウェンはおどけて敬礼する。「たしか、ロッドに命令される立場にはなかったはずだけど、言うとおりにするよ」

「おまえのために言ってるんだよ」ロッドは言った。

「でなきゃ、また尋問を受けることになるわよ、〝ふうむ〟の君に」わたしも言う。

〝ふうむ〟はかなり効き目があったらしく、オーウェンはすぐさま言った。「今夜はちょうどやっておきたいことがあったし、ぼくは仕事をしているよ。きみたちは楽しんできて」

オーウェンが階段に向かって歩き出すと、ロッドはわたしに訊いた。「今日は何があったの？」

「あなたの方が詳しく知ってると思うわ、なかにいたんだから。オーウェンは学生時代のことや近況について話したと言ってたけど、実際はどうだったの？」

「特に変わった様子はなかったけど」トリッシュが言った。「普通のランチって感じ？　すごく親しげなわけでもなかったし。彼はそれほどしゃべってはいなかったわね。彼女はけっこう積極的に見えたけど、きっと人と話すときはいつもあんな感じなんじゃないかしら。ある意味、自然だったわ。支払いのときちょっとした伝票の取り合いがあったけど、結局、彼女が勝ったみたい。おそらく魔法を使ってね。席が離れていたから、ふたりの話はよく聞こえなかったけど」

「ぼくは近いところにいたけど——」ロッドが言った。「聞こえたのはくぐもったささやき声だけで、何を話しているのかはわからなかった。彼ら、プライバシーの魔術を使っていたと思う。彼らのテーブルに的を絞って聞き耳を立てないかぎり気づかないだろうね。店内のざわめきにかき消されているだけのように聞こえるから」

「昔話に花を咲かせていただけなのに、どうしてプライバシーの魔術が必要になるの？」

「話の内容について彼が嘘をついている可能性はないわよね？」トリッシュが訊く。

わたしは首を横に振る。「自分の命を守るためにすら嘘をつけない人よ」

「そのとおりだ」ロッドが言った。「彼女はいつもそうするのかもしれない。実際、レストランでは必ず魔術で会話を覆うという魔法使いたちは少なからずいる。ニューヨークを生き抜くひとつの戦術かな」

「いいわね、それ」トリッシュが言った。「ほかのテーブルの会話を聞こえなくできるなら、なおいいけど」

「それも可能だよ。でも、残念ながらきみには効かない。本物の防音装置を出さないかぎりね。で、どうする?」ロッドはオーウェンがあがっていった階段の方にあごを向ける。

「心配だわ」わたしは言った。「今日のランチはオーウェンの警戒心を解くのが目的だったのかもしれない。そのうえで、次は本当に何かが起こる場所に呼び出すつもりなのかも」

「久しぶりに旧友と話がしたいなんて、彼女にかぎって絶対にあり得ない。あいつのことはぼくが見張るよ。きみもなるべくあいつに時間をつくらせないようにして」

「結婚式の準備があるから、それは難しいことじゃないわ。さてと、サムに今夜のことを知らせなくちゃ」

　トリッシュとわたしはもう一度外に出て、正面玄関のオーニングのいつもの位置にいるサムのところへ行った。チラシを見せると、サムは低く口笛を鳴らした。「ついにおれたちのシマに入ってきやがったな。本社にこれだけ近いのはおそらく偶然じゃねえ。何か企んでいるのは確かだ。こっちも準備するぞ」

14

チラシに告知されたイベントに備えるため、わたしたちはギアをあげた。ガーゴイルたちはチラシがどこまで配られたか、そして同様のイベントがほかにも計画されていないかを調べるため、街を文字どおり飛び回った。市庁舎《シティホール》前のそれが唯一のイベントで、街のほぼ全域で告知がなされたという報告が入ると、サムは戦力の半分に本社周辺で待機するよう命じた。

「イベントはここを攻撃する口実だと思うの？」わたしは訊いた。

「うちの連中を広場に引き出して、会社の警備を手薄にするにはなかなかいい方法だ。心配すんな。広場の監視にも十分な数を置く」

「彼らのなかに免疫者《イミユーン》がいる可能性を忘れないで。彼らが魔法を目にするのはおそらくそのせいだから。彼らの一部にはあなたたちの覆い《ヴエール》は効かないわ」

「だから、お嬢が広場を監視する部隊の一員なのさ。ガーゴイルたちはこっちの砦を守る。合図があればいつでもそっちへ行ける態勢でな」

「それは本当に最後の手段ね。ひょっとすると、彼らはそれをねらっているのかもしれない。きっとわたしたちが自ら本来の姿を見せるよう仕向けるつもりなのよ」

夕方、会社を出ると、はやくも噴水のまわりに人が集まりはじめていた。何人かＭＳＩの社員の姿も見える。ロッドとトリッシュもそのなかにいた。幸い、オーウェンは見当たらない。ロッドが彼に手錠をかけてデスクにでもつなぎとめたのか、それとも、何かのプロジェクトに没頭しているだけなのかはわからない。近寄らないと約束はしたけれど、何か起こったときじっとしていられる人ではないので、安心はできない。

トリッシュといっしょに反魔法集会に行っているので、今回もいっしょにいるのは自然かと思い、彼女の方へ歩いていく。「あら、来てたのね」わたしは言った。

「思ったより集まってるわね」トリッシュは言う。

「チラシをちゃんと読む人って意外にいるのね」

「チラシを読んで来た人たちは実際どれくらいいるのかしら。人が集まってるから好奇心で寄ってきた人たちもけっこういるんじゃない？」トリッシュは広場を見回す。「ちょうど帰宅の時間だし」そして、声を低めて続ける。「だれか知ってる人はいる？」

わたしはトリッシュより背が低いので、まわりの人の頭が邪魔になってあまり遠くまで見渡せない。それでも、見覚えのある赤毛のカーリーヘアが目にとまって、思わず二度見した。ミミだ。彼女が経験したことを考えれば、このてのイベントに興味をもつのもわからないではない。ただ、イベントの主催者側なのか、ただの見物人なのかは、わからない。噴水のそばのベンチの上にだれかが立った。見たことのない女性だ。でも、その隣にいる女性は知っている。

「ええ、すべての発端になった人がいるわ」一周回ってもとの位置に戻ったような気分だ。考えてみると、彼女に会うのはブライダルセール以来だ。集会にもユニオンスクエアのデモンストレーションにも来ていなかった。これは彼らとはまた別の派閥だということだろうか。

ベンチの上に立った女性は細身で背が高く、白髪交じりのまっすぐな長い髪をヘアバンドでオールバックにしている。永遠の中年という感じの風貌は、魔法の存在を信じ、それを不条理に感じている人に共通の特徴なのだろうか。集会でプレゼンターを務めた男性もそんな感じだった。人生にマジカルな要素を求めない人には、ユーモアのセンスに欠けるという共通点があるのかもしれない。ふと、自分自身の態度を振り返る。わたしは何かにつけて普通であることを望む傾向がある。目下の危機への対処にかまけて、魔法が本当に存在し、自分がその世界の一部になっているという事実のすごさを忘れていないだろうか。

女性は拡声器を口の前に構えると、咳払いをし、声をあげた。「皆さん、聞こえますか？」ざわざわと肯定の返事が広がる。「よかった、では、始めます。今夜、皆さんがここに集まったのは、皆さんが探求者だからです。真実を求めているからです。皆さんは目撃しています。間違いなく見ています。そして、聞いています。でも、どこを向いても否定しか返ってこない。だれも信じてくれない。人々はたとえ何かを見ても、見ていないことにしてしまうのです。そして、当局には異常者扱いされる。そのため、だんだん自分のことが不安になってくる。自分自身を疑うようになってくるのです」

「免疫者《イミューン》ぽいわね」トリッシュが言った。わたしはうなずく。この女性に本当のことを教えたら、こうしたことをやめるだろうか。もしかすると、魔法に敵意をもっているというより、信じてもらえないことにうんざりしているのかもしれない。

「しかし、今夜、それが変わります！」女性は宣言した。感情が高ぶって金切り声になる。拡声器がそれをさらに耳障りな音にしている。人々が広場から去りはじめた。それを見た彼女はさらに声を張りあげる。「わたしは今日、魔法が存在することを皆さんに知らせるためにここに来ました。これからそれを証明します！」

これは広場を通りかかった人たちの注意を引いた。最寄りの地下鉄の駅へ向かう人や駅から出てきた人だ。周囲を見回してみたが、テレビカメラやリポーターは見当たらない。でも、カルメンはいた。集会に来ていたときと同じような人目を忍ぶ姿で、カメラマンは連れていない。「そうです、魔法です。シルクハットからウサギを出したり、のこぎりで女性を真っ二つに切ったりするやつではありません。本物の魔法です。魔法は存在するのです！」

まわりで忍び笑いが聞こえる。「きっと何かのプロモーションだよ。新しい映画とか」だれかが言った。でも、真剣に聞いている人たちも何人かいる。ミミもそのひとりだ。

「この街は魔法だらけです。魔法の生き物がわたしたちのなかに紛れて暮らし、魔法使いが自分たちの都合のいいように世の中を操作しています。大きな魔法の戦い《マジカルバトル》もこの街のなかで起こっています。でも、ほとんどの人は気づきません。おそらく魔法使いたちが気づかせないよう人々の目をくらましているからでしょう。しかし、わたしたちはそれらをすべて記録してきました。見つけられるかぎりの証拠とともに。そして、魔法が使われるときのパターンを研究してきたのです」

それが本当だとしたら、彼らはブログに書いている以上のことを知っていることになる。真実を知っているわたしでも、特にパターンと呼べるようなものは見いだせていない。もしくは、知っているだれかが彼らに教えたということだ。

「わたしたちはいま、この街における魔法の中心地にいます」女性は言った。わたしは固唾をのむ。彼女はＭＳＩのことを知っているのだろうか。ここをイベントの場所に選んだのは、やはり偶然ではないということ？「この近くに、あったりなかったりする建物があります。あるいは、一部の人にしか見えないのかもしれません。それがこの街の魔法活動の中枢です。今夜、いまから数分後、月が頭上を通過し、魔法のヴェールが取り払われたとき、皆さんはそれを見ることになるでしょう」

トリッシュとわたしは顔を見合わせる。「まじで？」トリッシュは唇の片端をくいとあげて言った。

「月が関係してるなんて聞いたことないわ」わたしは言った。「まあ、わたしには常に見えているから気づきようもないんだけど」ロッドを探すが、見当たらない。もっとも、いたところで、ここでできる話ではない。このグループには魔法使いは関わっていないと思っていたけれど、ＭＳＩの社屋にかけられた覆《ヴェール》いを落とせるのだとすると、わたしは完全に読み違えていたことになる。

人の群れから出てサムに電話する。「襲撃じゃないわ」小声で言った。「社屋の覆《ヴェール》いを落とすつもりみたい」

「わかった」

「もうすぐよ」わたしはつけ足す。「月が頭上を通過したらって言ってた。そういうやり方があるの？」

「聞いたことねえな。おそらくただのショーマンシップだろう。だが、準備はしとく。ありがとよ、お嬢」

女性は依然として拡声器に向かい、街に存在するほかのだれにも見えないさまざまなものについて大声で訴えている。彼女が気の毒になってきた。免疫者《イミューーン》であることは明らかだ。もし、だれかが気づいて真実を伝えることができていたら、彼女はもっとずっと心穏かに人生を送れていただろう。もう遅いだろうか。彼女はすでに魔法の存在を信じている。いまさらすべてを明かしたところで、魔法に対する敵意は軽減されるだろうか。

あれこれ考えながらトリッシュのところへ戻ろうとしていると、カルメンに声をかけられた。

「来たのね」彼女は言った。

わたしは肩をすくめる。「職場が近くで地下鉄の駅に行くのにどうせここを通るから、ちょっと寄ってみたの」

「彼女の話、意味不明だわ」カルメンは頭を振る。「消える建物って何？　あの城みたいなビルならいつもそこにあるじゃない」そう言ってＭＳＩの社屋を指さす。「あれが魔法の中枢だなんてどうかしてるわ」

どう答えればいいだろう。建物の存在は認めてはいけないことになっているが、見えないとは言いたくない。「あえて見ようとしないものは、目に入りづらいってことじゃないかしら」

「そんなことで何をこんなに大騒ぎしているの？」

「さあ、まったくわからないわ」これは本当のことだ。

拡声器をもった女性が突然黙った。そして、空を見あげると、ＭＳＩの社屋の方を向き、指をさす。「ほら！」

もともとそこにあることに気づいていなかった建物を目にしたからといって、人々がどれほど驚くかはわからないが、少なくとも、突然それが目に入ったり、あるいは見た目が変わったり、何かしら覆《ヴェール》いが落ちたことで起きることが起きれば、二度見くらいの反応はあるだろうと思った。ところが、人々は何かが起こるのを待つようにただじっと示された方向を見ているだけだ。そして、やがて何も起こらないことがわかると、ひとりまたひとりと広場を離れはじめた。それに気づいた女性はますます声を張りあげる。「あれが見えないの⁉」拡声器の音が割れる。「ヴェールが落ちたわ。ほら、あれよ！」

「あれならいつもあるわよ」カルメンは頭を振る。

彼女には真実を告げるべきだと思っているけれど、わたしには証明するすべがないことに気づいた。建物が見えるというだけでは、魔法が存在する証拠にはならない。それに、カルメンはほかの人には見えていないことに気づいていないようだ。「これはやっぱりボツかしらね」わたしは言った。

「クルーを連れてこなくてよかったわ。ニュースの予告なんかしてたら、いまごろ笑いものになっていたところよ。本当に、この国の精神衛生にはなんらかの対策が必要ね」カルメンはぞんざいに手を振って言った。「じゃあ、また次の魔法暴露イベントで」

「そうね。いつか本物に出会えるかもしれないし」わたしは言った。

「ま、せいぜい期待してましょう」

去っていく彼女の背中を見送っていると、だれかに腕をつかまれた。驚いて振り向くと、ブライダルセールで会った女性だった。「あなた、いったい何をしているの?」女性は言った。

「なんのこと?」わたしのなかのテキサスがすごい勢いで噴出した。この短い言葉をこれだけ強い南部訛りで放てたことにわれながら驚く。

「あなたが失敗させたんでしょう?」

「何をしたかったのか知らないけど、あなたたちのプランがうまくいかなかったのはわたしのせいだって言いたいの?」確かに、ある意味わたしのせいではあるけれど、憤慨の方が強くて、いまのセリフはなかなか真に迫ったものになった。

「さっき電話でヴェールの話をしていたわ」

どうして聞こえたのだろう。彼女は近くにいなかったし、わたしは十分小声で話した。気づかないうちにすぐ後ろに来ていたのだろうか。それとも、唇の動きを読めるとか?「もうすぐ結婚式なの、覚えてない?」そう言って、腕を引く。

彼女は腕をつかむ手にさらに力を入れると、演説人の女性が減っていく聴衆に向かってがなり立てている噴水の方へわたしを引っ張っていく。トリッシュが助けようとこちらに向かってくる。わたしは彼女の目を見て、かすかにかぶりを振った。とりあえず即座に身に危険が及ぶというわけではなさそうだし、彼女たちがどういうグループなのか興味もある。いっしょに行けば何かわかるかもしれない。

「やったのはこの人よ！」演説人のところまで行くと、女性は言った。「電話でヴェールが落ちることを警告してたの。この人、ブライダルセールにもいたわ。あいつらの仲間だってことにはやく気づくべきだった」

「言ったでしょう？　わたしはウエディングドレスのヴェールの話をしてたの」そう言って、彼女の手を振り払う。「セールではドレスだけ買ったの。ヴェールをつけるか、つけないスタイルでいくか迷ってて、電話ではその話をしてたのよ」電話で話した内容ではないが、これは本当のことだ。なかなか気に入るヴェールが見つかないので、いっそ使わずにやるのもありかと思っているのだけれど、母に心臓発作を起こされると困るので躊躇《ちゅうちょ》している。

聴衆はすっかり減って、残っているのはマニアらしき人だけになった。あとはロッドとトリッシュを含むMSIの社員数人だけだ。ありがたいことに、ミミもいなくなった。こんなときに彼女に見つかったらたまったものではない。演説人の女性はベンチの上からわたしをにらみつけると、拡声器をおろして言った。「あなたがわたしのデモンストレーションを失敗させたの？」

「いったいなんの話？　何を見せようとしたのか知らないけど、うまくいかなかった理由なんてわたしにわかるわけないでしょう？」これもある程度本当のことだ。社屋の覆い《ヴェール》を維持するためにサムが何をしたのかわたしは知らない。

「嘘をついているかどうか調べるのは簡単よ」女性は言った。「テスターをもってきて」

視界の隅でトリッシュとロッドが一歩近づくのが見えた。わたしは首をほんの少し横に振る。〝魔女を火あぶりにせよ!〟的状況にかなり近づいているとはいえ、彼女たちがよほどばかげたことをしないかぎり――たとえば、わたしを池に放り込んで浮くか沈むか見るとか――わたしは大丈夫だろう。なにしろ、わたしほど魔女からかけ離れた人間はいないのだから。

グループのメンバーらしき男性が放射線測定器のようなものをもってきた。彼は機械についたダイヤルを見ながら、わたしの体に沿って何やら棒状のものを動かす。何度か棒を振ったあと、顔をしかめ、棒を脇の下にはさむと、手で機械をばんとたたいた。そして、もう一度わたしの体に沿って棒を動かすと、首を横に振った。「彼女、魔女ではないな」男性は言った。「というか……こういう数値を見たのはこれまで一度だけだ」

「故障してるんじゃないわよね」演説人の女性が言う。

男性は棒を自分の前で揺らし、ダイヤルをチェックすると、ふたたびわたしの体に沿って動かした。「いや、ちゃんと機能してる。ただ……彼女、きみと同じだ。純粋《ピュア》だよ」

女性はベンチからおりると、両手でわたしの手を取った。「本当? 魔法にいっさい汚《けが》されていない人がもうひとりいたの?」

これはほとんどカルトの世界だ。わたしはトリッシュの方を見る。介入するなら、いまがそのタイミングだ。「あなたたちおかしいわ」わたしは言った。「なんの話かさっぱりわからない」

「あなたは魔法にまったく汚染されていない純粋《ピュア》と呼ばれる人種なの」女性は言った。「そのおかげで、あなたは真実を見ることができるのよ。あなたとわたしが力を合わせれば、世の中に真実を知らせることができるわ」

「ケイティ、ここにいたのね！」トリッシュが言った。「遅れるわよ、さあ、行きましょ！」

「ごめんなさい、もう行くわ」わたしはそう言って手を引く。

女性はすばやくわたしの手首をつかんだ。「あなたが必要なの。真実を見せるから、それを広めるのを手伝って」

「あの、ちょっと考えさせてもらえる？」わたしは言った。

女性はわたしの手首を放すと、ポケットから名刺を出して、わたしの手のひらに押しつけた。ブライダルセールで会った彼女がくれたのと同じものだ。とすると、この女性がアビゲイル・ウイリアムズ？　案外、本名なのかもしれない。「少しでも考えてくれたら、あなたはきっと電話をくれる。わたしにはわかるわ」

「ええと、ありがとう」一歩さがりながら言う。「ちゃんと考えるわ」トリッシュが測定器に近づきすぎる前に、彼女のもとへ急ぐ。さらにもうひとり免疫者《イミューン》がいることがわかったら、彼らはどんな反応をするだろう。

「大丈夫？」トリッシュは言った。「なんかやばそうなことになってたけど」

「とりあえず解放してくれてよかったわ」

「オフィスに戻る？」

振り返ると、演説人とブライダルセールで会った女性がまだこちらを見ている。「まだだめ。

彼女が魔法活動の中枢だと思っている建物に入っていくのを見られるわけにはいかないわ」

わたしたちは地下鉄の駅に向かった。まもなくロッドも合流した。「大丈夫?」ロッドは言った。「彼女がきみをつかんでるのは見えたんだけど、助けにいっていいのかわからなくて」

「わたしは大丈夫よ。待機してくれてよかったわ。話をしたいけど、ここではやめた方がいいわね。あの人たちがいなくなって、見張られていないことが確認できるまで、会社にも近寄らない方がいいわ」

「ぼくの家に行こう」ロッドは言った。「オーウェンたちに連絡して、集まるように言うよ。あいつの家ほど広くないけど、ぼくはだれからも見張られていないし、ぼくに疑いの目を向ける派閥もいまのところないようだから、安全だと思う」

ロッドはモダンな高層マンションに住んでいる。いかにも独身貴族という感じの住まいだ。部屋に入ってすぐ、前回来たときよりずいぶんトーンダウンしていることに気づいた。それでも、レザーとクロムめっきで統一した家具は十分プレイボーイ風で、トリッシュが〝まじで?〟というように目玉を回した。「前はもっとひどかったの」わたしは彼女にささやく。

サムが最初に到着した。バルコニーの手すりに舞い降り、開けてあるドアからぴょんぴょんとなかに入ってきた。「警告ありがとよ、お嬢」サムは言った。「たとえなくても対応できたとは思うが、先に知れたおかげで不意打ちを食らわずにすんだ。かなり強力な解除魔術だったが、こっちもどんなのがきてもいいよう頑丈な保護幕《シールド》を張っておいたんで問題なかったぜ」

「裏で魔法使いが糸を引いてるのはもうひとつのグループの方かと思ってたわ」トリッシュが

言った。「さっきのは、自分が見ているものがほかのだれにも見えないことにうんざりした免疫者《ミューン》が率いるグループでしょ？　彼らにはＭＳＩの覆い《ヴェール》を落とすことなんてできないはずじゃない？」

「魔力をもってなきゃ無理だな」サムが答える。

「彼女、魔法を解くのはなんらかの自然現象のような言い方をしてたわ。月が頭上を通過するとヴェールが落ちる、とかなんとか」わたしは言った。「だれかにそう信じ込まされたのかしら」

「このふたつのグループは互いに相手がもつ情報を入手し合っていそうね」トリッシュが言った。「たぶん、魔法使いのだれかが彼女に月云々の話をして信じさせて、実際には本物の魔法で覆い《ヴェール》を落とすつもりだったのよ」

「おまえさんもなかなかのワルだな、そんなことを考えつくなんて」サムは言った。「だが、かなりの腕をもった魔法使いが関わっているのは確かだぜ。あの連中にその認識があるかどうかは別として」

「みんなはどうかわからないけど、ぼくは一杯やりたい気分だな」ロッドはそう言って、充実した品ぞろえのホームバーの方へ行った。

なんだか急に疲れを感じてソファーに腰をおろす。あのときは考えるのに必死で怖いとは思わなかったけれど、いま安全な場所に身を置いて、さっきの状況がいかに危険をはらんだものだったかということにあらためて気づいた。トリッシュが来なかったらあのまま誘拐されていただろうか。「チョコレートの入ったものなんてあるかしら」わたしは言った。「何か飲みたいけど、チョコレートも必要なの」

「わかった、任せて。トリッシュは？」

「マティーニはつくれる？」

「その質問は失礼だな。もちろんつくれるさ。さあ、座って。オーウェンが到着するまで少しかかるだろうから、まだ始める必要はないよ。同じ話を繰り返すことになるからね」

飲み物をつくりはじめたロッドにわたしは訊いた。「コンピュータを使わせてもらってもいい？」

ロッドはコーヒーテーブルの上のラップトップを指さす。「どうぞ。ネットには自動的につながるよ」

アビゲイル・ウイリアムズのブログにアクセスし、さっきのイベントについて何か書かれていないか見てみる。大規模な公開デモンストレーションの告知はあるが、内容についての報告はまだされていない。わたしの写真は撮られていないと思うけれど、新たな〝純粋《ピュア》〟の発見は報告の対象になるだろうか。グループの創設者が純粋《ピュア》であることはどこにも書かれていないので、世の中に向けた反魔法運動とグループのカルト的側面は切り離しているのかもしれない。もうひとつの主要なブログ、わたしたちが参加した集会を組織したグループによるものと思われる方は、イベントについてまったく触れていなかった。

オーウェンは思ったよりずっとはやく到着した。どうしてそんなにはやく来られたのかちょっと心配になる。魔法に目を光らせている人たちが付近にいるときに、地下鉄のスピードをあげたりするのは賢明なことではない。「どうだった?」部屋に入ってくるなり、オーウェンは言った。「急いで準備する必要があったけど、でも、社屋の魔法除け《ワード》はしっかり守れたと思う」

「そこはわたしには判断できないけど、ほとんどの人は期待外れという顔で帰っていったわ」わたしは言った。「あなたも関わったの?」

「総力をあげてかからなければならない緊急事態だったからね。社内にいた全員が覆い《ヴェール》の維持に当たったんだ。今後に向けてあらたに防御策を考える必要があるな。社屋の覆い《ヴェール》が攻撃されるなんてことはこれまで想定していなかったけど、どうやらもうそういうわけにはいかなくなったらしい」

「とりあえず、魔術の構成を一部変えておいた」サムが言った。「また同じことをしようとしても通用しねえはずだ」

「でも、今夜いちばんのニュースは、ケイティが反魔法カルト集団の新しい預言者になったかもしれないことよね」トリッシュが言った。

「え?」オーウェンが聞き返す。

「グループにブライダルセールで会った女性がいて、わたしに気づいたの」わたしは言った。ロッドがつくってくれたチョコレートのカクテルのおかげで、ぞっとする状況についても落ち着いて話せるようになった。「どうもサムに警告の電話をしているのを聞いてたらしくて、ヴェールの話をしてただろうって、わたしをリーダーのところに引っ張っていったの。わたしのことを彼らの邪魔をした魔法使いだと思ったようだわ。魔女裁判にでもかけられるのかと思ったら、彼ら、魔力の測定器みたいな機械をもってて、わたしを測ったの。そしたら、普通じゃない数値が出て、これまでその数値が出たのはひとりだけだと言うの。それがその恐れ知らずのリーダー。ちなみに、彼女は間違いなく免疫者《イミユーン》よ」

「それ、どういう機械？」オーウェンは訊いた。

仕組みはわからないけれど、覚えていることをできるだけ詳しく話す。「人がもっている魔力を測るものらしいわ。たぶん、基準値を普通の人間に合わせていて、針が一方に振れれば魔法使い、反対方向に振れれば免疫者《イミユーン》とか、そんな感じなのかしら」

「そういう装置をつくるのは可能だと思うけど……理論的には。でも、つくろうと思ったことはないな。ぼくたちはいつも別の方法でテストするから」

「発明はあと。いまはこっちに集中」ロッドが言った。「これはグループの内部に入り込むチャンスかもしれないな。彼らがどこから魔法に関する情報を得ているのかわかるかもしれない」

「選ばれし者として潜入するってこと？」わたしは言った。頭に浮かんだそのイメージを打ち消すため、チョコレートマティーニをごくりと飲む。

「立場としては理想的だな」サムが言う。「選ばれし者に隠しごとはしねえだろう」

「だけど、魔法使いが彼らに接触すれば、彼らは気づくんじゃない？」わたしは言った。「魔法使い探知機をもってるんだから。背後にいる魔法使いがだれなのかはこのグループの内部からではわからないと思うわ」

「もうひとつの反魔法グループから情報を得ているのかも。そこのつながりから探れるんじゃない?」トリッシュが言う。

「ぼくはケイティと同じ意見だな」オーウェンが言った。「話を聞いていると、このグループはかなりカルト色が強い。そんなところに潜入するのは危険だよ。たとえ選ばれし者としてであっても。いや、選ばれし者ならなおさら危険かもしれない。組織に何かあったとき、矢面に立たされるのは常に選ばれし者だからね」

そう言われるとやりたくなる。オーウェンはわたしが危険だと言ってもマティルダに会ったのだから、わたしが彼の警告に耳を貸さなくても責められるいわれはない。「でも、それ以外に打開策はないかもしれないわね」わたしは言った。「どのみちわたしは慎重に動く必要があるわ。アビゲイル・ウイリアムズは——それがあのリーダーの名前だとして——彼女は免疫者《イミューン》で、MSIの社屋のことも知っている。周辺に張り込んで建物に出入りする人たちをチェックするかもしれない。そのなかにわたしがいるのはまずいわ。だったらいっそ、選ばれし者のステータスを利用して情報収集に当たるのが得策という気がする。彼らはおそらく自分たちの背後に魔法使いがいることを知らない。でも、わたしは知っている。だれなのか特定できるかもしれないし、うまくすれば証拠を入手できるかもしれない」

オーウェンが顔をしかめたので、わたしは言った。「火あぶりにされるようなことはないから大丈夫よ。わたしはむしろ、火あぶりにするかどうかを決める側なんだから」

「それに、これはお嬢の仕事で、おれは上司だ」サムが言った。「おれはケイティ嬢にこの仕事を命じる、以上」

「じゃあ、決まりね」なかば勢いでそう言ったものの、正直、勝ったという気持ちより不安の方が強かった。さて、どうなることやら。

15

ロッドの家から帰るとき、オーウェンとわたしの間にはぎこちない空気が漂っていた。わたしは彼が勝手に作戦を変えてランチに行ったことにまだ腹を立てていたし、彼の方も反魔法グループに潜入することを決めたわたしに腹を立てていた――最終的にはサムが命じたことだとしても。さらに、〝ああ、そういえば〟的な口調でオーウェンがこう言ったのもその空気に拍車をかけた。「午後、マティルダから電話があったよ」

「もう?」

「きみが言ったとおり、やはりぼくをヘッドハントする気なのかもしれない」

「スケープゴートにするためにね」

「でも、それを踏まえて行動すれば、そう簡単に利用されることはないよ。それに、何か有益な情報が得られるかもしれない」

「あまりいいアイデアだとは思えないわ」わたしのアパートに近づいてきたが、この話を中途半端に終わらせたくないし、話すならルームメイトがいない方がいいと思ったので、そのまま彼の家に向かって歩き続けた。

「最近、やけにおとり捜査が多くない?」オーウェンは言った。「コレジウムにはどのくらいいた？　ぼくと別れて、仕事も辞めて」

「ふりをしただけだわ」

「でも、実質的に別れたのと同じことだったよ。長期間、ほとんど会えなかったし、電話で話すことさえできなかった。できたのは、せいぜい本屋の棚越しに触れ合うか、人のアパートを借りて数分間会うことぐらいだ」

あれはそれなりにロマンチックではあったけれど、いまそれを言うのは適当ではないだろう。オーウェンは明らかに怒っているし、彼の気持ちもわかる。

わたしたちはオーウェンの家に着くまで黙って歩いた。リビングルームに入ると、オーウェンはまるで中断などなかったかのように話しはじめた。「任務の間、きみは外界との接触をほぼ絶っていた。そして今度は、反魔法グループに潜入するという。なのに、ぼくがおとり捜査をすることには反対するの？」

「これはわたしの仕事だもの」わたしはソファーにどすんと腰をおろす。「それに、わたしは不法な魔法行為の嫌疑をかけられて調査を受けている身ではないわ。それも、すでに当局から目をつけられている状況で。彼らはあなたをカモにしようとしているのよ。あなたにすべての罪を着せて逃げおおせるために。あなたが調査を受けているのも、ひょっとすると彼らが手を回しているからかもしれないわ。そうすれば、あなたは真犯人を見つけて疑惑を晴らしたい一心でスカウトに乗ってくるだろうと思って」

「そうかもしれないね」オーウェンは苦々しげに言った。わたしの方は見ず、書棚の本をいじっている。

「考えてみて。ほかにどんな理由があって彼らがあなたを欲しがる？　理論魔術のエキスパートを会社に置くことは、彼らが企んでいることにとってどんな利点になる？　魔法の存在に人人が気づくよう公共の場で派手に魔法を使うことに大した知識は必要ないわ。逆に、組織にあなたがいれば、警戒されて、仲間にできるかもしれない人たちまで遠ざけてしまう恐れがある。となると、あなたを求める理由はほかにあるということだわ。わたしが思うに、それはあなたにすべての罪を着せること。彼らはただ、〝おっと、秘密がばれちゃいましたね〟って肩をすくめていればいいの。あなたはすでに当局から目をつけられている。彼らに近づくのは、自ら火に飛び込むようなものだわ」

「企みを阻止すればそうはならない」

「でも、それが唯一の望みよ。彼らの計画を潰して、黒幕を暴く動かぬ証拠を手に入れるか、あなたがすべての責めを負うかの、ふたつにひとつだわ」

「きみが必ず真相を暴いてくれるから、後者はないと確信してるよ」

「まだ大したことはわかってないわ」

「推理はできてる」

「でも証拠がない」

「だったら、ますますだれかが潜入して証拠を得る必要があるんじゃないかな」

わたしはソファーから立ちあがり、部屋のなかを歩きはじめる。そうしなければ、オーウェンの胸ぐらにつかみかかってしまいそうだ。「だからそれはわたしがやるの。あなたは堂々巡りの議論をしている。わたしが必ず黒幕を暴くから、あなたはおとりになっても大丈夫、でも、わたしが黒幕を暴くには、あなたがおとりになって証拠を手に入れなければならない――」

「まあ、そんなところだね」オーウェンはにっこりする。

わたしは足を止め、オーウェンの方に向き直った。「ふざけないで！　去年、あなたが逮捕されたとき、わたしがどんな思いをしたかわかってるの？　ただ存在していることを理由に裁判にかけられるあなたを見るのがどれほどつらかったか」目頭がつーんとなって、涙が浮かんでくるのがわかった。瞬きしてごまかす。泣き落としにかかっているように見えるのは不本意だ。「またあんな思いをするのはいや。ジェイムズとグロリアもきっと同じよ。あなたが何かやらかすのを虎視《こし》眈々《たんたん》と待ち構えている人たちがいるの。今回の話が罠だということはこれ以上ないくらい明白だわ。自ら罠に突っ込んでいくようなことはしないで」

「きみが反対だということはよくわかったよ」冷静な口調がますます腹立たしい。

「もうウエディングドレスを買ってあるの。あなたが魔法の刑務所行きになって着られなくなったりしたら、わたしの怒りはちょっとやそっとじゃ収まらないから」

「彼女と話をするだけなら問題はないはずだ。相手が違法な企みについて口にしていない以上、その人と話をしたというだけでぼくを逮捕することはできない。接触を続けることで何かわかるかもしれないし。それに、いまのところ彼女の振る舞いはフレンドリー以外の何ものでもないのに、一方的に連絡を絶ったらかえって怪しまれるよ」

「連絡しないのはいたって自然だわ。これまでの彼女との関係を考えればね。もし、わたしが特に親しくもなかった学生時代の知り合いから突然声をかけられたら、笑顔であいさつして、それで終わりだわ。電話番号をもらっても記録しないし、ランチにも行かない。まして何度もランチをするなんてあり得ない」いつのまにか叫んでいる自分に気がついた。さっきのイベントの女性みたいな金切り声になりかかっている。なんとか声を落ち着けて言った。「この件はわたしに任せてほしいの。まずはあの反魔法グループの話を聞いて、彼らがどこから情報を得ているのかを探るわ」

「わかった」オーウェンは言った。でも、それが口だけだということは読心術の心得がなくてもわかる。わたしが帰るや否や、彼はマティルダに電話して会うことを承諾するだろう。

つまり、一刻もはやく真相を暴かなければならないということだ。彼がトラブルに巻き込まれる前に。


翌日、わたしは警備部から提供された偽のメールアドレスでアビゲイル・ウイリアムズに連絡し、彼女の組織について興味がある旨を伝えた。返信は即座にきた――かなり簡潔なものではあったけれど。「六時に市庁舎《シティホール》前広場で会いましょう。ひとりで来てください」

免疫者《イミューン》を相手にするときのやっかいな点は、本当にひとりで行かなければならないことだ。ガーゴイルを護衛につけることも、魔法使いたちが魔法で姿を消して広場に張り込むこともできない。警護は遠くからするしかないのだ。サムには報告したが、オーウェンには教えなかった。また無謀な行動に出られては困る。彼にはもともと頑固なところがあるけれど、今回は少少強情がすぎる。彼はいま、かなりのストレスを抱えているだろうから、そのせいかもしれない。一挙一動を厳しく監視され、調査され、世間で起こるあらゆる事件、事故、悪事についていちいち嫌疑をかけられるというのは、さぞかし気の滅入ることだろう。理解はできるけれど、だからといって、わたしは自分の仕事をしないわけにはいかない。

早めに会社を出て、市庁舎前広場《シティホール》とは反対の方向へ歩き出す。遠回りをして、別の方向から広場に入るためだ。彼らが魔法活動の拠点として暴こうとした建物から出てくるのを見られれば、一巻の終わりだ。数分早く広場に到着すると、アビゲイルがブライダルセールで会った女性といっしょにすでに来ていた。「理解してくれたのね」わたしが近づいていくと、アビゲイルはあいさつがわりに言った。

「理解できるかどうかを知るために来たの」わたしは言った。「まだ完全に納得したわけじゃないわ」

ブライダルセールの女性が魔法使い探知機についている棒をわたしの体に沿って動かす。

「前回と同じ数値ね」

「これがどういう意味かわかる？」アビゲイルは訊いた。

「いいえ、まったく」わたしは肩をすくめる。「仰々しい機械を使って何かすごいことをしているように見せる作戦？」

ブライダルセールの女性は自分を測り、針がダイヤルの真ん中にきているのを見せた。「これが普通よ」そう言うと、もう一度わたしを測る。針は左に振りきれた。「これがあなた。アビゲイルと同じ」彼女はリーダーのことも測ってみせる。

「で、それがなんなの？」

「あなたは魔法に汚《けが》されていないということよ。魔法による汚染が深刻なこの街では奇跡に等しいことだわ」アビゲイルは言った。「この街に住みながら純粋《ピュア》でいられるというのは、あなたが特別だということよ。あそこに何が見える？」彼女はMSIの本社を指さす。

さあ、どうしよう。見えないふりをすれば、彼女たちの理論は崩れる。でも、そうなったとき、彼女たちがどういう行動に出るかはわからない。それに、ほかの人たちに何が見えているのかわからない状態でその芝居を続けるのはリスクがある。そもそも、わたしの目的はグループに潜入することだ。それには、リーダーと同じ資質をもつと思わせておく方が都合がいいだろう。「お城みたいなオフィスビルがあるわ」わたしは言った。「あのビルならずっと前からあるけど」

ふたりは顔を見合わせ、うなずく。「いっしょに来て」アビゲイルが手を振ると、かなりくたびれた感じのシルバーのセダンが近づいてきて、歩道沿いに止まった。

「ちょっと待ってよ」わたしは首を横に振る。「広場で会うっていう約束だったでしょ？　いっしょにどこかに行くなんて聞いてないわ。ここで話せばいいじゃない。わたしはどこにも行かないわよ」腕組みをして、こちらの意志の固さを示す。

「いいえ、いっしょに来てもらわなければならないわ」アビゲイルも引かない。

「じゃあ、この話はなかったことにして」わたしは地下鉄の駅に向かって歩き出す――彼女たちが譲歩してここで話をすることに同意するのを期待しながら。でなければ、わたしは潜入のチャンスを失うことになる。ところが、ふたりは想定外の行動に出た。両脇からわたしの腕をがっちりとつかんだのだ。「ちょっと何するのよ！」

「怪我をさせるつもりはないわ。とにかくいっしょに来て」ブライダルセールの女性が言った。

　ふたりはわたしを車の方へ引っ張っていく。本気で暴れれば、おそらく振りほどいて逃げられるだろう。近くの物陰に少なくとも一頭はガーゴイルがいるはずだから、きっとなんらかの方法で逃げ切らせてくれるはず。あるいは、悲鳴をあげれば周囲の人が助けてくれるかもしれない。もっとも、この街では悲鳴は必ずしも有効とはかぎらないけれど。でも、彼女たちが何をしようとしているのか知りたくもある。わたしは本能に逆らい、不審に思われない程度に抵抗しながら車まで行くと、彼女たちに押し込まれるまま後部座席に乗った。アビゲイルがわたしの隣に座り、ブライダルセールの女性は助手席に乗る。運転席にいるのは知らない男性だ。もし何か恐ろしいことが起こったら、オーウェンにいやというほどお説教されるだろう。でも、何か本当に恐ろしいことが起きたら、お説教を聞くことすらできなくなる。そう思ったら、背筋が寒くなった。

「デモンストレーション以外にはどんな活動をしているの？」渋滞にはまり、アップタウン方向にのろのろと進む車のなかでわたしは訊いた。「というか、要するに何をしようとしているの？　国の政策を変えたいの？　意識啓発？」

「人々に真実を知ってもらうのよ」アビゲイルは言った。「人々はちゃんと目を開いて真の脅威に気づくべきなの。あなたとわたしは世界をありのままに見ることができる。彼らがどんなに隠そうとしても。だから、わたしたちは人々に真実を見せてあげなければならないの」

「で、その真実というのはなんなの?」わたしは訊いた。

「魔法が存在し、それが秘密にされているということよ」

自分がはじめて魔法について知ったときのことを思い起こしてみる。あれからいろんなことがありすぎて、最初に知ったときの気持ちを思い出すのはもはや簡単ではない。ただ、かなり鮮明な実演を見せられたにもかかわらず、疑う気持ちが完全には消えなかったことは覚えている。こんな状況だったら信じるのはもっとずっと難しかっただろう。「何言ってるの?」わたしは言った。「魔法って、ハリー・ポッターとか、ガンダルフとか、あのてのやつ? 冗談でしょう? そんな話なら、いますぐ車からおろして」

「あなたにはあの建物が見えたわ」

「そうよ。ただの建物じゃない。ちょっとお城っぽくはあるけど、昔の人は建築でいろいろ遊んだのよ。ヴィクトリア時代はゴシック様式がはやったらしいわ。それがなんなの?」

ブライダルセールの女性が後ろを向く。「わたしたちにはその建物が見えないの。両隣のビルがその場所をふさいでいるわ」

「それが魔法が存在する証拠なの?」

「証拠はまだあるわ」アビゲイルはそう言ったが、具体例はあげなかった。

もしわたしが何も知らないごく普通の人間だったら、これを信じるなんてとうてい無理だろう。運悪く頭のイカレた人たちに捕まってしまったと思うはずだ。「悪いけど、つき合いきれないわ」わたしはドアのハンドルを引く。渋滞で車はほとんど動いていないから、スピードを出して走る車から飛び降りるわけではない。足をおろしたら、そのまま早足で歩けばいいだけだ。ドアは開かなかった。チャイルドロックをかけているようだ。「ちょっと、なんなのよ。おろしてよ」

「さっきも言ったように、怪我をさせるつもりはないわ」アビゲイルは言った。「あなたにはいっしょに来る義務があるの」

「これは誘拐よ。だれか！　助けて！」本気だったらもっと激しく暴れているだろうけれど、本当に逃げたいわけではないので、このくらいにとどめておく。でも、実際に居心地は悪いので、それなりに真に迫ってはいると思う。

アビゲイルはすごい力でわたしの手首をつかんだ。「いっしょに来て話を聞くだけ聞いてちょうだい」食いしばった歯の隙間から絞り出すように言う。「こちらの話をすべて聞いたら、そのあとどうするかはあなたの自由だから」アビゲイルはしばしわたしをじっとにらむと、手首を放した。

わたしは腕組みをしてシートの背に寄りかかる。行き先がわからないよう頭から袋をかぶせられるかと思ったが、特にそんな動きはなかった。反魔法カルトのアジトはどんな場所だろう。魔法マニアカルトのそれに比べたらはるかに面白みに欠けるような気はする。

やがて車が止まったのは、もうひとつのグループが反魔法集会を開いた教会の前だった。この教会はイカレた団体専門に集会所として売り込みでもしているのだろうか。ブライダルセールの女性が車から降りて後部座席のドアを開け、手首をつかんでわたしを車から引っ張り降ろした。続いてアビゲイルも車から降りると、すぐさまわたしのもう一方の腕をつかむ。車が走り去ると、ふたりはわたしを教会のなかへ連れていき、階段で地下へおりた。

彼女たちが向かったのはもうひとつのグループが集会を開いた大きい方の部屋ではなく、日曜学校用の小さい教室のひとつだった。部屋には折りたたみ式の椅子が丸く並べられ、その約半分にはすでに人が座っている。ある人物が目に入り、ぎょっとするのをなんとか堪《こら》えた。バス浮上事件を調査するふりをしていたあの〝子犬くん〟だ。彼らは子犬くんのことを魔法使い探知機で測定したのだろうか。

わたしたちも席に着いた。アビゲイルはわたしの隣に座った。さらに数人がぽつぽつと現れ、席に着く。その間、だれも言葉を発しなかった。やがて全員がそろうと、人数は十人だった。

「今夜、新しい仲間が加わったことをうれしく思います」アビゲイルが口火を切った。「キャスリーンは魔法に冒されていません。わたし同様、純粋《ピュア》です。彼女は真実を見て、語ることができるのです」

「ようこそ、キャスリーン」グループのメンバーたちが声をそろえて言った。

「わたしたちは目撃した魔法を報告し合うためにこうして集まっているの」アビゲイルは説明する。「この街の人々は気づいていないわ。あるいは気づいていても、それを認めようとしない。わたしたちは魔法の存在を証明するために情報を収集しているの。ときがきたら、わたしたちが先頭に立って真実を明らかにし、悪を暴くのよ」

「その魔法は本当に悪いものなの？　悪だってどうしてわかるの？」わたしは訊いた。

「魔法はそもそも本質的に悪なの。邪悪な力を利用して行うものだから。そして、彼らはそれを自分の利益のために使っている。それが他者に不利益を強いることになっても意に介さない。毎日どこかでだれかが犠牲になっているのよ」アビゲイルは皆の方に向き直る。「では、前回のミーティング以降、魔法の被害にあった人は教えてください」

人々はしばし互いを見合っていたが、やがてわたしの正面に座っている男性が手をあげた。「邪悪な店主に魔法で欲しくもない酒を買わされました」彼は言った。正直、見え透いた言いわけにしか聞こえない。実際、誘導魔術は存在するし、使われたところを見たこともあるけれど、これは彼自身がアルコールの誘惑に負けたのを人のせいにしているだけのような気がする。

わたしの右側の女性が恥ずかしそうに手をあげた。「昨日のお昼、デリでひとつだけ残っていたポテトチップスの袋をつかんだら、突然、手からそれが消えました」魔法以外の説明もできなくはないけれど、さっきよりは可能性があるかもしれない。ただ、この出来事から魔法使いによる世界征服の可能性を訴えるのはかなり飛躍がある。

続く報告も似たり寄ったりのものばかりだった。魔法に本当はやりたくない――実際はその逆だと思われる――ことをさせられた話とか、ささいな不条理に憤慨した話とか。聖地の地図や金髪のイエスの肖像といった典型的な日曜学校のポスターに囲まれたこの部屋で順番に不満や恨みごとを訴えていく彼らの姿は、教会の集まりにやってきて、ただだれかに話を聞いてもらいたいがために、隣人のいとこの友人のさかむけのために祈ることを求めたりする人たちを思い起こさせる。この人たちはどこから来たのだろう。皆、孤独な都会の住人で、魔法が存在するという秘密を共有し、魔法の体験談を分かち合うことで、人とのつながりを実感しているということなのだろうか。

ようやく報告タイムが終了した。アビゲイルが立ちあがり、意に反してお酒を買わされた男性のところへ行く。彼女は男性の頭に手を置き、目を閉じて言った。「ああ、魔法の痕跡を感じるわ」わたしは苦笑いをなんとか堪える。魔法の影響下にあった人に残る魔法の痕跡を感じてみようと思ったことはないけれど、この男性が魔術をかけられたとはやはり思えない。何か別の理由があったのでないかぎり。

アビゲイルは部屋をまわりながら、黙ってひとりひとりの頭に手を置いていくと、やがてわたしに言った。「あなたも魔法を感じられるかやってみて」

わたしは右隣の女性から始めた。一応、オーウェンがくれた魔法の刺激を増幅させるネックレスをつけてきた。こういう場合にも役に立つといいのだけれど。驚いたことに、彼女のまわりからかすかな魔力が感じられた。「なんだかちょっとぴりぴりするわ」わたしは言った。

アビゲイルはうなずく。「いいわ。そのまま続けて」

わたしはアビゲイルにならってメンバーのまわりを歩きながら、魔力を感じるとそのことを告げた。いまのところ正しく感知できているらしい。あるいは、彼女が適当なことを言って、ただわたしに同意しているだけかもしれないけれど。やがて例の男性のところに来た。「彼は魔法のそばに行ってすらいないみたい」わたしは言った。

アビゲイルは目を細めてわたしを見る。「きちんと感知できていないようね」

「でも、彼、ほかの人たちとは感じが違うわ」

男性はもぞもぞと座り直す。わたしが顔を見ても目を合わせない。

「はじめてだからしかたないわ」アビゲイルは尊大に言った。

「そうね」わたしは肩をすくめる。

次は子犬くんだ。髪の毛が逆立つくらいの魔力を感じるかと思ったら、意外なことに他の人たちと特に変わらなかった。魔法を使う側と使われる側では違いがあるはずだと思ったのだけれど……。彼はわたしを見あげた。その顔があまりに無垢で、彼に対する疑念が揺らぎはじめる。魔法界のナイトクラブで見たのは彼ではなかったのだろうか。確かに彼はこの街のどこにでもいそうなごく普通の若い白人男性だ。あるいは、マルシアやジェンマのように、魔法のことを知っていて、クラブには魔法界の友人と来ていたのかもしれない。

子犬くんはわたしを覚えていないようだ。バスでは彼の方から話しかけてきたのに。確かにあの日は違う髪型をしていたし、メイクは濃いめで、帽子もかぶっていた。だとしても、少しくらい引っかかるような表情を見せてもよさそうなものだ。感情を隠すのがよほどうまいのか、それとも、わたしがよほど記憶に残らない人間なのか——。

わたしは首を横に振った。「特に何も感じないわ」

「そうね、いいわ」アビゲイルはうなずく。「間違えたのはひとりだけね」

「これが魔法とどう関係があるの？　ただなんとなくびりっとするだけじゃない」

「近いうちに魔法が使われるところを見ることになるわ」アビゲイルは言った。

そのとき、ドアが勢いよく開いて、さっき車を運転していた男性が女性をひとり引きずるようにして入ってきた。どこかで見たことがあると思ったら、ＭＳＩの社員だ。名前は知らない。目が合ったので、精いっぱい無表情をつくる。どうか知らぬふりをしてくれますように。「こいつは魔女だ！」運転手は叫んだ。「信号を変えるのを見た」

人をむりやり連れてきて調べるというのは、かなり深刻だ。このてのことはもう何世紀も前に終わったと思っていたのに。ブライダルセールの女性が魔法使い探知機の棒を彼女の体のそばで揺らす。針は右に振りきれた。「やっぱり魔女ね！」アビゲイルが言った。「何か言いたいことがあるなら言いなさい、魔女！」

わたしがどんな役を演じているにしても、これをただ黙って見ているわけにはいかない。

「いやだ、ちょっと、あなたたち、いったいこれはなんのまね？」

「テスターの反応を見たでしょう？　あなた自身、さっき実際に魔法を感じたはずよ」アビゲイルは言った。

「あなたが魔法だと言ってるだけじゃない。その機械だって、わたしはまだ信用してないわ」

わたしは運転手の方を向く。「いったい何を見たわけ？」

「彼女が横断歩道の信号に向かって手を振ったら、信号が青に変わったんだ」

「ちょっと、冗談でしょう？　そんなの、信号が変わるのが待ちきれないとき、だれだって一度や二度やったことがあるはずよ。わたしなんかしょっちゅうやってるわ。五秒数えたら信号が変わる、手を振ったら信号が変わるって。彼女が手を振って青に変わったとき、赤だった時間が明らかに短すぎたという確信はあるの？」

「それは……」運転手は言いよどんで目をそらす。

「魔法の証拠が見たいなら――」アビゲイルが言った。「見せてあげるわ」彼女はＭＳＩの女性の方を向く。「あなた、さあ、魔法を使いなさい」

「いったい何を言ってるの？」女性は言った。「あなたたち頭がおかしいわ」

　彼女は嘘をついているけれど、頭がおかしいという部分はある意味当たっている。すでに別の部分で狂っている人に、実際に存在するものを存在しないと思い込ませるのは、ガスライティングになるだろうか。真実を告げたところで、もはやこの人たちの助けにも、ものの見方を変えることにもならなそうな気がする。それどころか、かえってより危険な存在にしてしまうかもしれない。

　もし子犬くんがわたしが考えるとおりの人だとしたら、このグループについて知るべきことはもう十分に知った。ここで彼らとの関わりを断ち切っても、今後の調査が困難になることはないだろう。わたしは運転手の前に出て言った。「もし信号を変えたとして――わたしは変えたとは思ってないけど――彼女はだれかに危害を加えたの？」そして、メンバーたちを見回す。

「もし魔法が存在するのだとしたら、あなたたちが語った出来事はどれも実にささいなことだわ。本当に魔法が存在するなら、もし本当に魔法使いがいるなら、ポテトチップスを盗むなんてことじゃなくて、何かもっと大きなことをやるとは思わない？」

ふたりほどが神妙な顔でうなずく。「でも……」運転手が口を開く。「でも、不公平じゃないか」

「彼女が信号を変えたおかげで、先を急いでいたほかの人たちもいっしょに渡れたんじゃない？」

「そうしたくてもできないほかの人たちに対して不公平だという意味だ」

「世の中にはものすごく歌のうまい人たちがいるのに、わたしが歌うと犬に吠えられるのだって不公平だわ」わたしは言い返す。

わたしたちが言い合っているうちに、〝魔女〟は運転手のすきをついて手を振りほどき、部屋を飛び出した。彼が慌てて捕まえようとしたときには、すでに廊下の先を走っていた。彼女が魔力を使ってうまく逃げ切ることを祈る。救出のためにこの面々のところに魔法を使う者たちを送り込むような事態は避けたい。

残ったメンバーたちが暴徒となって彼女を追いかけたりしないよう、わたしはドアの前に立つと、腕組みをして言った。「もしあなたたちがこういうことをするグループなら、わたしはいっさい関わりたくないわ。いったいなんなのこれは。セイラム魔女裁判？　中世じゃあるまいし。もし本当に魔法があるなら、わたしはそれってけっこう素敵なことだと思うけど。むやみに怖がったり、自分が抱える問題の責任を押しつけたりするものじゃなくて」

ポテトチップスを盗まれたと主張していた女性が立ちあがった。「わたしもそう思う。正直いうと、ホグワーツから手紙がこないのは何か手違いがあったからじゃないかって、半分本気で思ったりすることもあるの。もし魔法が存在するなら、すごく素敵なことだわ。わたしには魔力がないかもしれないけど、だからってマグルみたいになる必要はないわよね」

アビゲイルが反論しようと口を開いたとき、また別の人が立ちあがった。「魔法を使ったと言ってだれかをむりやり引っ張ってくるなんて、さすがにやりすぎだ。ぼくは抜けるよ」

さらに数人がわたしたちの側につき、残ったのはアビゲイルとブライダルセールの女性、酒を買わされたと主張した男性、そして子犬くんだけとなった。立ちあがったメンバーは、指示を待つかのようにわたしを見ている。さて、どうしよう。魔法の存在を信じ、かつ、それってけっこういいかもと思っている人たちによる、新しいムーブメントでも起こす？

とりあえず、目下の最善策は、ここから出ていくことだ。ついてくるかどうかは彼らの自由。彼らはついてきた。教会の前の歩道に出ると、皆、わたしのまわりに集まった。「わたしたち、これからどうするの？」ひとりが訊いた。

「いままでどおり生きていくっていうのはどう？」わたしは言った。

「魔法のことよ」

「魔法について何ができると思う？　もし本当にあるとして」

皆、顔を見合わせる。「存在を暴く」男性のひとりが言った。

「どうして？」

「世の中に知らせるために」

「そのあとは？」

だれからも答が出ないようなので、わたしは言った。「お疲れ様。わたしはこれで帰るわ」

後ろから追ってくる足音を無視して、早足で歩き続ける。「次はいつ集まる？」声が聞こえた。

「満月の夜にオークの老木の下で」前を向いたまま言う。

「どのオークの木？」

わたしは立ち止まって振り返る。「冗談よ。もう集まる必要はないわ。もちろん、あなたたちがそうしたいならすればいいけど、わたしのことは数に入れないで」

頭上から忍び笑いのような音が聞こえた気がしたが、通りを数本渡り、メンバーたちの視界から完全に外れたことと、つけられていないことを確認してから、わたしはようやく言った。

「そろそろ笑うのやめていいわよ」

前方にある建物の入口の看板の陰からサムが姿を現した。わたしに対して魔法で姿を隠すことはできないので、うまく隠れながらついてきたようだ。「お嬢がいつのまにか反魔法カルトのリーダーになってるんだから、こりゃ愉快じゃねえか」サムは言った。

「解散するときは、もう反魔法じゃなくなってたわ」

「なかで何があったんだ？　アラベラ・リピターが飛び出してきたと思ったら、今度はお嬢が子分たちを率いて出てきた」

わたしはサムにことのあらましを話す。「グループのひとりはおそらく魔法使いだと思う。でも、メンバーとして受け入れられたということは、なんらかの方法で彼らの機械を操作したんだわ」

「魔法で針を動かすことはできる。人々が考え出した魔法使いを探知するほぼすべての方法について、こっちにはごまかすすべがある。連中の機械は免疫者《イミューン》を見つけるには有効かもしれねえが、魔力をもつものにはなんの役にも立たねえよ」

「じゃあ、やっぱり彼は子犬くんだったのね。彼とわたしが疑っている人物との接点を見つけられれば、かなり前進するんだけど」

「で、その疑ってる人物たあだれなんだい？」

わたしはため息をつく。「まだ正式には言いたくないの。その人物は魔法界に有力なコネがあるらしいから、わたしが疑っていることが知れたら、きっと捜査を潰されるわ」

「おれがコネを気にするとでも思ってんのかい？」

「でも、職務上しなければならないことがあるでしょう？　何かを隠さなきゃならないような立場にしたくないの。彼らについて口にしないよう言ったのはサムよ」

「まだメイフェア家について考えてんのか。なんてこった。そりゃあ、心配した方がいい」

胃がきゅっと縮む。

16

「つまり、わたしは正しいってこと?」口のなかが乾いてきた。否定されなかったのはよかったけれど、サムのこの反応は不安をかき立てる。

「この件については話し合う必要がある。公共の場ではだめだし、会社もだめだ」サムは言った。

「じゃあ、どこで?」

「高いところは苦手か?」

「どのくらい高いかによるわ」

「おまえさんのアパートの屋上はどうだ」

「そのくらいなら大丈夫。あ、でも、あなたの背中に乗っていくんじゃないわよね?」

「それにはもう少しでかいガーゴイルじゃねえとな」

「屋上に出る鍵をもってないわ」

「おれが開ける。階段で屋上まで行ったら内側からドアを三回たたきな」

わたしは急いでアパートに帰ると、自分のフロアを通り越して最上階まで行き、言われたとおり屋上に出るドアを三回ノックした。すると、ドアが開き、サムが古い折りたたみ式の椅子の背にとまって待っていた。「ここならまわりを気にすることなく話せる。いまはハト一羽いねえからな」

「ハトたちはどうしたの？」恐る恐る訊く。

「おれが追っ払った。あとで戻ってくるだろうが、それまで話す時間は十分ある」

「ハトに聞かれるのを心配してるの？」

「魔法使いがハトに姿を変えてるかもしれねえし、ハトをスパイに使うかもしれねえ」

「被害妄想気味なのはわたしだけかと思ってた」

「連中はプロだ。実は何年も前から目をつけてるが、まったくしっぽを出さねえ。で、お嬢が
やつらを疑う理由は？」

「先日のフェスティバルでライブの観客にダンスの魔術がかけられたとき、マティルダ・メイフェアは現場にいたわ。でも、踊っていなかった。あの日、彼女はオーウェンに話しかけてきたの。学生時代、ふたりは友達だったわけではないのに、まるで懐かしい旧友に再会したかのような態度で。そして、その後、また会いたいとオーウェンに連絡をしてきた。オーウェンをヘッドハントするのかと思ったら、結局、ランチだけで終わったわ。でも、今後も連絡を取り合いたいと言ってるらしいの。驚いたことに、オーウェンもそうしようと思ってるみたい」

サムがそれは嫉妬だと言わなかったのでほっとした。正直、彼女に対する疑念にそういう要素がまったくないとはいえない気がする。「で、お嬢は彼女のねらいはなんだと思うんだ？」

「たぶん、魔法の存在を暴露して、その原因となった公共の場での魔法行為をすべてオーウェ

ンがやったことにしようとしてる。魔法が公《おおやけ》になれば、メイフェア家の魔法旅行ビジネスは巨大な新市場を手に入れるわ。コレジウムとのコネクションを失って、彼らはお金を必要としているらしいの」

「妥当な疑念だな」

その言葉を聞いて少しほっとする。「そう思う？」

「おう、さっきも言ったように、やつらのことはずっと怪しいと思ってきた。だが、明白な証拠がない以上、おれの権限ではどうすることもできねえ。証拠はまだ十分じゃねえが、連中がオーウェンをねらってるとなりゃ、こっちもおとなしくしてるわけにはいかねえな」

「反魔法グループ内のスパイは目星がついてる。魔法界のナイトクラブで彼のことを見たの。いっしょにいた男がおそらくバスを浮かせた人物だと思う。彼とメイフェア家の接点が見つかれば、有力な証拠になるんじゃないかしら」

「連中と戦うには、それでもまだ十分じゃねえな。やはり現場を押さえる必要があるだろう。いちばん有効そうなのは、オーウェンの作戦だと言わざるを得ねえ。やっこさんは彼女が何を企んでるのか探れる立場にいる。まあ、カモにならずにそれができればってことだが」

わたしは大きくため息をつく。「わたしとしては、それだけは避けたかったんだけど」

「やっこさんは頭がいい。自分の身は自分で守れるさ」

わたしは両手を腰にあてて言う。「あら、そう？　わたしたち、これまで何度彼を救出しにいった？」

「また行けばいいさ。おれたちはやっこさんから目を離さず、何をするにしてもしないにしても目撃者がいるようにして、何かあればすぐ助けにいける態勢を取っておく。お嬢はその間、マティルダの身辺を洗って、反魔法グループとのつながりを探ればいい」

「はやまったかも。さっきのグループとは思いきり決別宣言しちゃったわ」

「なんとかなるさ。これまでもっとひでえのをやっつけてきたろ？　今度もうまくいく」

本当にそうだといいのだけれど……。


翌朝、会社に行くために家を出ると、アパートの前でオーウェンが待っていた。昨日はひとことも話していない。たまたまお互いに忙しかったせいか、口をきかないことになったからかはわからない。「おはよう！」コーヒーを差し出したオーウェンに、わたしは朗らかに言った。口をきかないことになったわけではなさそうなのでほっとする。「どうしたの？」

わたしたちは地下鉄の駅に向かって歩き出す。「彼女が、今日、仕事のあとに会いたいと言ってる。ひとりで来るようにって。何か秘密裏に話をしたいということだと思う」

せっかくあがった気分がいっきに沈む。「特に怪しいとは思わないけど。彼女、あなたに夢中なのよ。だから婚約者《フィアンセ》なしで会いたいんだわ」

オーウェンは真っ赤になった。「まさか。ぼくは彼女のタイプじゃないよ」

「あら、そう？　リッチでゴージャスなのはまさに彼女のタイプのような気がするけど」

これ以上赤くなるのは不可能だろうと思ったら、なんとオーウェンはそれをやってのけた。

この調子でいったら、そのうち爆発するんじゃないだろうか。「そういう理由でぼくに近づこうとしているのだとしたら、こんなに慎重なやり方はしないと思うな。もっと直接的にくるはずだよ。学生のとき、彼女がどんなふうにねらった相手をしとめるかを何度も見たからね」

「いきなりこん棒で頭を殴って気絶させて、そのあと足首をつかんで巣穴まで引っ張っていくとか？」

「というより、いきなり襟首をつかんでキスをする、かな。そうすると、たいてい相手は自ら進んで彼女の巣穴へついていくよ」

「あなたもそうだったの？」

「彼女がぼくをターゲットにしたことはなかったよ。だから今回も違うと思う」

「で、今日は仕事のあと、どこで会うの？」

「場所についてはあとでメールがくることになってる」

「わかったらすぐに教えてね」オーウェンが横目でこちらを見たので、思いきりため息をついてみせた。「怒り狂ったガールフレンドみたいに現場に乗り込んだりしないから大丈夫よ。まあ、それもちょっと面白そうではあるけど。とにかく、厳密にいえば、この件はわたしが担当なの。警備部に所属しているのはわたしよ。もっというと、この件に関しては、あなたはわたしに指示を仰ぐ立場にあるわ。指示を出すためにも、わたしは状況を常に把握しておく必要があるの」

「一応言っておくけど、きみの方も慎重にね」

「危険を冒すのはわたしじゃないわ」

「そういう意味じゃなくて」

「わかってる。あなたの作戦をぶち壊したりしないから心配しないで」彼女が現行犯で捕まえられるようなことをしないかぎり。

地下鉄の駅に到着したので、これ以上この話を続けることはできない。ここで話を中断するのはなんとも気持ちが悪い。喧嘩ではないけれど、お互い気持ちがとげとげしくなっている。オーウェンはわたしが彼を信用していないと思っているだろうし、わたしは彼がこちらの心配を軽視しているように感じている。オーウェンの意図はだいたいわかる。魔法界に対して自分がよい人間であることを証明したいのだ。もう幾度となく証明してきているのに、世間の見方はいっこうに変わらない。いったいどうしたら彼の願いが叶うのかわたしにもわからない。ただ、今回のことがどういう結果に終わったとしても、それは彼のイメージを完全に変えるものにはならない気がする。それどころか、彼の評判をさらに傷つける大きなリスクをはらんでいるように思えてならない。でも、あのサムですらこれが最善策だと言っているのだから、信じるしかないだろう。

幸い、オーウェンはマティルダに会う時間と場所をメールで知らせてきた。押し入るつもりはないけれど、現場には行く。援軍を要請しなければ。サムはいつもどおり正面玄関のオーニングの上にいた。「彼ら、今日、仕事のあとに会うわ」

「いよいよ面白くなってきたな。おれのオフィスに入んな」サムは片方の羽をさっと扇ぐ。すると、わたしたちは透明の球にすっぽり包まれた。「これで周囲を気にする必要はねえ。さ、ここで好きなように話しな」

わたしはオーウェンとマティルダのランデヴーについて詳細を伝える。「現場に人の目を確保してほしいの。彼が何を言って何をしたのかあとで証言できる人を。わたしはそのあと彼女をつけて、何をするか、だれと会うかを調べるつもり。少なくともひとりガーゴイルをつけてくれるとありがたいわ。あなたが信用できるガーゴイルを」

「おれでどうだ？」

「そうね、信用はできそうね」わたしはにやりとして言った。「魔法を使わずにオーウェンに隠しマイクをつけることはできる？　彼女はきっと魔法による盗聴には備えているはずだから」

「了解だ、しかけておく。ボスにはこのことを話したのか？」

「指揮系統の順番は守るべきだと思って」

「わかった、おれから話しておく。ボスには連中の影響力も関係ねえし、口は堅いおかただから、まず問題ねえだろう」

わたしはうなずく。「とりあえず、現時点でできるのはこんなところかしら。そうだ、店から出てきたとき彼女をつけやすいよう、タクシーを全部追い払うなんてことはできる？」

「いいとこに気がついたな。〝あのタクシーを追え〟が通用するのは映画のなかだけで、現実世界ではなかなかそうはいかねえ。だが、もし彼女がタクシーに乗っちまったら、おれができるかぎり追いかける」

わたしはチャイナタウンへ行き、露店でマティルダの尾行に使うものを調達した。スカーフ、サングラス、帽子をそれぞれ複数買い、どこにでもあるような特徴のないトートバッグに入れる。平凡な容姿を過信すべきではない。

予定の時間になる前に、オーウェンとマティルダが会うことになっているバーの外に待機する。オーウェンが先に到着し、わたしが見やすいよう窓のそばのテーブルに座った。ひとまず作戦どおりに動いてくれてほっとする。約束の時間になったが、彼女はまだ現れない。そのまま時間だけが過ぎていく。遅れているのだろうか。それとも、見張りに気づいて逃げた？　携帯電話を握り、オーウェンに計画の中止を告げるべきかどうか考える。ひょっとして、これから魔法で何か起こして彼の仕業に見せようとしているのだろうか。もしそうだとしたら、お粗末なアイデアだ。バーで妙なことが起こるのは、さほど珍しいことではない。大して注目は集めないだろう。やはり、もう少し様子を見てみよう。

約束の時間に十分ほど遅れて、ようやくマティルダが現れた。タクシーから降り、まるで時間はすべて自分のためにあると思っているかのように、優雅な足取りでバーに入っていく。立ちあがってあいさつするオーウェンに、マティルダは例のエアキスをする。今回は本当に頬をつけているように見えた。しかも、やけに長く。彼女は慣れた手つきでウエイターを呼ぶと、テーブルに身を乗り出してオーウェンに話しかける。おそらく店内が騒がしくて声が聞こえにくいからだろうけれど、親密な雰囲気をつくり出そうとしているようにも見える。何かを強調するときに、たびたびオーウェンの手に触れている。ふと、手が痛いことに気づいた。いつのまにか拳《こぶし》を強く握りすぎて爪が手のひらに食い込んでいたのだ。大きく息を吐き、指を開く。わたしはオーウェンを信じている。彼女に対して恋愛感情をもっていないこともわかっている。何も心配することはない、たぶん……。

ふたりはずいぶん長いこと話している。会話を聞ければいいのだけれど、オーウェンがもっているマイクは録音するだけで、音は送ってこない。その方が探知されたり途中で切れたりする可能性が低いので安全だと警備部の技術チームが判断したためだ。オーウェンは真剣な表情をしているが、彼の場合、それはいつものことだ。いまのところ、何かショッキングなことを聞いたというようなジェスチャーも、怒りや驚きを示すような態度も見られない。ただ彼女の話をうなずきながら聞いているだけだ。マティルダの方も、これはあくまでカジュアルな集いだという空気を醸《かも》し出している。もし、わたしが事情を知らない第三者だったら、ふたりの様子を見て、はじめてのデートだと思ったかもしれない。マティルダは少々やりすぎなくらいにこやかで感じがよく、冗談を言ったり、髪をさっと肩の後ろに払ったり、ときおり声をあげて笑ったりしている。彼女が笑うと、オーウェンもほほえんでそれに応えている。

マティルダが二杯目のドリンクを注文すると、雰囲気はさらに親しげなものになった。話すべきことは話したので、ここからはただ会話を楽しもうという感じに。立ちっぱなしなので脚と背中が痛くなってきた。それに、怪しまれずに同じ場所にい続けるのもそろそろ限界だ。電話をしているふりをしたり、壁に寄りかかって新聞を読むふりをしたり、腕時計を何度も見ながらだれかを待っているふりをしたりしたけれど、ついにネタ切れだ。最後にもう一度、かかってきた電話に出て思いきり憤慨するふりをする。待ち合わせの相手にさんざん待たされたあげく約束を反故《ほご》にされたという設定だ。携帯電話をハンドバッグに戻して歩き出そうとしたとき、ついにふたりが会計を済ませて立ちあがった。

ふたりいっしょに店から出てくると、マティルダはタクシーを探して左右を見る。サムのおかげでタクシーは一台もいない。マティルダとオーウェンはまた例のエアキスをしてわたしの頭に血をのぼらせると、それぞれ反対方向に歩き出した。

わたしはマティルダのあとをつける。彼女が角を曲がるまでは道の反対側を歩き、そのあと急いで道を渡って、見失わない程度にできるだけ距離を取りながらついていく。

どこまで尾行できるかはわからない。サムも街じゅうのタクシーを足止めすることはできないから、いずれ拾える車が見つかるだろう。でも、彼女の家はここからそう遠くない。このまま家まで――あるいは、どこへ行くにしてもその行き先まで――歩いてくれるといいのだけれど。わたしは帽子をかぶり、サングラスをかけ、鮮やかな色のスカーフを肩にかけている。マティルダがちらっと後ろを振り返った。彼女が前に向き直ると、急いで帽子とスカーフを外し、別の帽子とスカーフをつけた。

マティルダはまっすぐ家には帰らなかった。公園に行き、ベンチに腰をおろす。こうなると、人目を引かずに彼女を見張るのはなかなか難しい。彼女の背中側を移動し、木立の陰に入る。上着を脱いで、また別のスカーフを肩にかけ、帽子も変えて、あたかも反対方向から来たかのように歩道を歩きはじめる。同じベンチに座るのは無謀かどうか考えていると、男性がひとりわたしを追い越して、彼女が座っているベンチの端に腰をおろした。これで迷う必要はなくなった。一本の細い木に隔てられた隣のベンチへ行き、さも一日じゅう歩きどおしで脚がくたくただと言わんばかりに大きなため息をついて腰をおろすと、トートバッグから新聞を取り出して、クロスワードパズルをするふりをする。

「どうだった？」男性は言った。マティルダの方を向いているので、顔は見えない。座る前にもう少し顔を見ておくべきだったが、たとえわずかでも注意を向けているように見えるのが恐くてそうできなかった。

「いま話して大丈夫なの？」マティルダは訊いた。

「心配いらない。手は打ってあるから」男性は言った。おそらく、昼間、会社の正面玄関で話したときサムがしたように、魔法の気泡か何かで自分たちを包んだのだろう。おあいにくさま、わたしにはなんの役にもたたないわ。そう思って、笑みをかみ殺す。

「うまくいきそうよ」マティルダは言った。「何も疑ってないわ、気の毒なくらい。もうすぐやる予定の結婚式について長々聞かされてうんざりしたわ」

やっぱり！

「何を聞き出せた？」

「結婚式のこと以外はあまり。仕事については話したがらなくて」

「信用されてないんじゃないのか？」

「あまりやりがいを感じてないからだと思う。こっちにとっては好都合だわ」

「信用して大丈夫なの？」

マティルダは笑った。「彼には人を欺せないわ。あり得ないくらい真面目なんだから。そこがちょっと可愛くもあるんだけど。とにかく、彼は自分が善人であることを証明したいのよ」

「証明しようとしている相手がこっちだと言いきれる？」どこかで聞いたことのある声だ。でも、いつ、どこで？

「言いきることはできないけど、でも、たとえそうじゃなくても別にかまわない。目的がなんであれ関わりが深くなればなるほど、こっちにとっては都合がいいわ」

「次のデモンストレーションは？」

「考えてるわ。じつはさっきすごくいいことを思いついたの」

「できるだけはやくやった方がいい。ばか連中は興味を失いつつある。昨日、グループの大半が抜けた。あっさり説得されてね」わかった！　バスで会った子犬くんだ。顔は依然として見えないけれど、この声は間違いなく彼だ。それとも、彼がマティルダと反魔法運動、さらに魔法暴露活動を結びつけるカギであることを望むあまり、そう思えるだけ？　とにかく、もし子犬くんだった場合、彼はわたしとオーウェンの関係に気づいていないのだろうか。彼のグループを分裂させた人物がオーウェンのフィアンセであることを知られたら、わたしたちの作戦は終わりだ。でも、彼はそれ以上何も言わなかった。

「放っておけばいいわ」マティルダは言った。「カルト的な連中が大騒ぎしてイカレたリポートをしない方が、かえって今度の大デモンストレーションは大きなインパクトを与えられるわ」

「どうかな。彼らのことはつなぎとめておく方がいいと思うけど」

「でも、あの人たちの話を真剣に聞く人なんかいないじゃない。ある程度世間の関心を引いたという点で、彼らは役目を果たしたわ。ただ、あのリポーターはもう少し使いたいわね。ようやく真剣に疑いはじめたようだから」

「彼女には個人的に少し小規模な体験をさせておいた方がいいかもな。プレスリリースやたれ込みはなしで、彼女のあとをつけてタイミングがいいときに何か見せる。何度かそれをやっておけば、大きなデモンストレーションがあったとき、疑念は間違いなく確信に変わるはずだ」

「ああ、それはいいアイデアね。ぜひやってちょうだい。わたしはわが愛しき旧友がいるところでいくつか事件を起こしておくわ。彼に疑いの目が向けられ続けるように」

これだけ聞けば十分だろう。わたしがいることに気づかずにいまの話をしたのであれば、彼らがやろうとしていることはだいたいわかった。ただ、有効な証拠はない。たとえいまの会話をすべて録音していたとしても、役には立たないだろう。あれならわざわざ魔法の気泡で自分たちを包む必要すらなかった。彼らの発言のなかに、悪事を裏づける具体的な言葉はいっさいなかったから。

わたしはクロスワードパズルを終えたふりをして新聞をトートバッグに戻し、サングラスをかけて立ちあがった。彼らのベンチの前を通り過ぎるとき、背後にあるものを見るような感じでふたりの方に視線を向ける。やはり子犬くんだった。幸い、彼らはまだ話をしていて、こちらを見ることもなかった。

公園を出ると、地下鉄で自宅の最寄り駅まで移動し、そこからまっすぐオーウェンの家へ向かう。オーウェンはすでに帰宅していたので、わたしは部屋に入るなり言った。「やっぱり彼女が黒幕よ」

同時にオーウェンも言った。「やっぱり彼女じゃなかったよ」

わたしは固まる。「えっ？　何言ってるの？」

「彼女は何も企んでなんかいない。家のビジネスがいまあんな状況だから、少し落ち込んでいて、理解してくれそうな人と話がしたかったんだよ」

逆効果になると思うので、口調に敵意や皮肉がこもらないよう気をつけて言う。「それはおかしいわね。あのあと彼女、反魔法グループのメンバーのひとりと会って、次の作戦について話し合ってたわ。彼らは間違いなくあなたを利用しようとしてる。あなたの真面目さに、自分がよい人間であることを証明したがっていることに、つけ込もうとしているの」

オーウェンは激しくかぶりを振った。「まさか、そんなはずはないよ」

「わたしはこの耳ではっきりそう聞いたわ」

「ぼくらが話したのはお互いの近況だけだよ。彼女はぼくたちの結婚式や仕事の話を聞きたがっていた」

「彼女が知りたかったのは仕事のことだけよ。結婚式の話は長くてうんざりしたと言ってたわ。彼らは大がかりな最後のひと押しを計画してる。魔法が存在することを明白に示して、そのうえで自分たちのビジネスを公にするつもりだわ。あなたに特に何かをさせようとしているわけじゃないのよ」わたしは崩れるようにソファーに座る。「それから、最後の大デモンストレーションをより効果的にするために小規模な魔法行為はやめると言ってたわ。特定の標的を除いて。たとえばリポーターのカルメンとか。やっぱり彼女には話すべきじゃないかしら。真実を知っていれば、彼らの罠には落ちないかもしれない」

「許可を得るのはかなり難しいと思うよ。彼女が自力で気がついて、真実を探りはじめでもしないかぎり。これはマーリンにも決められないことなんだ。評議会《カウンシル》の同意が必要になる」

「もし、彼らが評議会《カウンシル》のだれかと通じてたら？」

「そんなに高位の人まで取り込んでいると思うの？」

「彼らは買収するのがうまそうだわ」

オーウェンはわたしの横に座った。「マティルダたちは本当にそういう話をしていたの？　漠然とした話をきみがそう解釈したのではなくて？　本当にきみ自身の先入観が入っていないといえる？」

「わたしを疑ってるの？」思いのほか金切り声になってしまった。でも、最も恐れていた悪夢が現実になりかかっているときに冷静でいるのは簡単ではない。

「違うよ！　ただ、きみはこの件についてすごく一生懸命調べてきたし、ぼくを守ろうともしてくれている。だから少しでも疑わしいものに飛びついてしまっているんじゃないのかな。そのために、ほかの可能性に目を向けられなくなっているのかもしれない。もしかすると、マティルダに嫉妬しているだけなのかもしれないよ」

直前までは、自分の耳を疑うところまではいっていなかった。彼の発言はどれもある程度予測できたことだ。でも、いまのは違う。オーウェン・パーマーが口にするようなこととはとうてい思えない。怒りのかわりに、不安がわいてきた。「あなた、だれ？　オーウェン・パーマーに何をしたの？」

「え？」

「あなたはいま、わたしが嫉妬のせいで会話をまるまる聞き間違えたんだろうと言ったの。しかも、嫉妬の相手は学生時代にあなたが好感すらもっていなかった人よ。あなたの言葉とは思えないわ」

「でも、やきもちを焼いているように聞こえたから」

「わたしはふたりの最も有力な容疑者が密かに落ち合って交わした会話を正確に報告しただけ。それがやきもちに聞こえたの？」わたしはオーウェンの額に手をあてる。「ねえ、大丈夫？」

わたしが感じたのは熱ではなかった。魔法の痕跡だ。集会でメンバーたちに触れたときの感じとよく似ている。ただし、それよりずっと強い。

「大丈夫だよ。どうして？」オーウェンは言った。わたしの反応には気づいていないようだ。

「なんだかちょっと様子が変だから。大丈夫ならいいんだけど。あ、そうだ、まだサムに尾行の結果を報告してなかった。ちょっと待ってて」わたしは立ちあがり、廊下に出てサムに電話した。

「何がわかった。おれには何も聞こえなかったぜ」電話に出るなりサムは言った。

「いろいろよ。でも、喫緊の問題はそれじゃないわ。ロッドといっしょに大至急オーウェンの家に来て」

「どうかしたのか?」

「それを確かめてもらいたいの。だれかが魔術にかかっているとき、それを確認する方法はある?」

「なんてこった」状況がのみ込めたらしい。「わかった。すぐ行く」サムは言った。

彼らしくない振る舞いをしているとはいえ、オーウェンがわたしに危害を加えるとは思えない。それでも、彼が魔法の影響下にあるなら慎重にならなければならない。魔術によっては、さっき交わした会話が敵に中継されていた可能性すらある。リビングルームに戻ると、さりげなく距離を取った。「報告を忘れてたこと、サムに怒られたわ」そう言って笑ってみたら、ひどくわざとらしい笑い声になった。「地下鉄に乗ったあと見失って、すごく心配したんですって」

オーウェンはソファーの背にもたれて脚を伸ばす。「そろそろ部署の決まりにも慣れないとだめだよ。趣味ではなく仕事になったんだから」本物のオーウェンが言っているのではないと思っても、やはり傷つく。

「そうね。勝手に動くことに慣れすぎちゃったかもしれないわ」わたしは言った。

玄関のベルが鳴った。ロッドは魔法で瞬間移動したに違いない。すでに家の外に潜んでいたのでないかぎり、普通の方法でこんなにはやく到着できるはずはない。

思わずドアの方へ走り出しそうになったが、なんとか自分を抑える。オーウェンは立ちあがって、インターフォンのところへ行った。「だれだろう」

「よう！」インターフォンからロッドの声が聞こえた。「近くまで来たから、バチェラー・パーティーの打ち合わせをしようと思ってちょっと寄ってみた」

「ああ、じゃあ、入って」オーウェンは正面玄関のドアを解錠する。

オーウェンが部屋のドアを開けたとき、ロッドはまだ少し息が切れていた。ここまで走ってきたか、移動に大量のエネルギーを消費したかのいずれかだろう。ロッドはあいさつがわりにオーウェンの肩に手を置くと、そのまま少し長めに肩をつかんだ。

オーウェンのまわりに淡い光が広がり、やがて色とりどりの輝く糸で編まれた蜘蛛《くも》の巣のようなものになった。「きみの推測どおりだ」ロッドはわたしに向かって言った。「こいつは魔術に覆われている」

17

「魔術？　なんの話だよ」オーウェンは言った。

ロッドはオーウェンを包む輝く蜘蛛《くも》の糸を指さす。「だれかがおまえに魔術をかけた。かなり強力なやつをな。しかも、おそらくおれの目と鼻の先で」

「いまこの会話を交わしていて大丈夫なの？」わたしは訊いた。

「こいつが家にかけてる魔法除け《ワード》でプライバシーは守られてるはずだよ」ロッドは言った。

「でも、彼自身はどう？　彼らに感化されてしまってるんじゃ……」

「ああ、でも、ワードがある以上ここからは何も発信できないし、魔術を解くまでは家から一歩も出さないから大丈夫だよ」

一瞬、オーウェンがロッドを攻撃するかに見えた。ロッドがオーウェンを覆っている魔術を可視化したことで、オーウェンのあげた手が白い閃光を放つ。わたしはとっさにオーウェンとロッドの間に入った。たとえ魔法の影響下にあってもオーウェンならわたしを攻撃することを躊躇《ちゅうちょ》するか、そうでなければ、免疫がわたしを守ることを期待して。オーウェンは目を閉じて歯を食いしばった。必死に自分を抑えているようだ。「これ、なんとかできる？」絞り出すように言う。

「サムがこっちに向かってる。着いたら手伝ってもらう」ロッドが言った。「かなりしっかり編まれてるから、ちょっとやっかいだぞ」

「ぼくの意識がなくて抵抗できない状態だったら、少しはやりやすくなるかな」

「たぶんな。でも、この魔術越しに、安全におまえを気絶させるのは難しい」

「薬を使うのはどうだろう。ケイティ、戸棚から青いボトルを取ってきてくれる?」

指示どおりに探すと青いボトルがあった。「気絶薬がいつも戸棚にあるの?」そう言いながら、ソファーに座っているオーウェンのところへもっていく。

「みんなそうだろう?」ロッドが茶化すように言った。「酒は基本的にそういう薬だよ。飲む量によって効き目が違うだけさ」

「いつか必要になるかもしれないと思って」オーウェンが言った。「醸造にすごく時間がかかるから、何回かに分けてつくったんだ。三滴くらいで十分なはずだよ。冷蔵庫に炭酸ジュースが入ってる。混ぜれば多少味をごまかせるだろう」

何かと混ぜなければ飲めないほどひどい味だというのを聞いて少し安心した。つまり、だれかにこっそり飲ませるのは難しいということだ。炭酸ジュースをコップに注ぎ、青いボトルの蓋を取る。強烈なにおいがして、これを嗅ぐだけでも気絶しそうだ。はやくも頭がくらくらしてきた。ジュースに三滴垂らし、急いで蓋をすると、コップをもってリビングルームへ戻り、オーウェンに差し出した。「はい、どうぞ」

「もしかすると、飲ませてもらわなくちゃならないかもしれない」オーウェンは言った。コップを口もとにもっていこうとすると、腕が硬直し、額に玉の汗が噴き出した。コップを放り投げようとするのを、ロッドがすばやく阻止する。

「なるほど、そういうことか」ロッドはそう言って、コップをオーウェンの口に押し当てる。

「ほら、開けて」オーウェンはすぐさま口を閉じたが、もう一度懸命に開いていく。汗が頬を流れ落ちる。ロッドは唇の隙間から薬をすばやく注ぎ込んだ。口の端から少しこぼれたけれど、大部分は飲み込んだようだ。まぶたがぴくぴく震え、オーウェンの体がぐらりと横に傾いた。ロッドが急いで支えて、そのままソファーに横たわらせ、頭をひじかけにのせる。「これでやりやすくなったかな」ロッドは言った。

たとえそうだとしても、魔術の網に包まれたまま横たわるオーウェンを見るのはつらい。彼の言動に嫉妬を感じていた自分がひどく恥ずかしくなった。彼のせいではなかったのに。つきまとう不安をただの嫉妬だとして無視しなかったら、何かがおかしいことにもっとはやく気づけていただろうか。彼らがオーウェンを標的にしていることはわかっていたのに、彼が本当に大丈夫なのかしっかり確認しようとしなかった。

窓ガラスをたたく音で、わたしの自己批判は中断した。急いで窓を開け、サムをなかに入れる。「遅くなってすまねえ。まだアップタウンの方にいたんで時間がかかっちまった。おまえさんたちみたいに瞬間移動できるといいんだけどよ」

「瞬間移動したのはちょっと失敗だったよ。使えるエネルギーがほとんど残っていないかもしれない」ロッドは言った。オーウェンが気を失って冷静さを装う必要がなくなったせいか、不安げな表情になっている。「魔術でがんじがらめになってる。あのとき、彼女はどうやってこれだけの魔術をかけたんだ？　すぐそばで見ていたのに、魔法が使われたことにはまったく気づかなかった」

「さっき彼女が仲間と落ち合ったとき、音を聞こえなくする魔術が使われたみたいなの」わたしは言った。「もしかすると、それを使っていたのかもしれない。音だけでなく魔力も感知させなくするやつを」

「ふたりの姿は問題なく見えていたから、すっかり油断させられたよ」ロッドは頭を振る。

「とにかく、これを解くにはかなりの注意が必要だ」

「オーウェンが忠告に耳を貸さずに、頑としてまた彼女と会おうとしたのは、この魔術と関係があるかしら」

「たぶんね」ロッドは言った。思わず安堵のため息をつきそうになる。「魔術で従順にさせているのは間違いない。もしかすると監視用の魔術も含まれているかもしれないな」ロッドは目を細めて魔術の網を見つめる。「この家や彼のオフィスのような魔法除け《ワード》のかけられた場所での会話をライブで傍受することはできないけど、本人がそばにいるときに情報をダウンロードすることは可能だったかもしれない。それにしても、どうして気づけなかったのか、やっぱり納得がいかない」

「気づけなかったのはおれたちも同じさ」サムは言った。「お嬢はどうやって気づいたんだ？」

「なんだか様子がおかしかったから。彼らしくないっていうか。マティルダについての疑念にまったく耳を貸そうとしなくて。わたしが聞いた彼らの会話の内容を伝えてもだめだった。それで熱をはかろうとしたら、何か感じたの。アビゲイル・ウイリアムズに連れていかれた例の集会で、魔術をかけられた人に残る魔法の痕跡の感じ方を教えられたんだけど、オーウェンに感じたのもそれと似てた」

「よくやった、お嬢」サムは言った。

「あの不気味なカルト集会に行った甲斐も少しはあったってことね」

「それじゃあ、魔術の解除に取りかかるか」ロッドは両手をこすり合わせてそう言うと、光を放つ魔術の網から糸を一本つまみあげ、丁寧にほどいていく。「これが全体をひとつにまとめている保持用の糸だ。眠っててくれて助かるよ。でなきゃ、かなり抵抗されるだろうからね。次は監視用の魔術を外そう」

「それなら対抗魔術《カウンタースペル》がある」サムが言った。サムはオーウェンの頭の側へ行き、彼の体を包むように羽を広げると、ばさっと勢いよくひと扇ぎして後ろにさがった。すると、光る糸がもう一本消え、網の目はずいぶんすっきりした。

「よし、よし、いいぞ」ロッドはつぶやく。「次はどれにいく?」

「ほどきやすそうなのは、いちばん上の赤いやつだな」サムが羽を向ける。

ロッドは手を伸ばし、糸に触れたとたんすばやく引っ込めた。「いてッ！　防御魔術がかかってる」

「わたしがやってみる?　ほどくのに魔力は必要?」

「どうだろう。魔術で見えるようにはなっているけど、この糸はエネルギーのようだから」ロッドは言った。「まあ、やるだけやってみようか」

わたしはそばに寄り、赤い糸の端をつかんだ。何かをつかんでいるという感触はないが、手を動かすと糸も動いた。赤い糸は何本かの糸にからまるように編まれていて、わたしはそれを毛糸のもつれをほぐすように注意深くほどいていく。魔術の網から完全に外し終えると、糸をもったまま言った。「で、これはどうしたらいい？」

「宙に投げろ」サムが言った。言われたとおりにすると、サムはそれを羽で思いきりたたいた。糸は分解して消えた。「いいぞ、お嬢。ここから先はもう少し楽にいけるだろう」

サムとロッドは物理的に糸をほどいたり対抗魔術《カウンタースペル》を使ったりしながら、残りの魔術を外していく。二度ほどオーウェンが苦しそうに身をよじることがあった。「ああ、こりゃ相当抵抗してたな」サムは言った。

「本当にどこかが痛いわけじゃないわよね？」わたしは訊いた。「たとえば糸がきつすぎて実際に怪我をするなんてことはないわよね？」

「それはないんじゃないかな」ロッドが言う。

「そうだったら、いまごろもうどこか怪我してるだろうよ」サムがつけ足す。いまひとつ心許ない返答だ。

ようやくすべての糸が取り払われた。ロッドとサムはさらにいくつか魔術を放って、見逃しているものがないか確認する。「よし、これでいい」ロッドが言った。「問題は、これからどうするかだな。次にオーウェンに会ったとき、マティルダは魔術がすべて消えていることに気づくだろう。つまり、こっちが気づいたことも知られる」

「彼女に会う必要はある？」わたしは訊いた。「そもそもオーウェンが彼女に会おうとしたのは魔術のせいよ」

「急に会わなくなっても、こっちが気づいたことに気づかれるぜ」サムが言った。

「オーウェンがものすごく忙しくなって会う時間が取れなくなればいいのよ。今週末はバチェラー・パーティーがあるし、そのあとは結婚式の準備が最後の追い込みに入るわ。それで時間稼ぎができる。オーウェンは彼女に近づかない方がいい。会ったからといって有益な情報が得られるとは思えないし、会わなければトラブルに巻き込まれるリスクも減るわ」マティルダがオーウェンに何をしたかがわかったいま、わたしにはオーウェンを彼女に近づけるべきではないと主張する権利がある。これは嫉妬とはまったく違うものだ。

「急に忙しくなれば、魔術が解かれたことを疑うんじゃねえか？」サムが指摘した。「かけられた魔術には、何をおいても彼女の意向を優先させるものが含まれていたかもしれねえ」

「オーウェンが自分のバチェラー・パーティーや結婚式をすっぽかしたら、それこそまわりは何かおかしいって思うわ。彼女もさすがにそこまではやらないんじゃないかしら」結婚式の前に監視の魔術を排除できて本当によかった。

「次にどうするかはオーウェンが決めるよ」ロッドが言った。「魔術は解いたから、もう自分の頭で判断できる。まあ、まずは目を覚ましてもらわなきゃならないけど」

「この状態はどのくらい続くの？」いまは穏やかな顔で眠っている。さぞかし疲れていることだろう。でも、魔術を解いてから身じろぎひとつしていないので、少し心配になってきた。

「眠りを解く方法はないの？」

「伝統的なのは〝真の愛のキス〟だけど」ロッドが言った。

「『眠り姫』みたいに？」そう言いながら、オーウェンの横に腰をおろす。「じゃあ、やってみようかしら」オーウェンの手を握り、顔を近づける。

「ごめん、ごめん、冗談だよ」ロッドが言った。「ぼくの知るかぎり、〝真の愛のキス〟で魔法は起きないよ。そもそも真の愛の定義が難しくて、魔術に組み込めないんだ。何を真とするかは人によって違うからね」

わたしは体を起こし、ロッドをにらんだ。「わたしたちがエルフの国に閉じ込められたときは、ちゃんと魔法を起こしたわ。キスのおかげで、自分がだれかを忘れさせる魔術が解けたんだもの。たしかオーウェンは認知的不協和が関係しているって言ってた。脳が相反するふたつの現実を同時に理解することができなくなったとかなんとか……」

「残念ながら、キスでは気絶薬を中和できないんだ。とりあえず夕食にしよう。そのうち腹を空かせて目を覚ますよ」

サムが窓際のテーブルにぴょんと乗った。「おれはボスに報告しにいく。今後について指示があるかもしれねえ」

サムがいなくなると、ロッドは言った。「魔法で何か出したいところだけど、もうエネルギーが残ってない。ピザか何か取るのでもいいかな。いまならまるまる一枚ひと口で食べられそうだよ」

「もちろんよ」お腹が空いていないわけではないが、それほど食欲はない。ロッドが近所のピザ屋に電話をしている間、わたしはだらりと垂れたオーウェンの手を取って握った。体のまわりにまだ若干魔力が残留しているのを感じる。おそらく魔術を取り除くために使った魔術のものだろう。さっき感じたものとはまったく違う。まさかアビゲイルが実際に役立つことを教えてくれるとは——。そう思うと、つい笑みが漏れた。近くで魔法が使われたときにそれを感知できることは知っていたけれど、人に対して魔法が使われたかどうかを残留する魔力で調べようなどと思ったことはなかった。アビゲイルには知るよしもないことだけれど、これは免疫者《イミューン》だけがもつ能力ではない。どんな感覚を探せばいいかわかっていれば、だれでもできる。でも、ほとんどの人は背筋がぞくっとするとか鳥肌が立ったとかで片づけてしまう。本当はあのグループにいただれもが、自分に魔術がかけられたかどうかを自分で知ることができるのだ。

オーウェンの額にかかった黒髪をそっと払う。肌が少し湿っているのは、魔術を解いているときにかいた汗のせいだろう。彼を眠らせたのは正解だったと思う。でなければ、『エクソシスト』みたいな状況になっていたかもしれない。

まぶたがぴくりと震え、体が動いた。握った手がわたしの手を握り返す。「オーウェン？」

オーウェンは目を開け、ぼんやりとわたしを見た。「魔術は無事解けたみたいだね」

「かなりやばい状況だったけどね」ロッドが戻ってきて言った。「いいタイミングで目が覚めたな。もうすぐピザが届くよ。まずは水を飲んだ方がいい。ちょっと待ってろ、もってくるから」

ロッドがキッチンへ行くと、オーウェンは体を起こそうとしたが、またぐったりと横たわった。「やっぱりもうちょっとこのままでいようかな。どのくらいやばかったの?」

「いくつ魔術がかけられていたのかわからないけど、とにかくたくさんだったのは確かよ」

オーウェンは顔をゆがめる。「いろいろひどいことを言ったよね。ごめん。わかってると思うけど、本心じゃないから」

「でも、何かおかしいと思ったのはそのおかげよ。突然ハイド氏に変貌したわけじゃないと思ったの。意見が合わないことはこれまでもあったけど、あなたは決して意地の悪いことを言ったり、個人攻撃をしたりはしなかったわ」

「彼女に魔術をかけられていることにどうして気づけなかったんだろう」

「あまり自分を責めるな」ロッドが水の入ったグラスをもって戻ってきた。「少なくとも魔術の一部はおれが見ている目の前でかけられたんだ」ロッドはオーウェンが体を起こすのを手伝い、グラスを渡す。半分までいっきに飲むと、オーウェンは自力で座っていられるようになった。わたしはオーウェンが足をおろして座れるよう、いったん立ちあがる。

「最初の魔術はおそらく、そのあとかける魔術に気づかせないようにするためのものだったんじゃないかな」オーウェンは顔をしかめて言った。「レストランに遅れて到着したとき、すでにテーブルの上に水の入ったグラスがあった。たぶんそこに、魔術に気づきにくくする何かを入れたんだろう。大した量は必要なかったはずだ」

「そう言われてみると、おまえ、彼女が何度体に触れても平気そうにしてたな」ロッドは言った。「しゃべりながらやたら手に触ってくる人、好きじゃないだろう?」

「かなり苦手だよ」オーウェンは言った。「彼女、そんなふうにしてた?」

「ああ、おまえの注意を常に自分の方に向かせようとしているみたいだった。くそっ、なんで気づかなかったんだ、おれは。あのあと魔術をかけられていないか調べるべきだったんだ。ケイティ、それをルーティンにするようサムに提案しておいてよ。情報提供者や完全に信用できない者と会ったあとは必ず魔術をかけられていないか検査すること。ていうか、いっそ定期的に社員全員を検査すべきかもしれない」

「継続的に自分に魔術をかけている社員はたくさんいるわ」わたしは言った。ロッドもそのひとりだ。

「他者にかけられた魔術について検査するんだ」

「そんなケースはめったにないと思うよ」オーウェンが水をもうひと口飲んでから言った。

「同意なく他者に魔術をかけるのはさまざまな法律に違反する」

「公共の場でおおっぴらに魔術を使うこともね。彼らはまさにそれをやっているわ」そう言ってから、わたしははっとした。「ねえ、その線で彼女を追い込めない? マティルダがあんなふうにオーウェンに魔術をかけたのは法律違反だわ。そこを突くのよ。アル・カポネを捕まえるのに脱税容疑を使ったみたいに。証拠になるものはあるでしょう?」

「確かに、それで捕まえることはできるけど――」ロッドが言った。「でも、それだけでは彼らの計画そのものを阻止することはできないと思う。こっちは気づいているという警告になるだけだよ。そうだ――」ロッドはオーウェンの方を向いて続ける。「これからのことだけど、マティルダについてどうするかはおまえの判断に任せようと話してたんだ。彼女と会えば、魔術が解除されたことに気づかれる。つまり、こっちが気づいたことを知られるということだ。でも、彼女を避けたら避けたで、やはり気づかれたと思うだろう」

「魔術と似たような感覚を与えるオーラをつくることはできるよ」オーウェンは言った。

「あるいは、いっさい彼女に近づかないという選択もあるわ」わたしは口をはさむ。「あなたには正当な理由があるもの。今週末はバチェラー・パーティーがあってあなたが忙しいことを彼女は知ってる。自分に会うためにそれをすっぽかさせたりしたら、こちらが疑念を抱くことは彼女だってわかっているはずよ」

「確かに」オーウェンは言った。「ということは、しばらく考える猶予があるってことだな」

「ところで、あなたはもうなんの魔術にもかかっていないんだから、バチェラー・パーティーで起こったことはいっさい魔術のせいにはできないからね」わたしはオーウェンをからかう。

「野球の試合を見にいくのに、何があるっていうんだよ」オーウェンは言った。

「おれといっしょに行くってことを忘れずに」ロッドがにやりとして言う。

オーウェンをふたたび罠に近づかせないためには、口実が有効なうち、つまりあと四日以内にマティルダを捕まえなければならない。選択肢はほとんどなくなってしまったし、依然として証拠も十分ではない。でも、もうひとつ試せることが残っている。魔法使いたちが賛成しないのはわかっている。でも、成功してもしなくても、彼らが知るのはやったあとだ。

翌朝、カルメンがいてくれることを祈りながらテレビ局に電話した。彼女はいた。これはよい兆しかもしれない。「もしもし、妙なイベントで何度か会ってるキャスリーンよ」幸い、彼女は即座に電話を切らなかった。

「ああ、どうも」どこか構えるような口調で言う。

「あなたに見せたいものがあるの。ニュースにはできないと思うけど、いろんなことが腑に落ちるはずよ」

「たとえば？」

「口で説明できることじゃないの。実際に見てもらわないと」

「どこで？」

「セントラル・パーク。アリスの像の前はどう？」

わたしが人目につかない路地裏のような場所を指定しなかったのでほっとしているのが電話越しに伝わってくる。アリスの像はいつも人で賑わう人気のスポットだから、こん棒で殴られて秘密のアジトに連れていかれる恐れはない。「いいわ。今夜六時でどう？　それまでには今日の取材を終えているはずだから」

「じゃあ、六時に。心配しなくて大丈夫よ。恐ろしいものじゃないから。というか、むしろ見てよかったと思うはず」
カルメンより先に到着するため、少し早めに会社を出た。オーウェンに仕事のあといっしょに食事に行こうと言われたらどうしようと思っていたが、誘いはなかった。逆にわたしが誘わないことを変だと思っているとしたら、それについてのコメントも特になかった。オーウェンの魔術が解かれたあとは、ふたりの間に問題はない。少なくとも、わたしはそう思っている。というか、そう願う。わたしたちはあと一週間ほどで結婚するのだから。もちろん、明日以降、わたしたちが大丈夫かどうかは、わたしがこれからしようとしていることをオーウェンがどう受け止めるかによるのだけれど。

公園は人であふれていた。気持ちのよい春の夕方を楽しもうと、早めに仕事を切りあげてきた人たちが大勢いるようだ。計画がうまくいくか、少し心配になってくる。魔法界の生き物たちは人混みを嫌う傾向があるから。

アリスの像の前にはすでにカルメンがいた。完全なお忍びモードではないものの、髪をポニーテイルにして眼鏡をかけているので、テレビで見る姿とは違っている。「来てくれてよかった」わたしはそう言いながら、彼女のところへ行った。

「ちょっと気になったから」カルメンは肩をすくめた。「で、わたしに何を見せたいの？」

「いっしょに来て」わたしは湖を巡る小道の方へ歩き出す――魔法生物の気配にアンテナを張りながら。あいにく、こんなときにかぎって彼らはおとなしい。もしいま、魔法のことをカルメンに知られまいとしていたなら、きっと辺り一面、地の精《ノーム》や精霊《スプライト》であふれていたに違いない。それが、いざ彼女に見せようとすると、この状態だ。わたしがしようとしてることを察知したのだろうか。今日の計画についてはだれにもひとことも話していない。だから、わたしの心が読めるのでないかぎり、彼らには知りようがないはず。

「どこか特定の場所に向かっているの？」ベセスダ・テラスを横切っているとき、カルメンが訊いた。

「あるものを探しているの。そのうち出会うはずよ」

湖に沿った小道を歩いていると、前方に公園保護官《パークレンジャー》の姿が見えた。彼は精霊《スプライト》だ。男の妖精たちは妖精《フェアリー》ではなく、そう呼ばれるのを好む。そして、記憶違いでなければ、あれはトリックスの元彼のひとりだ。わたしはカルメンの腕に触れ、パークレンジャーの方を指さす。「彼を見て。何か気づかない？　どんなことでもいいわ。こんなこと言ったら変に思われるとか、そういうことはいっさい気にせず言ってみて」

カルメンは顔をしかめ、息を吸って何か言おうとしたが、そのまま首を横に振った。「別に何も」

「じゃあ、彼の背中に羽があるのは見えないのね？　成長しすぎた妖精みたいに」

カルメンは弾かれたようにこちらを見た。首を痛めたんじゃないかと心配になるような勢いで。「えっ？　あなたにも見えるの？」

「ええ、見えるわ」

「あれ、すごくリアルよね。全然コスチュームには見えないわ。だけど、どうしてパークレンジャーが仕事中にコスチュームなんか着てるのかしら」声がやや甲高くなる。わたしはカルメンの腕を取って小道を進み、パークレンジャーの前を通り過ぎた。レンジャーは軽く会釈する。そのままカーブを曲がると、レンジャーの姿は見えなくなった。前方に、今度は地の精《ノーム》がいた。木の根もとで土を掘っている。わたしはカルメンの反応を見る。明らかに反応している。彼が見えているのは間違いない。前を通り過ぎるときも、首をひねって目で追っていた。

「いまの地の精《ノーム》、見えてたんでしょう?」わたしは言った。

カルメンはふいに立ち止まり、足を踏ん張って歩くのを拒否した。「ねえ、いったい何がどうなってるの?」

「わたし、すべてを正直に話していたわけじゃないの。一連の妙な出来事だけど、実はあれ、全部魔法なのよ。魔法は存在するの。そして、どうやらあなたは魔法に対して免疫があるみたい。だから、あなたには魔法が効かない。つまり、普通の人たちから魔法を隠すために使う魔法もあなたには通用しないの。だから、ほかの人には見えない背中の羽や庭仕事をしている地の精《ノーム》が見えるの。この前のフェスティバルで、まわりがみんな踊っているにもかかわらず、踊る衝動に駆られなかったのもそのためよ」

「全部あなたの仕業だったの?」カルメンは目を見開く。

わたしは首を横に振った。「いいえ、わたしじゃないわ。わたしも免疫者《イミューン》なの。いまは魔法の会社で働いてる。だれかが魔法の存在を暴露しようとしていて、一連の出来事はその人たちがやっているの。あなたにプレスリリースを送ってくるのもおそらく同じ人たちよ。彼らはきっと、あなたが見えないはずのものに反応しているのを見たのね。それで、あなたを標的にしたんだわ」

「じゃあ、ブライダルセールでの乱闘騒ぎは？」

「間違いなく魔法によるものよ。ただ、あれについては、仕組まれたことなのか、大幅割引のウエディングドレスがもつ威力のせいなのかはわからないけど」

「魔法が本当に存在するなら、どうして隠さなきゃならないの？　まだ存在するって信じたわけじゃないけど」

「わたしは魔法を使ってみせることはできないわ。いま言ったように、わたしは魔力をいっさいもたないがゆえに魔法にかかることもない免疫者《イミューン》だから。魔法が秘密にされているのは、皆がそれを知るとおそらく世の中が大混乱になるからね。魔法を秘密にするためにたくさんのルールがあるわ。それがある意味、魔力をもつ人たちに節度を守らせる重しになっているの。魔法を使うところを非魔法界の人に目撃されることに対して厳しいペナルティがあれば、世界を乗っ取るのは難しくなる。ルールがなければ、それこそやりたい放題になるわ。それに、魔法を秘密にすれば、普通の人たちが私欲のために魔法使いを利用することも防げる」

「つまり、秘密にするのはわたしたちのためってこと？」

「そういうことになるわね。みんなが魔法のことを知ったら世の中がどうなるか想像してみて」

「それほどの秘密なら、どうしてわたしに教えるの？」

「ひとつは、あなたがいま経験していることをわたしも経験したから。あり得ない光景が見えて、何が現実で何がそうでないのかわからなくなるという経験を。わたしは真実を知って心底ほっとしたわ。そして、もうひとつの理由は、魔法界に秘密を暴露したがっている人たちがいるから。まさに魔法を秘密にする理由そのものにうんざりしている人たちがね。彼らはお金儲けのために魔法を使いたがっている。あるいは人々をコントロールするために。ひょっとすると世界を乗っ取ることまで考えているかもしれない。彼らがあなたを利用して魔法を暴露しようとしているのがわかって、それを止めるにはあなたと組むのがいちばん有効だと思ったの。本当はこんなことしちゃいけないの。あなたに秘密を明かしたことが会社にばれたら大変なことになるわ。でも、どうしてもあなたの助けが必要なの」

「助けるって、どうやって」

「彼らはいま、何か大がかりなことを計画しているわ。だれにも否定できないような形で大々的に魔法の存在を暴露するつもりよ。おそらくあなたを現場に行くよう仕向けるはず。だから、少しでも怪しげな情報やプレスリリースを受け取ったら、わたしに知らせてほしいの。そして、それをニュースにはしないでほしいの」

「魔法の存在をスクープすることが、わたしのキャリアにどれだけのチャンスをもたらすかわかってる?」

「何かが起こった場所にたまたま居合わせただけなら、大したチャンスにはならないわね。ジャーナリストとしてのあなたの評価にはつながらないわ。それどころか、多くの人があなたを疑うと思う。たとえ証拠を見つけたとしても、信じてもらえる保証はない。フェイクニュースを流したとして糾弾《きゅうだん》される可能性さえある。それに、そもそも人々に証拠を提示すること自体が難しいわ。さっきも言ったけど、魔法を隠すために使う魔法はあなたには効かない。ほとんどの人はあなたには見えるものが見えないの。つまり、あなたが証拠として示すものは、世の中の大半の人には見えないのよ」

カルメンは頭を振った。「ばかげてるわ」

「そう？　ばかげてる？　むしろ、いろんなことが腑に落ちるんじゃない？」

「じゃあ、動くガーゴイルも本当に存在しているわけ？」

「彼らの多くはわたしの友人よ。彼らはたいてい警備の仕事に従事してるの。いい人たちよ。みんながみんな切れ者というわけじゃないけど」

「で、あなたは何をしているの？」

「魔法の会社に勤めているわ。魔法界向けのソフトウエアのプロデューサーといったらいいかしら。魔法界の人々が自分たちの魔力を活用するのに必要な魔術を開発して販売しているの。業界最大手だから、魔術の使用の監視や取り締まりに関しても大きな役割を果たしているわ。魔法界には一応、政府機関のようなものもあるんだけど、わたしたちがその機能を担うことも多いの。あなたやわたしのような人はとても希少で、魔法界の人々はわたしたちの能力を必要としているわ。魔力をもっていると、魔法を使える一方で、魔法にかかりもするから、ほかの魔法使いにめくらまし《イリュージョン》で何かを隠されたりする可能性がある。でも、わたしたちはどんなときもありのままの現実を見る。わたしたちを魔法で欺すことはできないの」

「なんか、頭がパンクしそう」

「わかるわ。でも、一度理解できれば、なかなか気持ちのいいものよ。ただし、このことは絶対にだれにも言わないで。まあ、言っても信じてもらえないだろうけど。あなたに真実を話すことで、わたしはものすごく大きなリスクを冒しているの」

「いまはまだ何も約束できないわ。話したらどうするつもり？」

「わたしが直接あなたにできることはあまりないわ。でも、こっちにはあなたの信用を奪う手段はいろいろある。とにかく、秘密を暴露することは勧めない。これは脅しじゃないわ。魔法は秘密にすべきものだから言ってるの。彼らは千年以上もの間、魔法の存在を隠してきた。秘密を守る方法は心得てるわ」

「そう」カルメンはうなずく。「それで、わたしに何をしてほしいの？」

「さっきも言ったように、何か耳にしたらわたしに教えて。そして、ニュースにはしないで。ちなみに、いつもの匿名の情報源から今週末についてプレスリリースは届いてない？」

「実は、さっき局を出る直前に受け取ったわ」

「なんて書いてあった？」

「いつも以上に漠然としてたわね。明日の土曜に大規模なデモンストレーションが実施されるってことと、世界はついに本当のことを知るだろうってこと？」

心臓の鼓動がはやくなる。わたしは彼女の腕をつかみそうになるのを堪《こら》えて訊いた。「時間と場所については何か書いてあった？」

「いいえ、ただ、詳細は追って知らせるって。でも、わたし明日は休みだわ」

「明日、局にくる情報を入手することはできる?」

「デスクに訊くことはできるけど」

「お願い、そうして」わたしは携帯電話の番号を名刺の——魔法の魔の字も書いていないふだん使いの方だ——裏に書いた。「これは本当に重要なことなの。無事解決したら、魔法についてもう少し詳しく話せるかもしれないわ」

カルメンと別れて歩き出してから、彼女が結局、ニュースにしないとは約束しなかったことに気づいた。とりあえず、彼女を信じるしかない。あとは、彼らが計画している大規模なデモンストレーションとやらをニュースになる前になんとかして止めることだ。

18

急いでアパートに帰ると、奇跡的にルームメイトが全員部屋にいた。「最終デモンストレーションはどうやら明日の土曜日に決行されるらしいわ」部屋に入るなり、わたしは言った。皆、ぽかんとしてこちらを見る。「魔法の存在を暴露しようとしている連中が画策しているやつよ」

「どこで？　何をするの？」ソファーに座っていたニタが体を起こす。目がきらきらしている。

「わからない」わたしは言った。「場所と時間を知るために、彼らが何をねらうか割り出す必要があるわ。何か思いつくものはある？」ダイニングチェアを一脚、リビングルームにもってきて座る。このリビングルームはわたしたち全員を同時に収容できる仕様にはなっていない。

「たくさんの人が見るものね。しかもテレビで中継されるもの」ジェンマが言った。「テレビじゃないと、ニュースの拡散力は限られるわ」

「その条件にあてはまるのは何があるかしら」わたしは訊いた。「あなたはニューヨークの歩くイベント情報誌だわ。魔法を暴露するのに最適で、かつテレビ中継されそうなイベントはなんだと思う？」

ジェンマは額にしわを寄せて考える。「ファッション・ウィークは理想的だけど、でも、あれは秋だから……」

「だめよ、そのてのイベントでは魔法を使ってもショーの一部だと思われるわ」マルシアが言った。「凝った照明や特殊効果をがんがん使うんだから。魔法に注目させたいなら、比較的真面目で退屈なイベントの方がいいわね。魔法が使われれば見ている人は確実に気づくだろうし、何か適当に理由をつけてごまかすのは難しいもの。そうだ、たしか、土曜の夜、慈善活動に貢献している企業のトップを表彰するイベントがある。受賞者にインタビューするためにプレスも来るわ」

「それは有力候補ね」わたしはうなずく。「ほかには何がある？」

「フリート・ウィーク（海軍、沿岸警備隊などによるお祭り）！」ニタが言った。「うちのホテルは満室よ。いろんなイベントが開催されてるわ。それに、街はいま水兵だらけ」最後の部分はひときわうれしそうに言う。

「興奮しすぎないで、お嬢さん」ジェンマがにやりとする。

「可能性が高いのはテレビで生中継されるものだと思う」わたしは言った。「ライブなら何か奇妙なことが起こったとき映像を加工したと思われにくいし、より多くの人の目に触れるわ」

マルシアはラップトップでイベントカレンダーを見る。寝るころには、楽しそうなイベントの長い長いリストができあがったが、結局、魔法のデモンストレーションに使われそうなものを絞り込むことはできなかった。ＭＳＩの全社員を動員したとしても、すべてのイベントをカバーするのは無理だ。

翌朝、わたしは早く起きて、ＮＹ１《ニューヨーク・ワン》（ニューヨーク州の地域情報の放送に特化したケーブルテレビ局）でローカルニュースをチエックした。いまのところ大きなニュースはなく、天気予報やスポーツや犯罪のニュースなどを流している。まもなくニタが起きてきた。「何か起こった？」そう言いながら、ふらふらとキッチンに入っていく。

「ううん、まだみたい」

「それはよかった、とりあえず」ニタはボウルにシリアルを入れ、リビングルームに戻ってきた。「わたしはやっぱりフリート・ウィークがいいと思うけどね。ユニフォーム姿のキュートな男たちがいっぱいいるし」

「わたしたちの好みは関係ないわ。彼らが選びそうなものを考えないと」

「最有力の容疑者は女なんでしょ？　だったらユニフォーム姿のキュートな男たちの線はありなんじゃない？」

「彼女は魔法使いよ。普通の男たちには興味ないと思うわ。とりわけお金持ちじゃない人たちにはね。水兵の給料がものすごくいいって話は聞かないもの」

「お金持ちの魔法使いといえば、どうしてオーウェンはこの件に関わってないの？」

「今日はバチェラー・パーティーなの。関わらせない口実ができて、かえって助かったわ。彼らは魔法を暴露したらそれをオーウェンのせいにして、自分たちはいっさい責任を負わずに魔法が公《おおやけ》になることのおいしい部分だけを手に入れるつもりなのよ。オーウェンはすでに当局から目をつけられているから、スケープゴートにするにはちょうどいいの」

「彼を危険から遠ざけつつ、バチェラー・パーティーを快く楽しませてあげる理解のある婚約《フィア》者《シセ》になれるわけだから、あなたにとっても一石二鳥ね。で、ロッドはどんなばか騒ぎを計画してるの？　ビーチハウス？　ビールパーティー？　高級ストリッパー？　アトランティック・シティでの週末？　それともラス・ヴェガス？」

「本当はそのてのパーティーを盛大にやりたかったらしいんだけど、結局、オーウェンのキャパに合わせることにしたみたい。野球の試合を見にいくんですって」

ニタは疑わしげに眉をあげる。「本当？」

「オーウェンにとってはそれがパーティーなのよ。ビールを飲んでグラウンドに向かって大声で叫べば、十分羽目を外したことになるの」

「あなたたち、本当にお似合いね」

わたしがクッションを投げると、ニタはぺろりと舌を出した。

ほかのふたりも起きてきたので、可能性がありそうなイベントのいくつかに行ってみることにした。わたしたちのなかに魔法を使える者はひとりもいないので、行ったところで何ができるかわからないが、少なくとも、何か魔法で隠されているものがあれば、わたしはそれに気づいて報告することはできる。警備部の面々が街の各所を警戒している間、わたしたちがそのほかの場所を少しでもカバーできればいい。とにかく、何かせずにはいられない。

「わたしはやっぱり授賞式だと思うわ」マルシアが言った。

「どう転んでもトップニュースになるようなイベントじゃないけど」ジェンマが軽く鼻を鳴らす。

「授賞式は夜だから、それまでに何も起こらなかったら行ってみましょう」わたしは言った。

「わたしの推しはやっぱりフリート・ウィークね」ニタが言った。「海軍特殊部隊《SEAL》の展示があるの！」

結局、わたしたちはフリート・ウィークのイベントに行った。ニタがおとなしく引きさがるとは思えなかったというのもあるけれど、やはりみんなユニフォーム姿の男を見るのは好きなのだ。「勇敢な海軍の兵士たちをサポートするのは国民としての義務よね」展示物についての質問に答えている隊員たちを見ながら、ジェンマがまじめくさった顔で言った。そして、わたしの方をちらりと見て続ける。「これ、あなたのバチェロレッテ・パーティーだと思えばいいのよ。オーウェンだって今日は楽しんでるんだし。この男たち、チッペンディールズ（男性ストリッパー集団）よりずっと品があるわ」

冗談を言っている場合じゃないと言おうとしたとき、ふいに頭のなかでいくつかの要素がつながった。「ユニフォームの男たち、観衆、テレビの生中継、そして、オーウェンがいる……彼らが何をねらうかわかったわ。野球の試合よ！」

三人は同時にわたしを見る。「そうよ、それだわ！」マルシアが言った。「どうして思いつかなかったのかしら。観客が大勢いて、テレビで生中継されるといえば、スポーツの試合じゃない！」

「敵はバチェラー・パーティーのことを知ってるの？」ジェンマが訊いた。

「知ってる。容疑者がそのことについて仲間と話すのを聞いたわ」そのとき、携帯電話が鳴った。わたしは電話に出る。

「キャスリーン?」カルメンだ。「いまファックスでプレスリリースがきたわ。大きなことが起きるのは――」

「スタジアム」わたしは先に言った。

「知ってたの?」

「推測よ。でも、確認できてよかった。ありがとう」

「何が起こるのかしら」

「わからない。止められないなら、せめてだれも気づかないようにしないと」

「じゃあ、たぶん現地で会うわね」

電話を切って、ため息をつく。彼女は個人的な好奇心から来るのだろうか。それとも、ニュースにするつもりなのだろうか。やはり真実を告げるべきではなかったのかもしれない。ターゲットになるイベントは、電話がくる前に突き止めることができた。いや、でも、土曜日にやるという情報があったからこそわかったのだ。すべてを話さなかったら彼女はその情報を提供しなかったかもしれない。

すぐにロッドに電話したが、応答がない。試合開始の時間にはなっていないけれど、彼らはウォームアップや打撃練習を見るのが好きなので、スタジアムには着いているはず。何度かかけると電話はヴォイスメールにつながった。試合の間、電源を切っておくことにしたのだろうか。それとも、スタジアム内は電波が悪いせい? とりあえずメッセージを残しておく。「彼らがことを起こすのはスタジアムよ。オーウェンにできるだけはやくそこから離れるよう言って」

次にサムに電話する。サムはただちに部隊を集結させると言った。電話を切ると、わたしはルームメイトたちに訊いた。「スタジアムへはどうやって行くの？」

マルシアが指揮をとり、わたしたちを最寄りの地下鉄の駅まで誘導した。「みんなはいっしょに来なくてもいいのよ」改札に向かう前に、わたしは言った。「危険かもしれないし、みんなは免疫をもっていないから、影響を受ける可能性があるわ」

「ひとりはみんなのために、みんなはひとりのために！」ニタが高らかに唱える。正直、ニタがいちばん心配だ。彼女はまだ魔法のダークサイドを知らない。

「言っとくけど、これから起こるのはおそらくナルニアというよりヴォ、ル、デ、モ、ー、ト的なことよ」

「ホグワーツでも人は死んでるわ。覚悟はできてるから大丈夫」ニタは言った。

「わかった。ただし、ひとつ約束して。わたしが何か指示したら即座に従うこと。質問や反論はなしよ」

「了解！」ニタは敬礼する。

本当に大丈夫なんだろうか……。

何が起こるのかまったく予想がつかない。球場で魔法の存在を証明しようとする場合、どんなことをするだろう。

駅に入ると、マルシアの先導でスタジアムに行く電車に乗った。スタジアムが近づくにつれ、ひいきの球団のチームカラーを身につけたファンたちが続々と乗ってきて、車内がどんどん混んできた。車内の色がおおむね統一されていることを別にすれば、まるでラッシュアワーだ。そういえば、チケットはまだあるだろうか。売り切れていて球場に入れなかったらどうしよう。魔法使いがいっしょではないのでずるをして入ることもできない。もっとも、ずるの道具だとして魔法を敵視している人たちに出くわす可能性があるときに、魔法でずるをするのは賢明ではないだろう。でも、公衆の面前で大々的に魔法を使おうとしているなら、わざわざ反魔法グループを呼び寄せたりするだろうか。テレビ各局が全世界に広めてくれるのだ。市井のブロガーたちなどもう用なしだろう。

電車がスタジアムの駅に止まると、わたしたちはいっきに流れ出る乗客たちとともにホームに降りた。はぐれないようニタの腕に自分の腕をからめ、背の高いジェンマの頭を目印に人波にもまれながら進んでいく。

「すごい、一カ所にこんなにたくさん人がいるのはじめて見たわ」

「あなたはラッキーよ。普通のラッシュアワーに通勤しなくていいんだから」わたしは言った。

「毎朝、こんな感じで出勤してるの？」

「まあ、ここまでひどくはないけど」

ジェンマが壁際に小さなスペースを見つけて立ち止まった。人の群れが彼女の前を流れていく。わたしは人混みをかき分け、ジェンマがいるところへ向かう。もう少しでたどりつくというとき、電話が鳴った。立ち止まるわけにはいかないので、ヴォイスメールに切りかわる前に壁際に到着できることを祈りながら歩き続ける。ようやく立ち止まっても押し倒されないところまで来ると、すぐさま電話をつかんで叫んだ。「もしもし？」発信者IDを確かめる余裕はない。

「ケイティ、トリッシュよ」彼女も叫んでいる。騒がしい場所にいるようだ。「いまどこ？」

「スタジアムの駅に降りたところ。サムから連絡がいったのね？」

「そう。わたしはもう着いて、正面ゲートの近くにいる。チケットをもってるわ」

よかった、これでチケット問題は解決した。いや、そうだろうか。「何枚？」

「何枚いるの？」

「友達がいっしょなの。彼女たちの助けも必要になると思う」

「とりあえず束でもってるけど。法人用のチケットみたい。まさかうちの会社が法人会員になってるとはね」

「すぐそっちへ行くわ」

わたしは電話を切って言った。「正面ゲートに行きましょう。同僚のトリッシュがチケットをもって待ってるわ」それから、むりやり笑顔をつくって続ける。「もし、見当違いで何も起こらなかったとしても、とりあえず野球の試合は観られるわね」

「やった！　ヤンキースの試合を観るのは、ニューヨークでしたいことのひとつだったの」ニタが言う。

「しかも、ケイティはフィアンセのバチェラー・パーティーに乱入できるのよ」ジェンマが言った。

「乱入したところで大した現場を押さえられるわけじゃないけど」マルシアが言う。「相手はオーウェンだもの」

駅からいちばん近いゲートの前にトリッシュの姿が見えた。急いで彼女のところへ行き、早口で皆を紹介する。「全員秘密は知っているし、目下の状況も把握してるから、自由に話して大丈夫よ。もちろん、周囲は気にしなきゃならないけど。で、どうやらこれは総力戦なのね？」

「そんな感じね。幸い、わたしはこのエリアに住んでるから、すぐに来られたわ。サムと飛行隊もすでに到着してる。ほかの面々にもサムが連絡しているはず」

携帯電話をチェックし、地下鉄に乗っている間に何かメッセージが入っていないか確かめた。それからオーウェンにかけてみたが、やはり応答はない。ロッドにかけても同じだった。「困ったわ」わたしは言った。「電話に出てくれなきゃ警告できない」

「とにかくなかに入りましょ」トリッシュが言った。「彼らの席はわかる？」

「いいえ、まったく」

「企業向けチケットと同じブロックかもしれないわ」

「そういえば、ロッドがパーティーの計画を立ててるとき、会社でチケットを用意できるって言ってた気がする」マルシアが言った。

「じゃあ、まずはわたしたちの席へ行きましょう。近くにいるかもしれないわ」わたしは言った。チケットを見せて入口の回転バーを通りながら、わたしの身に起こることに関するオーウェンの不思議な第六感がいまこそ働くことを期待する。気持ちを集中させてこちらの危機感が伝わるよう念じてみる。もしわたしのことが心配になったら、メッセージをチェックするか、電話をしてくれるかもしれない。

　自分たちのブロックへ行くための通路に入ったとき、わたしの名前を呼ぶ声が聞こえた。わたしの正式な名前だ。カルメンの姿を見て、思わずため息をのみ込む。完全なリポーターモードではないものの、必要になればいつでもカメラの前に立てる格好だ。カメラマンを連れてはいないが、球場にはすでに局のスポーツ班がいて試合の取材をしているはず。「ここで何があるの？」カルメンはニタと同じくらいわくわくした様子で訊いた。

「まだわからない」わたしは言った。「運がよければ、何も起こらないわ。人々が気づくようなことは」

「でも、わたしは気づくのよね？」

「どのくらい目を見開いているかによるわ」

「彼女に言ったの？」トリッシュが訊く。やや驚いてはいるけれど、衝撃を受けている感じではないので、ほっとする。

「協力者は多ければ多いほどいいわ。彼女は今日のことを知る手がかりをくれたの」トリッシュにそう言ってから、友人たちに向かって続ける。「カルメンはわたしと同じ免疫者《イミューン》なの」そしてまたカルメンの方に向き直る。「あなたもいっしょに来て」皆をざっと紹介し、席探しを再開する。いっしょにオーウェンたちが見つかることを祈りつつ。

チケットに記載されている列の近くまで行くと、見覚えのある後頭部が四つ目に入って、安堵のため息が漏れた。背の高いフィリップの金髪が退屈そうにシートにもたれている。その横で、ジェイクの頭が脳内の音楽に合わせて――あるいは極小のイヤフォンをつけているのかもしれない――揺れている。さらにその横ではオーウェンが試合に見入っていて、隣にはロッドもいる。よかった。少なくとも不安のひとつは早々に解消された。この先もこんなふうにいくといいのだけれど。男たちの目は始まったばかりの試合に向けられていて、こちらには気づかない。通路に立っているわたしたちを最初に見つけたのは、現代野球にあまり興味がないフィリップだった。フィリップがジェイクの背中側から手を伸ばしてオーウェンをつつくと、オーウェンはこちらを見た。「ケイティ？　ここで何してるの？」

ロッドも振り向く。「あれ、花嫁がバチェラー・パーティーに押しかけるのは縁起が悪いんだよ。知らないの？」

「そんなの聞いたことないわ」わたしは言った。

「せっかくの男同士のイベントをぶち壊さないでよ」

「ぶち壊せるほどのことはしていないじゃない」

「これからするかもしれないだろ？」

「電話に出てくれたら、ここまで来る必要もなかったわ」

「球場にいる間は電源を切って試合に集中するって、みんなで決めたんだ。それに、切っておけば、だれかさんからオーウェンに電話があっても出なくてすむだろ？」

「そのだれかさん、おそらくここに来てるわ」わたしは言った。「彼らの大デモンストレーションの場所はどうやらここみたい」

オーウェンは自分の額をぴしゃりとたたいた。「そうだよ。人が大勢いて、テレビ中継されていて、彼女はぼくがここにいることを知っている。どうして気がつかなかったんだろう」

「とにかく、サムが部隊を配備したわ。あなたは一刻もはやくここから離れて。彼らが何をやろうとあなたのせいにできないように」

「ぼくはここにいるよ」オーウェンは言った。「彼らに対抗するのに手が必要になる」

「対抗するための戦力は十分あるわ」こう言って言うことを聞く人なら苦労はない。ここには気絶薬はないから、むりやり連れ出そうとすれば人目を引くことになるだろう。それに、彼の言うことは正しい。マーリンを除けば、オーウェンは陣営で最も有能な魔法使いだ。マーリンはまだ来ていないようだから、わたしたちはおそらくオーウェンが必要になるだろう。

言い合っていてもらちがあかないので、とりあえず彼らといっしょにいることにした。わたしたちの席はひとつ後ろの列だったので、席に着くよう皆を促す。ジェンマとマルシアが先に行き、続いてニタ、わたし、トリッシュ、カルメンの順で座る。

腰をおろすなり、カルメンが小さく悲鳴をあげた。「嘘、でしょ?」スタジアムの屋根の上を凝視して言う。そこにはグラウンドを見張るガーゴイルたちがいた。「あそこにあんなのいなかったわよね? 前に来たときはいなかったはずよ」

「今日は特別よ」わたしは言った。「彼ら、うちの警備チームなの」

「え、なに、なに？」ニタがカルメンの視線の先に目を凝らす。

「魔法で隠されているものを見てるのよ」ジェンマが説明する。「だから、わたしたちには見えないわ、残念ながら」

「彼女は？」ロッドがカルメンの方を見て訊く。

「カルメンよ。彼女は魔法に免疫があって、いろんなものを目撃するうちに魔法の存在に気づいたの」わたしは言った。詳しい説明と謝罪は差し迫った危機を回避してからだ。

ふいに急激な魔力の高まりを感じた。直後にふたたび大きな高まりが続く。「あ、あれね、わたしも見える！」ニタが指をさす。「あー、消えた。目の錯覚だったのかな」

「ううん、錯覚じゃない。いま魔法が使われたわ」わたしは鳥肌の立った腕をさすりながら言った。

「おそらく連中が覆《ヴェール》いを落としたんだろう。そして、サムたちがすぐにまた戻したんだ」

「じゃあ、スタジアムのてっぺんには本当にガーゴイルがいるのね？」

「そうよ」わたしは言った。

「ほかに気づいた人はいないといいんだけど」オーウェンが言う。

「試合中にスタジアムの屋根を見る人なんていないわよ」ジェンマが言った。

「これではっきりしたわね」わたしは言った。「ガーゴイルの覆《ヴェール》いを落とそうとしたなら、ここがその場所に違いないわ。みんな目を見開いて、いつでも行動できるよう準備して」

ジェイクが双眼鏡でグラウンドを見ながら言った。「うわ、あれはなんだ？」バッターを指さす。ここは比較的グラウンドに近い席なので、双眼鏡がなくてもバッターはかなりよく見えるけれど、ジェイクが何について言っているのかはわからない。何秒かじっと見つめてようやくバットが妙なことになっているのに気がついた。若葉が芽を出している。直後にバットはもとに戻った。ジェイクはにやりとしてオーウェンの方を見る。「あの魔術は絶対役に立つって言いましたよね」

「どっちを使った？」オーウェンは訊く。「マッケクニー？　それともファーガソン？」

「魔法理論の話はあと。いまはこっちに集中して」わたしは言った。そして、友人たちの方を向く。「わたしたちは分割統治でいくわ。免疫者《イミューン》と非魔法使いがふたりひと組になって当たりましょう。そうすれば、魔法で隠されたものに気づくと同時に、一般の人が何を見ているかも把握できる。ニタ、あなたはわたしと組んで。カルメンはジェンマ、トリッシュはマルシアと。わたしたちは屋根と空を見るわ。カルメンのチームはスタンドを見て。トリッシュのチームはグラウンドをお願い。何か少しでもおかしなものを見たら、すぐに魔法使いたちに知らせて」

「具体的にどんなものを探せばいいの？」ニタが目を細めて空を見あげながら訊く。

「ちょっとでも妙だなと思うものはすべてよ。魔法かもしれないと思ったら、すぐにわたしに教えて。わたしは自分が気づいたことをあなたに確認するわ。わたしに見えても、一般の人には見えない場合もあるから。いま、ガーゴイルは見えてないのよね？」スタンドの屋根に少なくとも三頭とまっていて、さらに数頭がスタジアムの上空を旋回している。

「うん、いないわ」ニタは言った。

ほかの二チームも互いに確認作業を始めている。わたしの見たところ、小さな異常はあちこちにある。そのひとつひとつに、ここにいる魔法使いたちか、招集された警備部隊が対処しているようだ。いま現場に何人来ているのかわからないが、ここから見るかぎり、観客たちに異変に気づいた様子は見られない。

そのとき、空から何か大きなものがスタジアムに接近してくるのが見えた。近づくにつれ、さらに大きくなっていく。「あれ、見える?」指をさしてニタに訊く。

「あれって?」

大きなものはドラゴンだった。肉眼ではっきり見える距離まで来ているので、もし魔法で隠されていなければ、人々は間違いなく反応しはじめているはずだ。たとえ大きな凧か風船だと思ったとしても。わたしはサムに電話する。「見えてるかどうかわからないけど、ドラゴンがスタジアムに近づいてるわ」

「ドラゴン!?」ニタの声が裏返る。

「まだ覆い《ヴェール》がかかってるみたい」わたしはサムに言った。「でも、落ちるのは時間の問題のような気がする」これが彼らの〝大デモンストレーション〟に違いない。ほかのものはおそらく、わたしたちを攪乱したり人々の反応を見たりするためだったのだろう。野球の試合の最中に、ドラゴンがグラウンド上の選手かスタンドの観客を攻撃し、それがテレビで全国に生中継されたら、何か適当な理由をつけてごまかすのはかなり難しい。彼らはおそらく、魔法でドラゴンを退治する人を準備しているのだろう。ドラゴンだけでは必ずしも魔法が存在する証拠にはならない。それとも、こちらの魔法使いたちがドラゴンから観客を守るのを想定しているのだろうか。公衆の面前で魔法を使ったのが彼らになるように――。

「スタジアムに近づかないようにできる?」サムに訊く。ガーゴイルたちがドラゴンを取り囲んで誘導しようとするが、ドランゴンは進路を変えない。

「こりゃ、魔法でコントロールされてるな。たぶんおれたちに気づいてすらいねえぞ」サムは言った。

「何をするにしても、覆《ヴエール》いが落ちないようにして。連中はドラゴンを人々の前にさらすつもりよ」

「ドラゴンは覆《ヴエール》いをかけられていても攻撃できるぜ」サムは警告する。

わたしは前に座っているオーウェンの肩をたたいた。「ドラゴンが飛んでくるわ。サムたちが進路を変えさせようとしてるんだけどだめみたい。いまのところ覆《ヴエール》いは維持できてるけど、魔術で動きをコントロールされてるらしいの。あなたの調教魔術で何かできない?」

オーウェンは空を見あげた。彼には見えるらしい。やはり、敵はオーウェンがドラゴンを止めるのを期待しているようだ。「多少従順にさせることはできるかもしれない。でも、ここへ来ようとする衝動を上回れるかどうかはわからないな。それから、魔術がどこまで届くかも」

「スタジアムに入ってからじゃないと使えないってこと?」思わず声が大きくなりかかる。

「スタジアムに到着する前にやってはみるけど、どこで効きはじめるかはわからない」

「魔法を使っているようには見えないように魔術をかけることはできる?　彼らのねらいは、

あなたが観客を守るために勇敢にドラゴンを退治して魔法の存在を世に知らしめることだわ。でも、彼女はあなたがドラゴンを手なずけられることは知らないはず」

「あるいは、ぼくにかけた例の魔術でぼくを自由に動かせると思っているだろう。きみが気づいてくれて本当によかったよ」オーウェンは両手の指を組み合わせ、そのまま腕を伸ばし、手首をほぐすように数回ひねってから、両手を離して指をひらひらと動かすと、小声で何かつぶやきながら、さりげなく小さな動作をした。彼のまわりで魔力が高まっていくのがわかる。

ドラゴンは依然としてこちらに近づいてくる。

「まだ見えない？」わたしはニタに訊いた。

「見えないわ。それって、いいことなのよね？　ドラゴンなら、正直、ちょっと見てみたい気もするけど。ドラゴンて本当にいたのね」

「そうよ。でも、背中には乗れないわ。映画と違って」わたしのドラゴン体験は、下水道の近くに住む小さな群れとの遭遇に限定されている。彼らが野に放たれたときどんなふうになるのかはわからない。

「方向転換するよう言い聞かせてるんだけど、届いていないようだな」オーウェンが言った。

それはわたしにもわかる。ドラゴンはスタジアムの縁《へり》を越え、わたしたちの真上まで来た。ただ、グラウンドの上空をスタンドの屋根と同じくらいの高さで旋回しているだけで、攻撃するような動きは見せない。グラウンドにドラゴンの影ができている。でも、観客に見えているかどうかはわからない。影はぼんやりした塊で、ひと目でわかるようなドラゴンの形はしていない。

「あ、見えた」ニタが言った。そしてすぐに頭を振る。「ああ、だめ、消えた。一瞬、空に何かがちらっと見えたんだけど、羽みたいなものが。でも、そんな気がしただけかも。そういうものを探してるから」

「いや、彼らが覆い《ヴェール》を落としたのを、ガーゴイルたちが即座に戻したんだ」オーウェンが空を見つめたまま言った。

すでに攻撃しはじめていいころだが、ドラゴンは相変わらずゆったり旋回しているだけだ。たとえその姿が観客たちに見えていても、飛行機が巨大な凧を引っ張っているという説明でごまかすことは可能だろう。

「うわっ、ほんとにドラゴンだわ」カルメンが言った。

「自分の担当セクションから目を離さないで」わたしは指示する。

「でも、ドラゴンよ！　これを見る前に魔法について説明を受けていて本当によかったわ」

ドラゴンが接近してきて、わたしは思わず身構えた。オーウェンが何千人もの人たちが丸焼きにされるのをオーウェンが黙って見ているはずはない。彼なら魔法使いであることがばれて苦境に立たされるリスクより、人々の命の方を重視するだろう。わかっていても、こちらに向かって炎が噴射されるさまを想像せずにはいられなかった。ついにドラゴンの口が開いた。ところが、ドラゴンはそのまま大きなあくびをすると、羽を広げ、パラシュートのように凧をはらませて、ゆっくりと下降していく。そして、外野の壁の近くに着地すると、その場で丸くなり、すぐに眠りはじめた。

オーウェンは大きく息を吐いて、椅子の背にもたれる。「なんとか眠らせたけど、どのくらいもつかはわからない。とりあえず、あそこにヒットが飛ばないことを祈るよ」オーウェンは言った。「ドラゴンのところに行ってみようかな。先にかけられた魔術を一部でも解ければ、もっとコントロールしやすくなると思う」

オーウェンが立ちあがろうとすると、ロッドが腕をつかんで言った。「あとはサムたちに任せた方がいい。いまドラゴンに近づくのは得策じゃない」ロッドは〝後ろ〟というようにあごをあげる。見ると、数ブロック向こうのスタンドの階段を全身黒ずくめの人たちがおりてくる。どうやら評議会《カウンシル》のお出ましらしい。

19

「最高……」わたしは黒服の人たちにすばやく背を向ける——顔を見られなければ、このまま気づかれないのではないかという虚しい期待を抱きつつ。「次に何か止めようとしたら、捕まって責任を問われるってことね」

「連中、ドラゴンを止められても、まだ何かやる気かしら」ニタが言った。「わたしたち、ドラゴンを止めたんでしょう？　まあ、止めたのはオーウェンで、わたしたちは何もしていないんだけど」

「チームプレイだよ」オーウェンが振り向いて言う。ニタはにっこりした。

「前を向いて」わたしは小声で言った。オーウェンが評議会《カウンシル》の人たちに背を向けるのを待って続ける。「ドラゴンが外野で眠っていて、それをガーゴイルたちが見張っているのよ。この状況であきらめるかしら。この日のためにあれだけお膳立てをしてきて、ここであっさり肩をすくめて立ち去るとは思えないわ」

「だれがやってるかは目星がついてるんでしょう？」ジェンマが言った。「その人物を見つければ、この悪ノリを止められるんじゃない？　そして現行犯で捕まえればいいのよ」

「見つける？　このなかで？」わたしはスタンドをぐるりと指し示す。

「魔力を追っていけば見つけられるかもしれない」オーウェンが言った。

「なるほど、そうね。彼女は相当な量の魔力を使ってるはずだから、たぶん感知できると思う。でも、みんなから離れる必要があるわ。彼女の魔術に対抗するのに、あなたたちもたくさん魔力を使ってるから」

わたしは立ちあがり、座席の間を横歩きする。ニタがついてきた。「わたしたち、チームでしょ?」

オーウェンも立ちあがる。「だめよ、あなたはここにいて」わたしは片手を出してストップのジェスチャーをした。

「もう彼女の魔術にはかからないよ」オーウェンは反論する。

「そうだとしても、もし、魔力の出どころが彼女で、評議会《カウンシル》の法執行官が魔力を追跡してきたところにあなたがいたら、また見当違いの疑いをかけられかねないわ。あなたはここでドラゴンを見張ってて」

ジェイクが立ちあがった。「試合もいまいちだし、ぼくが行きますよ」そう言って、フィリップをまたぐ。

ニタが柄にもなく恥ずかしげな笑みを見せた。「わたし、ニタ。ケイティの友達よ」

「オーウェンのアシスタントをしてるジェイク」

「じゃあ、魔法使いなのね?」いやだ、ニタ、ひょっとしてまつげをぱたぱたさせてる?

「ああ、でも、バンドもやってるんだ」

「ほら、行きましょう」わたしはふたりを促す。「イチャイチャはあとにとっておいて」

「そんなことしてないわ」「そんなことしてませんよ」ニタとジェイクは同時に言った。そして、ふたり同時に笑う。わたしはふたりを引き連れて階段をのぼり、コンコースに出ると、いったん立ち止まって、魔力を感じる方向を探した。明らかに右だ。右に歩き出すと、次の通路まで行かないうちに、法執行官のマックに会った。

「ここで何をしているのか訊くのが恐いくらいだよ」マックはなかばあきれたように言った。

「まあ、意外ではないがね。トラブルの現場には必ずきみがいる」

「それはトラブルに対処するのがわたしの仕事だからよ。先に言っておくけど、トラブルを起こしているのはオーウェンじゃないですからね。彼は止めようとしている方よ」

「見ればわかると思うが、おれが追っているのは彼じゃない」

確かに……。「じゃあ、どこに向かってるの?」

「へえ、そうなの?」

「いまここには三つの大きな魔力の出どころがある。向こうのスタンドにいるきみの友人たち、グラウンドのドラゴンのまわりにいるガーゴイルたち、そしてもうひとつ、こっちの方向にある。きみが言うように、きみの友達とガーゴイルたちはトラブルを起こしているというより、片づけているように見える。だから三つ目の出どころを調べにいくところだ」

「賢者の考えることは同じね」わたしは言った。「わたしたちもまさにそれを調べにいくところよ」

マックは歩き出した。「では、行こう」

ついてくるなと言われると思ったので驚いたけれど、あえて黙っていた。よけいなことを言って、彼の気が変わっては困る。もしかすると、免疫者《イミユーン》は役に立つと思ったのかもしれない。

「だれ？」ニタがささやく。

「魔法界の警察みたいなものね」

魔力はどんどん強くなっていく。いったいマティルダは何をやろうとしているのだろう。

ニタが身震いして、自分の腕をさする。「うう〜、なんだか急にぞくぞくしてきた」

「魔法のせいよ」わたしは言った。「近くで強い魔力が使われているの」わたしのネックレスは狂ったように振動している。マティルダは——あるいはだれであれ魔力の主は——すぐ近くにいて、何か大がかりなことをやろうとしている。

「本当？　この感じ、これまでもよくあったわ。特にあなたのおばあちゃんが近くにいるとき」

「彼女、魔法使いなの」魔力の方に集中していて、ついぽろっと言ってしまった。

「なんか、すごく納得……」

マックが立ち止まり、片手をあげてストップのサインをした。わたしはスタンドへ続くアーチの下に立つシルエットを指さす。風が美しい金髪を揺らしている。何をしているのかはわからないが、大量の魔力を使っているのは確かだ。隣の通路まで走っていき、グラウンドを見ると、ドラゴンの体がもぞもぞと動いていた。ドラゴンはやがて頭をもたげたが、すぐにまたへたり込む。しっぽがぴくぴく動き、そして止まった。マティルダがドラゴンを起こそうとしているのを、MSIの部隊が阻止しているのだ。まるで魔法による綱引きだ。ひとり対チームの戦いだが、ドラゴンにはすでにマティルダの魔術がかかっているので、それが彼女にかなりのアドバンテージを与えているのだろう。

「あれが見えないの?」何列か前の席でだれかが叫んだ。聞いたことのある声だ。声の主はさらに言った。「ほら、ドラゴンがいるじゃない!」わたしは固まった。マティルダはついに覆い《ヴェール》を落とすことに成功したのだろうか? それとも、叫んでいるのは免疫者《イミューン》? 声が聞こえた辺りを見回すと、両腕を大きく振っている女性がいた。アビゲイル・ウイリアムズだ。周囲の人たちはだれも反応しない。顔は見えないけれど、その態度や仕草から懐疑的な空気が読み取れる。少なくとも、そう願う。

反魔法グループがいるとなると、絶対にマティルダの思いどおりにさせるわけにはいかない。ドラゴンが一般の人に見えるようになったら、魔法を目の敵にする人たちは自分たちの言い分が裏づけられたとますます勢いづくだろう。なんとかしてマティルダを抑え込まなければ――。

いちばん後ろの列には数人しかいない。わたしは謝りながら座っている人をまたぎ、向こう側の通路まであと椅子ふたつのところまで行くと、マティルダの方を見あげた。目を閉じているので、たぶんわたしには気づいていない。顔には玉の汗が浮いている。視界の隅に動きを感じて目を向けると、ジェイクが通路をはさんで向こう側の座席の間をわたしと同じようにこちらに近づいてくるのが見えた。すぐそこに反魔法グループと少なくともひとり免疫者《イミューン》がいるところで、彼がマティルダに対して魔法を使うのは、ドラゴンが出現するのと同じくらいまずいだろう。わたしはジェイクと目を合わせ、首を横に振り、アビゲイルの方を指さした。こちらのメッセージを完全に理解したかどうかはわからないけれど、ジェイクはうなずき、両手をさげた。

やはり、ここは魔法を使わずに対処すべきだ。何かできること、あるいは使えるものはないか、まわりを見る。すぐ前の席のカップホルダーに氷とおそらくジュースがほんの少し残っているだけの紙コップがあった。「これ、もういりませんか?」座っている女性に訊く。

「氷しか残ってないわよ」女性は肩をすくめて言った。

「それで十分です」わたしはカップをつかみ、座席の列の端まで行った。マティルダまでは二メートルもない。きっと命中させられる。氷とジュースの残りを彼女に投げつけるため、紙コップをもつ手を後ろに引いたとき、付近がにわかに騒がしくなった。

見ると、スタジアムの警備員が通路の下からアビゲイルのところへ来ていた。彼女があまりに騒ぐので、だれかが呼んだのだろう。わたしは手にもった紙コップを見る。いまマティルダにこれを投げるのは賢明ではないだろう。警備員にはわたしが彼女に暴行を働いたように見えるに違いない。〝だって彼女、魔法を使ってたんだもの!〟が言いわけとして認められるとは思えない。でも、ぐずぐずしてはいられない。いま彼女を止めなければ手遅れになる。中身の残った紙コップを投げつけた場合、最悪でも軽犯罪ですむはず。前科がついても、会社がわたしを解雇することはないと思う——職務を遂行するためについたものなら。やはりここは、チームのために投げるしかない。

マックがマティルダの背後から近づく。でも、あるところまで接近すると、それ以上先へ進めなくなった。彼女は自分のまわりに保護幕《シールド》を張っているのだろうか。マックと目が合う。彼がうなずいたので、わたしはごくりと息をのむと、「わっ！」と言いながらマティルダの前に飛び出し、彼女の顔めがけて氷の入ったカップを投げつけた。

わたしの身がどうなろうと、やる価値はあった。彼女から放たれる魔力が完全に止まったのはもちろんだが、何より彼女が見せた表情が最高の報酬だ。もしこのまま顔が固まったら、彼女はサムのガーゴイル部隊に加われるかもしれない。おまけに、カップの中身で濡れたためか、髪がみるみるうねりはじめた。やはり、あんな完璧なストレートへアがナチュラルなわけはないのだ。

マティルダの集中力が途切れたすきに、マックが拘束用の銀の鎖をもって彼女に近づいた。「ちょっと話を聞かせてもらうよ」マックはそう言ってマティルダをコンコースの方へ引っ張っていく。

警備員が走ってくるのを――少なくとも、〝そこを動くな！〟的な声が聞こえるのを――覚悟していたのだけれど、だれも何も言わない。まわりの人たちは、近くで変なことが起こったというそぶりすら見せていない。いくらニューヨークの観客は喧嘩っ早いといっても、女が別の女に飲み物を投げつければ、多少のリアクションはあってもいいのではないだろうか。振り向くと、ジェイクがにやにやしてわたしを見ていた。「心配いりませんよ。ぼくがカバーしておきましたから」ほっとして、ひざの力が抜けそうになる。どうやら逮捕されずにすみそうだ。

マックのところへ向かう前に、グラウンドを確認する。ドラゴンはふたたび動かなくなっていた。ニタが階段をおりてきたので訊いてみる。「いま、グラウンドには何が見える？」

「野球の試合？」ニタは肩をすくめる。「どういう状況かは訊かないで。兄貴がやってるのはクリケットなの。野球のルールはさっぱりわからないわ」わたしは笑ってニタの腕に自分の腕をからめた。自力で階段をあがる自信がなかったというのが主な理由だけれど。「わたしたち、勝ったの？」ニタが訊く。

「そのようね」わたしは言った。

コンコースに戻ると、マックがマティルダに向かって何か言っているのが見えた。黒服の男が両手をネックレスのような華奢な鎖で縛られた女を尋問するさまはかなり異様だと思うのだが、そばを通り過ぎる野球ファンたちはなんの反応も示さない。ひょっとすると、見えていないのかもしれない。

「いったいどういうこと？」マティルダは言った。「襲われたのはわたしよ。どうしてわたしが拘束されるの？」

「きみがあの付近で唯一の魔力の出どころだったのでね。きみの魔力が止まったとたん、ほかのすべての魔力が止まった」

「わたしははめられたのよ！　ほかの魔力が止まったのは、わたしを悪者に見せるためだわ」

「なるほどね。まあ、単独の犯行ではないだろうが、きみが関わっていることは間違いない」

「なんの証拠もないじゃない。わたしがだれだか知ってるの？」

「それはいちばん警察に言ってはいけないセリフですよ、お嬢さん」

「うちの家族は評議会《カウンシル》に知人がいるのよ」

「それはけっこうなことで。さあ、来なさい」

「無事終わったってことかしら」マックがマティルダを連行していくのを見ながら、ニタが言った。

「そうねえ」わたしは言った。「どれくらい周到に準備されているかによるわね。共犯者がいるのはわかってるけど、彼女が拘束されている間も何かするかしら」

「彼女の家族もいますよ」ジェイクが言った。「彼らがどう出てくるか……」

「まだ油断はできないわね」そのとき、反魔法グループのメンバー数人がそばを通り過ぎた。わたしは急いで顔を背けたが、彼らはアビゲイルの振る舞いについて文句を言い合うのに忙しく、わたしには気づかなかったようだ。彼女の信用がこれで完全に損なわれたことを願う。確かに、アビゲイルは本当のことを言っていた。でも、彼女の行動を考えると、真実を告げないことに、カルメンに対するほどの罪悪感はない。このまま支持者が減ってくれるといいのだけれど。

　わたしたちはひとまず席に戻ることにした。「あなたたちの毎日っていつもこんな感じなの？」ニタが訊く。

「まあ、そうね。程度の差はあるけど」

「ぼくはめったにラボから出ないよ」ジェイクが言った。「ぼくの仕事は研究開発が中心だからね。でも、たまにはこうしてフィールドに出るのも楽しいかもな」

「さっきはカバーしてくれてありがとう」わたしは言った。

ジェイクは肩をすくめる。「あなたが逮捕されたらオーウェンのバチェラー・パーティーが台無しになりますから」

「でも、パーティーは結局、魔法の戦い《マジカルバトル》になっちゃったじゃない？」ニタが言う。

「あれはけっこう楽しかったよ」ジェイクはにやりとする。「正直、ぼくには野球よりも面白かったな」

皆のところに戻ると、マーリンが来ていた。「遅くなって申しわけない」マーリンは言った。

「思ったより時間がかかってしまいました。事態は収拾できたようですな」

「マックが彼女を拘束しました」わたしは席につきながら言う。

「危なかったよ」ロッドが言った。「全員がフルパワーでかかってなんとか眠らせることができていたけど、あと少し遅かったら、どうなっていたか……。彼女も全力できてたから」

「あのドラゴンはどうなるの？」わたしは訊いた。

「保護区に電話を入れておいた」オーウェンが言った。「試合のあと引き取りにくることになってる」

「それじゃあ、わたしはそろそろ退散するわ。花嫁がバチェラー・パーティーに押しかけるのはクールじゃないもの」

オーウェンはわたしの手首をつかむ。「あ、このままいてよ。その、きみが嫌じゃなければ」

「どのみち特に羽目を外す予定もなかったしな」ロッドが言う。

わたしは友人たちの方を見る。「野球の試合なんてすっごく久しぶり」トリッシュが言った。

「まあ、せっかくここまで来たわけだしね」ジェンマが言う。

「わたしは観ていってもいいわよ」とマルシア。

「右に同じ」ニタが言った。

「わたしもいっしょにいいかしら」カルメンが訊いた。

「もちろんよ」わたしは答える。

「上司がいたのでは楽しめませんかな？」マーリンが訊いた。「野球には以前から興味があったのですよ」

「ぜひいっしょに。パーティーは人数が多いほど楽しいですから」オーウェンが言った。「お腹が減ったな。ホットドッグが欲しい人は？　ぼくがおごるよ」


スタジアムでのドラゴン騒ぎのあとは、いまのところ何も起こっていない。マティルダを捕まえたからといって、彼女の家族がいるかぎりこれで終わるはずはないと思っているけれど、火曜現在、本物の魔法行為らしきものについての報告はどのブログにも投稿されておらず、カルメンも、その後プレスリリースは受け取っていないという。アビゲイル・ウイリアムズのブログは休止同然の状態になっている。このままグループが消滅してくれるといいのだけれど。

そっちがひとまず落ち着いたので、結婚式の心配をする余裕ができた。とりあえず、バチェロレッテ・パーティーは無事終わった。ジェンマが企画したスパで過ごす一日だ。ドラゴンも、ガーゴイルもなし。招待した人以外に羽のついたゲストの飛び入りはなかった。順調すぎて、かえって心配になるほどだ。でも、まだ結婚式のリハーサルがある。そこで何か起こる可能性はある。演劇の世界には、舞台稽古で惨事が起こると初日は成功するというジンクスがあるらしいけれど、結婚式の場合はどうだろう。

リハーサルは式に直接関わる人たちだけで——それも全員ではない——静かに行われた。金曜の夜、皆が退社するのを待って、式を手伝ってくれる魔法使いたちが、魔法のデコレーションで社屋の大聖堂のようなロビーを魔法の森の礼拝堂といった感じに変えてくれた。会社のビルで結婚式をあげるというと妙に聞こえるかもしれないけれど、社屋がこういう建物で、そこがふたりの関係に深く関わっている場所でもある場合、とてもいい選択に思える。

このロビーはそのままでも十分ゴージャスだ。でも、魔法による飾りつけはわたしの想像をはるかに超えていた。タイル張りのフロアの上に森のなかの空き地が出現し、空き地を囲む木の枝では小さな光が瞬いている。白い花綵《はなづな》が身廊の上に天蓋をつくり、椅子は整然と並べられるかわりに、木々の間にランダムに置かれている。式そのものは大階段の最初の踊り場で行われる。そこにも木立があって、梢が頭上でアーチをつくっている。

父はこの式には来ないので——これを見たらなんと言うだろう——身廊をエスコートしてくれるのはマーリンだ。上司がマーリンだということにはだいぶ慣れたけれど、あの伝説の人物が自分の結婚式で父親役をやってくれると思うと、やはり圧倒される。

式のコーディネーターを務めるジェンマが、皆を所定の位置に立たせる。オーウェンはロッドといっしょに踊り場の前の階段に立ち、花嫁介添人《ブライズメイド》たちがマーリンとわたしの前に並ぶ。牧師は明日、オーウェンが子どものころ通った教会から、オーウェンの養父母とともにニューヨークに来ることになっている。結婚式は眠っていてもできるくらい何度もやっているのでリハーサルは必要ないというのが本人の弁だ。できればやるべきことをいっしょに確認しておきたかったけれど、結婚式は舞台ではないのだからしかたない。

魔法の音楽がかかる。花嫁介添人《ブライズメイド》たちが身廊を歩いて階段をのぼり、それぞれの位置についた。次はわたしの番だ。ドレスを着て歩く練習は自宅でしているけれど、身廊と階段は勝手が違うので少し不安だ。リハーサルにドレスが着られないのが残念だ。式の前に一度ドレスを着て階段をのぼる練習をした方がいいかもしれない。そんなことを考えていたら足もとがおろそかになって、普通の服を着て普通の靴を履いているにもかかわらず、階段でつまずきそうになった。まったく先が思いやられる。

マーリンがわたしの腕をつかみ、支えてくれた。「なんなら、わたしを浮かせてくださってもいいですよ」わたしは赤くなって言った。

「大丈夫、心配はいりませんよ」マーリンはそう言って、わたしの手をオーウェンに渡した。

「ここで結婚の儀式が行われます。〝はい、誓います〟をやって、指輪交換をやって、終了」ジェンマが言った。「では、退場の練習に移ります。みんな、自分の位置はわかってる？」彼女からあれだけたくさん図や表を渡されているのだから、わからない人はいないだろう。

か。

皆がおりきるのを待って、オーウェンとわたしも階段をおりはじめる。そのとき、視界の隅で何かが動いて、あやうく足を踏み外しそうになった。今回はオーウェンが支えてくれた。階段は考え直した方がいいんじゃないかと冗談を言おうとしたとき、トリックスがマーリンに耳打ちするのが見えた。目に入った動きはこれだったに違いない。妖精は普通、ティンカーベルのサイズになって飛び回ったりしない。少なくとも、人間のまわりでは。何かあったのだろうか。

わたしたちが階段をおりて身廊に立つと、ジェンマが拍手をした。「オーケー、大丈夫そうね。ほかの人たちはどう？　何か質問があればどうぞ」

会社でイベントの企画を担当するリナが皆の前に出た。彼女は式の準備を手伝ってくれている。「このあと、ここを披露宴会場に変えます。すでに魔術はセットしてあるわ。見てみる？」

「もちろん」わたしは言った。どんなふうになるのか大いに興味がある。

リナと彼女のチームは手を翻《ひるがえ》し、呪文を唱えた。すると、たくさんの小さなテーブルが出現し、さながら魔法の森のピクニックという風情になった。帽子屋《マッドハッター》と白ウサギがくまのプーさんとその仲間たちといっしょにお茶会をしていそうな雰囲気だ。「わあ、素敵」そう言ったものの、トリックスがマーリンに何を言ったのかが気になってしかたがない。マーリンは顔をしかめ、新たな演出にさほど注意を向けていないように見える。ひょっとすると自分がいまテーブルについていることにすら気づいていないのではないだろうか。

リナがロビーを結婚式仕様に戻し、リハーサルは終了した。このあとは皆でレストランへ行き、食事をすることになっている。でも、その前にマーリンと話をしなければ。マーリンの方からこちらにやってきたので、不安はさらに高まった。「マティルダ・メイフェアが保釈金を納めて釈放されました」

「なんですって?」思わず叫びそうになり、なんとか声を抑える。

「意外ではないですね」オーウェンが言った。「あれだけの財力とコネがあれば、そう長く拘束させておくことはないと思っていました」

「彼女、また何かやるつもりでしょうか」わたしは訊いた。

「あなたは心配しなくていいですよ」マーリンが言った。「結婚式に集中してください」

「大丈夫だよ」オーウェンはわたしの手をぎゅっと握る。「彼らのねらいは公《おおやけ》の場で何かやることだ。この結婚式はプライベートすぎる。それに、すでに十分マジカルだからね」

「まあ、確かにそうね。魔法の会社で行われる魔法の結婚式で魔法を使ったところで、だれも驚かないわよね」そう思うと、少し安心した。そういう意味では、この結婚式はおそらく最も安全な場所といえるかもしれない。でも、そうすると、別のことが心配になってくる。「彼ら、そのときをねらって公共の場で何かやらないかしら。彼らの企みを阻止してきた人たちのほとんどが、明日の夜、ここにいるわけでしょう? 街の警備が手薄になるのは、彼らにとっては好都合だわ」

「あなたは心配しなくてよろしい」マーリンが言った。「評議会《カウンシル》が彼女とその関係者を監視しているようですし、われわれも結婚式に参加しない人員に街を見張らせます。プロフェット&《予言&失せ物》

ロスト《捜査》部は彼らが次にねらう場所を予測するために水晶を見ています。よって、あなたがたふたりは新婚旅行とテキサスでの式から戻るまで正式に職務から外しますよ」
「何ごともなければいいんですけど……」わたしは言った。

マーリンの言いつけどおりマティルダのことを心配しないでいるのは、思ったよりも簡単だった。結婚式のためにやらなければならないことが山のようにあるからだ。レストランでの食事がすむと、友人たちにせき立てられて家に帰り、明日に備えて早々にベッドに入った。翌朝は、女子だけでブランチをとり、そのあとすぐにヘアメイクに取りかかる。午後、式に必要なものをすべてもって会社へ移動し、三面鏡完備の控え室へと変貌した自分のオフィスへ行った。

予定より少しはやく進んでいるので、わたしはドレスと靴を身につけると、すぐにロビーへ行き、何度か身廊と階段を歩く練習をした。ドレスの裾は張りがあるため脚に絡みつかず、恐れていたより歩きやすい。これならつんのめって顔から落ちる心配はなさそうだ。

最後にもう一度階段をのぼり、臨時の祭壇に立って、美しく飾られたロビーを見おろした。

約二年前、はじめてこの建物に足を踏み入れたときのことを思い出す。あの面接によって人生がこれほど大きく変わることになろうとは想像もしなかった。魔法が存在すること、そして、自分の類いまれな普通さが特別な力となり得ることを知ったのも、あの面接だった。オーウェンとはもう出会っていたけれど、彼の正体を教えられたのもあのときだ。彼に惹かれてはいたけれど、まさか結婚することになるとは夢にも思っていなかった。

そして、いま、魔力のかけらももたないわたしは、魔法界の一員となり、魔法の会社のロビーで愛する魔法使いと結婚式をあげようとしている。子どものころ、理想の結婚式をいろいろ夢見たけれど、こんな式はついぞ思い描いたことがなかった。すべてが想像をはるかに超えている。

「ケイティ、ここにいたのね！」ジェンマが走ってきた。「そろそろゲストが到着しはじめるわ。はやくオフィスに戻って！」

「もうそんな時間？」

「そうよ！」

「なんだか信じられない」

「そうね、あと一時間もすれば、あなたは結婚してるのよ。逃げるならいまだけど、あえてどうしたいかは訊かないわ。そんな気持ちまったくないのはわかってるから」

「正直、結婚式についてはちょっと心配だけど、結婚すること自体にはまったく不安はないわ」

「それなら大丈夫」

われながらなかなか優雅に階段をおりると、ジェンマが満足げにうなずいた。「事前にドレスを着て階段をのぼりおりする機会を設けておけばよかったんだけど、でも、いま見た感じでは問題なくできそうね。これだったら、トレーンのついたドレスにすればよかったかも。長いトレーンを引いてこの階段を歩いたら、きっとものすごく素敵だったはずよ」

「でも、万一転んだときのダメージが大きすぎるわ。それこそかなり練習が必要になったはず」

「それに、テキサスでやる式にはちょっと大げさかもね。しかも、こっちでは市役所で簡易的にやると思ってるわけだから、そんなドレスを見たらみんなびっくりするわ」

オフィスに戻ると、ちょうどニタがシャンパンの栓を抜いたところだった。「この辺で一回、乾杯しておきましょ！」そう言ってプラスチックのカップにシャンパンを注いでいく。

「わたしがいま飲むのは賢明じゃないような気がするわ」わたしは渡されたカップを見ながら言った。

「いいじゃない、ほんのスプーン一杯よ。いくらケイティでも、スプーン一杯のシャンパンで歩けなくなるってことはないでしょ」

全員にカップが行き渡ると、ニタは自分のカップを掲げて言った。「ケイティ、オーウェン、そしてふたりのフェアリーテイルなロマンスに乾杯！　末永くお幸せに！」

中身が跳ねないよう十分気をつけながら全員とカップを合わせると、わたしはシャンパンを口に含み、舌の上で泡がはじけるのを味わった。ニタの言うとおり、カップにはひと口で飲み干せる量しか入っていなかった。

「口紅チェック！」ジェンマが命じる。彼女の方に顔を向けると、ジェンマは口紅を直し、グロスを少しつけ足した。「いやだ、ちょっと、まだ泣かないでよ」メイクのほかの部分を確認しながらジェンマが言う。

どうやら自分でも気がつかないうちに涙ぐんでいたらしい。ニタの乾杯の言葉に、いろんな感情が込みあげてきたようだ。わたしは彼女たちが心底好きだ。大好きな友人たちがこの場にいてくれることが本当にうれしい。それをみんなに伝えたいけれど、いまそうしたら、きっと全員が泣き出してしまうだろう。自分の結婚式に遅れるような花嫁にだけはなるまいと心に決めている。花嫁介添人《ブライズメイド》たちといっしょにおいおい泣いて、全員メイクをやり直さなくてはならなくなったら、それが守れなくなる恐れがある。一応、念のためにティッシュを一枚ブーケのなかに忍ばせた。

ジェンマが自分の腕時計に目をやる。「そろそろ時間ね。式場の様子を見てくるわ」

心臓の鼓動がにわかにはやくなる。いよいよこのときがきた。鏡を見ると、別人のような自分が立っていた。そうか、わたしは花嫁なのだ。

「すっごく素敵よ」ニタが言った。

「でも、あなたらしくもあるわ」マルシアが続く。「結婚式のために化けましたって感じの花嫁がいるけど、あれはいただけないもの」

ジェンマが戻ってきた。「あっちは準備オッケーよ。さ、行きましょう」

警備部にはロビーの外の玄関ホールに直接行ける出口があり、わたしたちはそこから玄関ホールに出た。花嫁介添人《ブライズメイド》とわたしとマーリンとわたしのドレスでホールは少々混雑している。

「とても素敵ですよ、ミス・チャンドラー」マーリンはそう言って、腕を差し出した。

音楽が始まり、ロビーのドアが開いた。花嫁介添人《ブライズメイド》が身廊を歩きはじめる。わたしはロビーの方を見ないようにした。やがて音楽が変わり、人々が立ちあがる音が聞こえた。マーリンとわたしはロビーの入口まで移動し、ゆっくりと歩き出す。

人がたくさんいるのを別にすれば、ほぼゆうべのリハーサルどおりだ。でも、細かいところにはまったく目がいかない。わたしは身廊の先にいるオーウェンをまっすぐ見る。白いネクタイに燕尾服姿でわたしを見つめているオーウェンはいつにも増してハンサムだ。いや、彼が素敵に見えるのは礼服のせいではない。彼がまばゆいばかりの笑みを浮かべているからだ。マーリンとともに身廊を進みながら、わたしも彼にほほえみ返す。美しい花々、頭上に瞬く小さな光。本当に魔法の国にいるようだ。

そのとき、踊り場の祭壇の上にかかる花の天蓋のなかで何かが光るのが見えた。あそこにあんなものなどあっただろうか。枝で瞬く小さな光とは明らかに違う。よく磨かれた鋭い金属片のようなものがオーウェンの真上にぶらさがっている。

20

わたしは身廊のなかほどで立ち止まり、叫んだ。「オーウェン、頭の上！」

オーウェンが見あげた瞬間、金属の物体がぐらりと揺れて落下した。オーウェンはよけると同時に、片手を翻《ひるがえ》す。すると大鎌のようなそれは花吹雪に変わった。

自分の頭上を見あげると、身廊の上の花綵《はなづな》にも同じように光るものが見えた。そっとマーリンの腕を引いて言う。「わたしたちの上にもあります」

シュッという音が聞こえ、身をかがめると、直後に花びらが降ってきた。式の最後に花びらを雪のように降らせることになっていたのに、これではせっかくの演出が台無しだ。まあ、首が落ちるよりはましだけれど。おそらく刃《やいば》は覆い《ヴエール》で隠されていたのだろう。だから、式の準備をしてくれた人たちはだれも気づかなかったのだ。わたしも、さっき歩く練習をしたときは床ばかり見ていたので、気づくことができなかった。

だけど、いつ、どうやって隠したのだろう。

いや、もっと重要なのは、だれがやったかということだ。そして、いまもここにいるのかどうか。頭を抱えて逃げ場を探すゲストたちを見回し、知らない顔を探す。内輪の小さな結婚式に招待されるくらい親しい人たちのなかに、わたしたちを殺そうとする人が、あるいは殺さないまでも式をぶち壊そうとする人がいるとは思えないし、過激な派閥に属している人は招待客のなかにいないはず。そうなると、残るはスタッフだ。

食事は魔法で出すけれど、給仕や接客には人を雇っている。カナッペのトレイを運ぶ魔術はいろいろ不備があるらしいのでそうした。すぐに外部のスタッフを疑うような人にはなりたくないけれど、ここにいる人たちのなかでよく知らないのは彼らだけだ。

ひゅーっという音が聞こえて、反射的に身をかがめる。でも、すぐにガーゴイルの羽音だとわかった。「捕まえるのはどいつだ、お嬢！」サムは言った。

わたしはドレスの裾をもちあげ、ケータリングのスタッフが待機している場所に向かって走り出す。スタッフのほとんどはゲストたちに負けず劣らず呆然としているが、ひとりだけわたしが来るのを見て背中を向けた人がいた。「彼よ！」わたしは指をさして叫ぶ。

瞬時に走り出した男は〝子犬くん〟だった。大勢の魔法使いたちが一堂に会する場所で、いったいどこへ逃げるつもりだったのだろう。彼は瞬く間に包囲され、四方八方からいっせいに魔術を放たれて固まった。がんじがらめになったいくつもの魔術をすべてほどくには何週間もかかるのではないだろうか。

ほかに見落としているものはないか天井や木の枝の間を見ていく。何も隠されていないことが確認できると、わたしは言った。「皆さん、大変失礼しました。でも、わたしたちにとってこういうことは日常茶飯事なんです。なので、結婚式がこんなふうになるのも、ある意味、わたしたちらしいというか……。よかったら、さっきの続きから始めさせてください」

ぎこちない笑いが起こると、だれかが——たぶんロッドだろう——拍手を始めた。するとほかのゲストたちもそれに続き、わたしは拍手喝采のなか身廊に戻る。自分の結婚式がこんなふうになるとは想像していなかったけれど、確かに、わたしたちらしいといえる。きっと将来、とっておきのエピソードになるだろう。話せる相手が限られているのが残念だけれど。

もう少しでマーリンのところに戻るというとき、だれかがわたしをつかんだ。「だれも動かないで！」背後で女性の声が聞こえた。顔は見えないが、首に腕を回し、わたしをのけぞらせていることを考えると、マティルダに違いない。彼女はわたしを引きずるようにして身廊を歩きはじめる。ウエディングドレスは普通に歩くだけでも大変なのに、ヘッドロックされたままつまずかずに進むのは至難の業だ。「どうして間違った選択ばかりするの？」マティルダは歩きながらオーウェンに向かって叫ぶ。「その気になれば、あなたはなんだってできるのに、小さなラボにこもりきりで、こんな平凡な女と結婚するなんて。どうしてわたしたちは隠れてなきゃならないの？　魔法を使うためには結婚式さえこっそりあげなきゃならないなんて、ばかげてると思わない？　わたしたちにはこういう式を自由に好きな場所であげる権利があるわ。わたしたちは魔法使いなのよ！　なのにあなたは、わたしに協力するどころか、邪魔ばかりする！」

オーウェンがゆっくり階段をおりてきた。「きみはいろんな点で間違っている」穏やかな口調にもかかわらず、その声はロビーじゅうに響き渡った。「とりわけ、ある点での間違いは致命的だ」

からないわよ」

「それ以上近づかないで！」マティルダは言った。「でないと、あなたの花嫁がどうなるかわ

オーウェンは片手をあげ、さっと手首をひねった。魔力のうねりがわたしたちにぶつかる。すぐに首に感じていた圧力が緩み、マティルダがわたしから離れるのがわかった。続いて、彼女が身廊に敷かれたカーペットの上に倒れるどさっという音が聞こえた。「きみは彼女が平凡だと言ったね」オーウェンはマティルダのそばに来て立つ。「彼女は魔法に免疫がある。これはきわめて非凡なことだ。おかげでぼくは、彼女を傷つけることなくきみに魔術を放つことができた」そう言うと、わたしの方を向く。「大丈夫？」

「ええ、大丈夫よ」わたしは首をさすりながら言った。痕ができていないことを祈る。せっかくの記念写真があざの残った首では台無しだ。まあ、この式の写真はだれにでも見せられるわけではないのだけれど。

サムの指示で警備チームが固まったままのマティルダを引っ張っていく。ジェンマが声を張りあげて言った。「いったん休憩して仕切り直します！　最初からやり直しましょう！」

ジェンマは階段をおりてきて、わたしの腕を取った。「すぐに返してあげるから、ちょっとの間我慢してね」オーウェンにそう言うと、わたしを連れてふたたびオフィスに戻る。部屋に入ると、ニタのシャンパンの最後の数滴をカップに落として言った。「はい、これ飲んで」

さっきのスプーン一杯がなんの影響も及ぼさなかったことを考えると、数滴飲んだところでどうなるわけでもないだろう。でも、彼女の意図はわかる。舌を湿らせるだけでも、気分は変

わるはず。ふいに笑いが込みあげてきて、わたしは声をあげて笑い出した。いったん笑いはじめるともう止まらない。

「まさかその程度のアルコールでそうなったわけじゃないわよね？」ジェンマが言う。「大丈夫？」

まともにしゃべれそうもないので、笑いながら親指を立てた。笑いが収まってくるのを待って、二度ほど深呼吸する。「ごめん、あんまり可笑《おか》しくて」くすくす笑いの合間になんとか言う。「まさか結婚式まで魔法でめちゃくちゃになるなんて……。自分は普通すぎて退屈な人間だと思ってた以前のわたしに教えてやりたいわ」

「あなたが退屈な人間だなんて、少なくともわたしは思ったことないけど」

「本当？」

「本当よ。大学のとき、クールに見えるかどうかなんて気にせずに自分のやり方を貫くあなたは本当にすごいなって、いつも思ってたわ」

「わたし、そんなにクールじゃなかった？」

「そういう意味じゃなくて。わたしが尊敬したのは、人の目を気にしないってとこ。ニューヨークに来たときも、まわりに合わせようとはしなかった。どこへ行っても、あなたはいつもあなただわ。たぶん、オーウェンがあなたに惹かれた理由のひとつはそこだと思う。あなたが魔法の世界にしっくりなじんでいるのを見たとき、すごく腑に落ちたの。人がどんな隠れ蓑《みの》をまとっても、あなたはすべて見透かしてしまうのよ」

ジェンマの言ったことについてしばし考える。「わたし、やっぱり平気みたい。たとえ結婚式の最中に魔法の戦い《マジカルバトル》が勃発しても。というか、妙なことが何も起こらなかったら、かえって自分の結婚式のような気がしないわ」

「おかげで、まだ披露宴にすらたどりつけてないけどね。さてと、目もとを少し直さなきゃ。マスカラはウォータープルーフのを使ったけど、あれだけ笑っちゃさすがにもたないわ。もう気はすんだわね？」

「ええ、もう大丈夫」笑いすぎて顔とお腹が痛い。

ジェンマはわたしの目の下にパウダーをはたいてマスカラをつけ足し、口紅を直すと、結婚の準備ができたことを宣言した。もう一度最初からやり直すため、ロビーの外の玄関ホールに戻る――今度こそ招かれざる客が現れないことを祈りつつ。

花嫁介添人《ブライズメイド》が身廊に出ていくと、わたしは入口からロビー全体を見渡した。どこかに罠がしかけられていないか、ゲストのなかに挙動不審な人物はいないか――。あやうく自分が出ていく合図を見逃すところだったが、とりあえず怪しいものは目につかなかったので、マーリンの腕を取り、歩き出す。

今回は、身廊を最後まで歩ききってオーウェンの隣に立ち、安堵の笑みを浮かべて彼の手を取ることができた。この瞬間に集中し、いまを最大限に味わおうとするのだけれど、ついここまでのふたりの道のりを思い返してしまう。地下鉄の車内ではじめてオーウェンを見たときのこと、彼がほとんど言葉を発さなかった最初の面接、オーウェンが魔法使いだとわかったときのこと、友達としていっしょに出かけたときのこと、赤い靴の魔法が引き起こしたファーストキス、すでにつき合っているにもかかわらず、わたしたちをくっつけようとあれこれお節介を焼くフェアリーゴッドマザーにあやうく殺されかけたこと、オーウェンを守るつもりで故郷へ戻ったとき、彼がテキサスまで会いにきてくれたこと、ニューヨークに戻ってきたわたしをオーウェンが空港で出迎えてくれたこと、敵との戦いのなかで彼を失いそうになったこと、エルフの国で自分たちがだれであるかを忘れたまま、ふたりあらためて恋に落ちたこと、そして、キスで魔法を解いたこと。

まったく、こうして振り返ると、わたしたちはふたりとも普通とはほど遠い。それでも、わたしがいちばん幸せを感じるのは、リビングルームに座って、ピザを食べながら、映画を見ているようなとき。はらはらどきどきは仕事でたっぷり味わえるので、私生活は平凡で退屈なくらいがちょうどいい。

牧師の説教が終わり、わたしは意識をいまに戻す。誓いの言葉が始まった。自分の口が発したそのひとことひとことをずっと覚えていたい。牧師に続いて誓いの言葉を繰り返すオーウェンの頬がほんのりピンクに染まる。まなざしは真剣だ。彼が心からその言葉を述べているのがわかる。彼が誓いを守り通すであろうことも。

続いて、指輪の交換だ。いつのまにか手が汗で湿っていた。ドレスで拭きたいのを我慢する。オーウェンは牧師から指輪を受け取り、わたしの指にはめた。彼の手がひどく震えていて、二度ほどやり直す必要があったけれど。励まそうとほほえんでみせたが、いざ自分の番になると、わたしの手も震えていた。左手で彼の手をもち、薬指に指輪を滑り込ませる。無事にはまると、ほっとして体の力が抜けそうになった。

牧師はわたしたちが夫と妻になったことを宣言し、オーウェンに花嫁にキスをするよう言った。首から上がみるみる赤くなっていく彼を見て、つい笑みが漏れる。人々に注目されながらキスをするのは彼には大きなチャレンジだろう。考えてみると、友達や家族に声援を送られながらキスするというのは、確かに妙な感じではある。オーウェンのキスはややこわばったぎこちないものだったけれど、わたしたちにはこれからいくらでもやり直す時間があるし、そもそもふたりだけのときはもっとずっとうまくいくことをわたしは知っている。

何かが髪に触れて、びくりとしたが、すぐに、式のこの時点で舞うことになっていた魔法の花びらであることがわかった。わたしはほっとして花びらがゲストたちの上に雪のように降るさまを眺めた。オーウェンとわたしは降り注ぐ花びらのなか、階段をおり、身廊を歩く。花びらはオーウェンの髪やわたしのヴェールにもついた。

リナのチームが仕事に取りかかり、森の礼拝堂は木立のなかの空き地に変わった。友人たちが昼間、なかば強制的にスナックを食べさせてくれてよかった。食べ物を口にできるのはかなり先になりそうだ。ゲストがひとりひとり祝福にきてくれて、とても食事どころではない。それがようやく一段落して、やっと椅子に座ることができたとき、ロッドが立ちあがって乾杯の音頭を取った。「ぼくはふたりの関係をそばでずっと見てきました」ロッドは言った。「ふたりが知り合う前からです。オーウェンはケイティをはじめて見たときに、運命の人だと確信したようです。ただ、実際に彼女と話をするまでに時間がかかりました。そして、話すようになってからも、デートに誘うまでにさらに時間がかかりました。でも、相手が運命の人とわかっている場合、あえて急ぐ必要はないのかもしれません。それに、ふたりにはほかにやらなければならないことが山のようにありましたから。さっきのちょっとした騒ぎも、このふたりにとっては日常のひとコマみたいなものです。何も起こらなかったら、ぼくはかえって心配になっていましたよ。ケイティ、オーウェン、これからもずっと、きみたちがカオスのなかに喜びを見いだせるふたりであり続けますように」

ケーキにナイフを入れ、カメラに向かって何度もポーズを取ったあと、バンドの演奏に合わせてダンスが始まった。一曲目はわたしたちのファーストダンスのためにロマンチックなスローナンバーだ。ロッドに教わっておいてよかった。でも、ロングドレスを着て練習すればさらによかったかもしれない。「うまく踊れてるよ」オーウェンが耳もとでささやく。

「やっぱり、ふたりでレッスンを受けておくべきだったかも」わたしは言った。

「でも、そんな時間あった？　このところ魔法界を救うのに忙しかっただろう？」

「ああ、そうだった。いつものことね」

「さっきはナイスセーブだったね。もし、きみが気づかなかったら……」オーウェンは身震いする。わたしは彼の肩をぎゅっとつかんだ。

「そうね、かなりまずい事態になっていたかも」

「今度は当局も彼女を釈放することはないだろう。ジェイベズ・ジョーンズもさすがに納得したんじゃないかな」

ゲストにいっしょに踊るよう促すと、たくさんの人たちがダンスフロアに出てきたので少し驚いた。これまでわたしが出席したほとんどの結婚式では、ゲストたちは尻込みしてなかなか踊ろうとしなかったから。「まさか、あなたじゃないわよね？」ダンスフロアがカップルで埋まっていくのを見て、オーウェンに恐い顔をしてみせる。

「違うよ！　ダンスの魔術のことはすっかり忘れてた。そもそも完成させる時間もなかったし。でも、どのみち必要なかったようだね」

ニタとジェイクがすぐそばをくるくる回りながら通っていく。ジェイクはやや圧倒されているように見えなくもないけれど、ニタの積極性を嫌がっている感じではない。フィリップとジェンマは優雅にフロアを舞っている。彼らが次のステップに進むのはいつごろだろう。ロッドは珍しく真面目な顔でマルシアと踊っている。彼もついに落ち着くことを考えはじめたのだろうか。

「ところで、ミセス・パーマー」オーウェンがにっこりして言った。わたしは彼に注意を戻す。

「なんでしょう、ミスター・パーマー」

「ぼくたちはいつまでここにいなくちゃならないかな。プラザ・ホテルにスイートを取ってあって、リムジンを呼べば十五分で迎えにくることになってるんだけど」

じっと見つめられ、背筋がぞくぞくした。「あなたがよければいつでも」わたしは言った。

わたしたちは演奏中の曲が終わるまで踊り、そっとフロアをおりた。でも、なかなか外へは出られなかった。ゲストたちから次々に祝福を受け、友人のなかには花嫁、花婿とのダンスを求める人たちもいて、気づくとさらに一時間たっていた。でも、楽しかったし、何も爆発したりしなかったので、文句はない。ジェイクとのなかなか激しいダンスのあと、ポンチでのどの渇きを潤していると、サムが飛んできてテーブルに舞い降りた。「連中、やっぱり結婚式の最中に何かやろうとしてたぜ。だが、おれたちがすべて潰した。今回は首謀者連中を全部とっ捕まえたから、今後、このグループについては心配する必要はねえだろう」

「よかった」わたしは言った。「それなら、新婚旅行は何ごともなく全うできるかもしれないわね」

「すぐに出たいなら、運転手を用意できるぜ」

サムが過去に提供してくれた運転手のことを思い出す。あのガーゴイルコンビの運転でハネムーンには行きたくない。空飛ぶ絨毯はもちろん論外だ。「いいえ、ありがとう。オーウェンが準備してくれてるみたいだから大丈夫よ」彼が予約したリムジンがロッキーとロロの運転ではないことを祈る。

パーティーもようやく下火になってきたので、オーウェンは車を呼んだ。わたしが投げたブーケはマルシアがキャッチした。ロッドの顔が少し青ざめたように見えたが、彼はマルシアの横にとどまり、わたしがウインクすると、彼もウインクを返した。本当はジェンマをねらって投げたのだけれど、それが運命の決めた順番のようだ。オーウェンとわたしは正面玄関のドアに向かって花びらのシャワーのなかを走る。これは予定どおりの演出だ。オーニングの下から外へ走り出ると、今度は火花のシャワーに見舞われた。これは予定にないものだ。火がつかないよう慌ててドレスをはたいたが、どうやら魔法の火花らしい。ふと顔をあげると、服を何枚も重ね着したずんぐりした人物が空中でホバリングしていた。杖《ワンド》の先から火花が噴き出している。

「この喜ばしい晴れの日に心から祝福の意を表すわ」エセリンダが言った。わたしのフェアリーゴッドマザーだ。「あたしが担当するケースは必ずハッピーエンドになるの」

「ありがとう」彼女はなんの関係もないのだが、とりあえずそう言っておく。

「あら、この乗り物はちょっと味気ないわね」エセリンダは到着したリムジンを見て言った。「あたしが金の馬車に変えてあげるわ」

「けっこうです！」オーウェンとわたしは同時に叫んだ。大型四輪馬車でここからプラザ・ホテルに向かったら、何時間あっても到着できないだろう。それに、エセリンダが手がけるロマンチックな演出がたいていどんな展開になるかを考えると、馬車が目的地に着く前にかぼちゃに変わる可能性は大いにある。「わたしたちはこれで十分満足よ」わたしは言った。「それに、無事に結婚したわけだから、あなたの任務は完了ということじゃないかしら」

「まあ、そういうことなら――」エセリンダはワンドをひと振りして、消えた。わたしはほっと胸をなでおろす。

運転手がリムジンのドアを開ける。オーウェンとわたしは車に乗り込み、シートに思いきり体を預けた。車が走り出すと、わたしたちはあらためてキスをした。式のときのそれよりずっと素敵で、プライベートなキスだ。「今度こそ本当にハッピーエンド、めでたしめでたしでいいかしら」わたしはため息交じりに言った。

「いや、ハッピーエンドのはじまりはじまり、かな」オーウェンはそう言うと、もう一度わたしにキスをした。

著者あとがき

株式会社魔法製作所の物語は、これでひとまず完結です。いつかまたこの登場人物たちのもとに、あるいは彼らが暮らすこの世界に戻ってくるときがくるかもしれませんが、しばらくは互いに少し距離を置いて、それぞれの人生を生きていくことになるでしょう。最初に作品のアイデアが浮かんだのは二〇〇二年のはじめ、一作目の草稿を書いたのは二〇〇三年の年末なので、わたしは実に長い間、彼らとともに生きてきたことになります。一作目を書きはじめたときには、約十六年もの長きにわたって計九作を書き続けることになろうとは、想像もしませんでした。

このシリーズをここまで続けてこられたのは、多くの人の支えがあったからです。エージェントのクリスティン・ネルソンは、わたしが一作目について問い合わせをしたときから、ずっとシリーズを支えてきてくれました。当時、バランタイン・ブックスにいた編集者のアリソン・ディッケンズは、最初の作品を買いあげ、世に送り出してくれました。後任のシグニー・パイクは、続く二作を出版してくれました。マーサ・トラクテンバーグは、シリーズのほとんどの作品の原稿整理を担当してくれました。そして、ニナ・バークソンは、いまやすっかりおなじみとなった表紙の絵を描いてくれました。

また、日本の読者と出版社の東京創元社には、特別に感謝の意を表さなければなりません。シリーズを五作目以降も継続できたのは彼らのおかげです。アメリカの出版社がシリーズの終了を決めたとき、日本はあきらめずに作品を書き続けるよう求めてくれました。そのおかげで、その後、本国で独立系出版社からの出版が決まったとき、わたしはすでに数冊、新たな作品を書きあげていました。東京創元社の後押しがなければ、果たしてあのまま書き続けていたかどうかわかりません。

最後に、長い間、作品と登場人物たちを愛し続けてくれた読者の皆さんに心からお礼を申しあげます。一作目はいまだに増刷され続けています。これは、読者の皆さんがいまもなおシリーズのことを他の人たちに語り、新しい読者が生まれ続けているということです。

新たな魔法の冒険は、新しい世界で、新しいキャラクターたちとともにすでに始まっています。この先も、わたしといっしょにさらなる魔法体験を楽しんでいただけたら幸いです。そのうちまた株式会社ＭＳＩの世界を再訪するときがくるかもしれません。それまでの間、皆さんにたくさんのマジカルな瞬間が訪れますように。

訳者あとがき

一作目『ニューヨークの魔法使い』の原書をはじめて読んだときの高揚感はいまでもよく覚えている。なんだろう、この楽しさ。このわくわくする感じ。ファンタジーなのに、夢物語なのに、妙に現実味があって、身近な世界に感じられる。これはすごい作品に出会ってしまった。絶対に訳したい！　読み終える前にすでにそう思っていた。

邦訳の初版が出たのが二〇〇六年。あれから十四年近くの時を経て、シリーズは九作目にしてついにグランドフィナーレを迎えた。作者のシャンナ・スウェンドソン氏ならずとも、思わず感慨のため息が漏れる。これほどの長きにわたって㈱魔法製作所の面々とのつき合いが続くことになるとは、訳者自身も思っていなかった。でも、終わってみると、あっという間だったようにも感じる。少なくとも、十数年もの月日がたったようには思えない。新作が出てなじみの登場人物たちと再会するたびに、物語の時間軸に引き戻されたからだろうか。

シリーズが多くの読者に愛され続けたいちばんの理由は、やはり、この個性豊かな登場人物たちだろう。作品をひとつ読み終えるたびに、読者は彼らとの別れをさびしく思い、次作を心待ちにしたのではないだろうか。すべての登場人物がそれぞれに魅力的ではあるが、このシリーズを特別なものにしているのは、なんといっても、座長ケイティ・チャンドラーのキャラクターだろう。

ケイティは魔法に対する免疫という特殊な資質をもっている。魔力をいっさいもたないがゆえに、魔法にかかることもない。そのため、一般社会では〝普通〟を絵に描いたような彼女が、魔法界では一転、貴重な存在として魔法使いたちから頼りにされる。この設定が、本シリーズを魔法をテーマにした数あるファンタジー小説とはひと味違うものにしている。

しかし、ケイティが魅力的なのは、免疫者《イミューン》だからだけではない。彼女は魔法界で特別な存在になっても、ある意味、普通のお嬢さんでい続ける。洗練されたニューヨーカーたちに引け目を感じたり、自信を失ったり、嫉妬したり、意外に頑固なところがあったりと、決して完璧なスーパーウーマンではない。でも、彼女にはひとつ決して揺らぐことのない部分がある。それは、自分にも他者にも常に誠実であろうとすること。責任感と言いかえることもできるだろう。だからこそ、毎回、悩み、迷うのだが、このぶれない信念のおかげで、いざとなると肝《きも》が据わり、本当に大切なものは何かを見定めて、それを優先するためにほかをあきらめる覚悟をもつことができる。

魔法使いたちが引き起こすさまざまな問題に、地に足のついた極めて非魔法的な常識と良識で対抗し、九作品を通してどんどん成長していく彼女を見るのは、実に気持ちがよかった。シリーズ最終巻の本作でも、ケイティは使命感をもって誠実に仕事に取り組む。

今回、魔法界が直面するのは、非魔法界が魔法の存在に気づきはじめるというかつてない危機。インターネットやカメラつき携帯電話の時代になり、千年以上もの間守られてきた秘密はついに公《おおやけ》になるのか……。さらに、何者かがオーウェンに公共の場での無謀な魔法行為の濡れ衣を着せようとする。魔法の存在が暴露されれば、世の中は大混乱に陥り、オーウェンはスケープゴートにされて、ケイティは花婿不在のまま結婚式の日を迎えることになりかねない。

魔法暴露活動の黒幕を探るなかで、ケイティは自覚のない免疫者《イミューン》たちに出会う。いまや自分がその一部となっている魔法界を守りたいと思う一方で、あり得ない現象を目にして困惑し、周囲から理解されず心理的に孤立する免疫者《イミューン》たちにかつての自分の姿を重ねて、ケイティは魔法界への愛着と免疫者《イミューン》たちへの共感とのはざまで葛藤する。〝彼女は実際にそこにあるものを見ているのに、それを知りながら違うと言うのは間違っている気がする〟――これがケイティの誠実さであり、責任感だ。彼女は常に複数の立場からものを見る客観性と想像力をもっている。だからときに、なかなか決断が下せない。でも、いったん心が決まれば、実にあっぱれな行動力を見せる。それが彼女を特別な免疫者《イミューン》にしているのだ。

彼女の働きはまさに魔法界と非魔法界の間をつなぐ蝶番《ちょうつがい》。前作でトリッシュにそうしたように、ケイティは今回もまた、真実を知ったばかりの新米免疫者《イミューン》たちを先輩として導く。警備部の仕事にやりがいを感じているようだが、訳者はシリーズの序盤からしばしば彼女の素晴らしい人事力に唸らされてきた。本作の終盤に即興で指揮した免疫者《イミューン》と非魔法使いのふたりひと組作戦も、ケイティの人の使い方のうまさを示す一例だ。

ときおり見せるそうしたデキる一面が決して嫌みにならないのも、ケイティの人徳のなせる業だろう。読者は、彼女がどんなときもものごとに真摯《しんし》に向き合い、悩んだり迷ったり格好悪い感情と闘ったりしながら懸命に答を導き出そうとするのを知っているから、つい〝われらが、ケイティ〟と言いたくなる。こんな友達がいたらいいなと思う。結婚式前の控室での友人たちとのやりとりを見れば、彼女の人柄、人とのつき合い方がおのずと知れる（訳者はこの部分を訳しながらつい涙腺が緩んだことを告白しよう）。だから、読者は彼女に会い続けたくなる。

〝われらがケイティ〟を褒め称えたところで、本作の特徴に少し目を向けてみたいと思う。これまでは、魔法界内部における陰謀や魔法使い同士の対立が主なテーマになってきたが、今回は魔法界対非魔法界といういままでにない構図が軸になっている。そのなかで、魔法界が一般社会とどのように共存してきたか、その知恵やノウハウが紹介される。

魔法の存在が公になれば、非魔法界の人々に不公平感や妬み、恐怖心が生まれる恐れがある。不要な混乱や対立を避けるために、秘密厳守は魔法界の大原則となっている。また、魔法を秘密にするためにさまざまなルールを課すことが、魔力の乱用、悪用を抑止して、魔法使いの暴走を防ぐことになり、これが非魔法界の安全を守ることにもつながる。魔法使いは政治家になることを禁じられているというのは今回はじめて知ったが、なるほどうなずける。

魔法の存在を隠すために、魔法界はさまざまな工夫をしてきた。実際に世界を騒がせた有名な超常現象のいくつかが魔法界によるカモフラージュのための工作だったり、タブロイド紙が本物の魔法から世間の目をそらすのにひと役買っていたり——。このあたりには著者一流の茶目っ気を感じる。きわめつきは、政府に魔法に関する秘密の部署があるらしいこと！

また、公共の場では本来の自分でいることを許されない魔法使い側の本音も語られる。大学進学ではじめて一般の人たちとの本格的な共生を経験する一部の魔法使いたちは、いっとき、どうして世界に知らせちゃだめなんだ期に陥ることがあるらしい。そういう若者たちには、すぐにメンターが指導を施す。〝魔力があるといっても、数では魔力をもたない人たちが圧倒的に勝っているから〟というロッドの言葉には、はっとさせられた。特別な力《パワー》をもつ彼らの側にも、もたない側に対して恐怖心があるのだ。

とてもデリケートな均衡のうえに共存しているふたつの世界。これから先も、ケイティの洞察力とバランス感覚が必要とされる局面はしばしばやってくるに違いない。

さて、本作でケイティは、ついに愛しのオーウェンとゴールインする。ここまでくるのに実に九巻かかった。もちろん、最後の最後まで平穏無事とはいかないのだが、本人たちも認めるとおり、そうでなければむしろふたりらしくない。

ロッドの祝辞に、思わずうなずいた読者も多いのではないだろうか。訳者もロッド同様、なかなか進展しない慎重すぎるふたりをじれったい思いで見守ってきたひとりだが、ケイティとオーウェンは終始、自分たちのペースで、さまざまな危機をそのつど乗り越えながら、ゆっくりじっくり互いへの愛と信頼を深めてきた。

ケイティは相変わらず、自分は本当にオーウェンにふさわしい相手なのかと自問するときがあるようだが、ラッキーなのはむしろオーウェンの方だという気もする。並外れた魔力のもち主でありながら、ピュアすぎてときに危ういところのある彼を、ケイティがよい意味で現実的で常識的な見地から手綱を引き、上手に軌道修正する。その姿は、年下ながら頼もしい姉さん女房のようですらある。いずれにしても、ふたりは本当にお似合いのカップルだ。

最後に懐かしい（?）あのかたも登場し、物語は粋なハッピーエンドを迎える。㈱魔法製作所シリーズの翻訳は本当に楽しい作業だった。心躍るユニークな魔法の世界にいざなってくれた作者、シャンナ・スウェンドソン氏に、そして、本を手に取ってくださった読者の皆さんに、心からお礼を申しあげたい。ＭＳＩの面々とはひとまずお別れだが、これからもケイティにならい、常に心をオープンにして、日常のなかの〝マジカルな瞬間〟を探していきたいと思う。

検印
廃止

訳者紹介 キャロル大学（米国）卒業。主な訳書に、スウェンドソン〈㈱魔法製作所シリーズ〉〈フェアリーテイル・シリーズ〉、スタフォード『すべてがちょうどよいところ』、マイケルズ『猫へ…』、ル・ゲレ『匂いの魔力』などがある。

㈱魔法製作所
魔法使いのウエディング・ベル

2020年1月10日　初版

著者　シャンナ・スウェンドソン
訳者　今《いま》泉《いずみ》敦《あつ》子《こ》

発行所　（株）東京創元社
代表者　渋谷健太郎

162-0814/東京都新宿区新小川町1-5
電話　03・3268・8231-営業部
03・3268・8204-編集部
URL　http://www.tsogen.co.jp
DTP　工友会印刷
萩原印刷・本間製本

乱丁・落丁本は、ご面倒ですが小社までご送付ください。送料小社負担にてお取替えいたします。

ISBN978-4-488-50313-0　C0197

ドイツで100万部突破。大人気の時間旅行《タイムトラベル》ファンタジー

Kerstin Gier

ケルスティン・ギア 遠山明子 訳

*

〈時間旅行者《タイムトラベラー》の系譜〉三部作

紅玉《ルビー》は終わりにして始まり

青玉《サファイア》は光り輝く

比類なき翠玉《エメラルド》 上下

女子高生がタイムトラベル!?

相棒はめちゃくちゃハンサムだけど、自信過剰でイヤなやつ。

〈監視団〉創設者の伯爵の陰謀とは?　クロノグラフの秘密とは?

謎と冒険とロマンスに満ちた時間旅行へようこそ!